김춘수 시의
현상학적
읽기

존재와
현상

지은이

문혜원(文惠園, Mun Hye-won)_ 제주 출생으로, 서울대 국문과 및 동대학원을 졸업했다. 「한국 전후시의 실존의식 연구」로 서울대학교에서 박사학위를 받았고, 현재 아주대학교 국어국문학과 교수로 재직하고 있다. 문학평론가이기도 하다. 저서로『한국 현대시와 모더니즘』, 『한국 현대시와 전통』, 『한국 근현대 시론사』, 『한국 현대시와 시론의 구조』, 평론집『흔들리는 말, 떠오르는 몸』, 『돌멩이와 장미, 그 사이에서 피어나는 말들』, 『우리 시의 넓이와 깊이』, 『문학의 영감이 흐르는 여울』, 『비평, 문화의 스펙트럼』외 다수의 공편저가 있다.

존재와 현상 김춘수 시의 현상학적 읽기

초판 1쇄 발행 2017년 7월 20일
초판 2쇄 발행 2018년 9월 30일
지은이 문혜원 **펴낸이** 박성모 **펴낸곳** 소명출판 **출판등록** 제13-522호
주소 06643 서울시 서초구 서초중앙로6길 15, 1층
전화 02-585-7840 **팩스** 02-585-7848 **전자우편** somyungbooks@daum.net **홈페이지** www.somyong.co.kr

값 15,000원 ⓒ 문혜원, 2017
ISBN 979-11-5905-148-7 93810

BEING
AND
PHENOMENON

문혜원

김춘수 시의
현상학적
읽기

존재와
현상

소명출판

일러두기

1. 이 책의 각각의 장은 원래 개별적으로 발표된 논문들이다. 책 전체의 연관성을 살리되 논문 자체의 완결성을 유지하기 위해 원래 논문의 서론과 결론 형태를 수정하여 남겨놓았다. 각 장의 마지막 부분은 원래 논문의 결론에 해당하는 것으로서, 각 장의 내용을 요약함으로써 다음 장의 내용과 자연스럽게 연결되도록 하였다.

2. 이 책에서 인용한 김춘수의 시와 시론은 『김춘수 시전집』(현대문학, 2004), 『김춘수 시론전집』1(현대문학, 2004), 『김춘수 시론전집』2(현대문학, 2004)를 기본 텍스트로 하였다. 그 외의 텍스트에서 인용하거나 논지 전개상 필요한 경우, 각주에 원문 텍스트를 밝혀놓았다.

김춘수의 시는 철학적 사유와 시 창작의 연관성을 살펴볼 수 있는 흔하지 않은 텍스트이다. 그의 시 전반을 관통하고 있는 주제는 존재와 현상에 관한 탐구이다. 첫 번째 시집 제목인 '구름과 장미'는 추후 전개될 김춘수 시의 두 가지 방향을 비유적으로 보여주고 있다. '구름'은 형태와 무게를 가지고 있지 않으면서도 눈앞에 존재하는 것으로서, '바람'이라는 소재와 더불어 현상과 소멸, 부재와 존재 등에 대한 사유를 시작하는 계기가 된다. 이와 비교할 때 '장미'는 형태와 무게를 가지고 존재하는 실재로서 감각으로 감지되는 구체적인 대상이다. 이는 형이상학적인 사유와는 대조되는 감각의 영역을 상징하는 것으로서, 후기 시에서 명료하게 드러나는 '살'의 세계를 상징한다. 즉 김춘수의 시는 존재 혹은 본질을 향한 존재론적인 탐구와 선의식적인 신체의 감각을 포착하는 현상학적인 사유라는 두 가지 축을 중심으로 전개된다고 설명될 수 있다.

이러한 주제에 따라 김춘수의 시를 초기, 중기, 후기로 나눌 수 있다. 초기 시는 첫 시집인 『구름과 장미』(1948)부터 『부다페스트에서의 소녀의 죽음』(1959)까지이다. 이 시기의 시는 대상의 본질을 탐구하는 존재론적인 시도가 두드러지는 한편, 현상에 대한 발견을 보여주는 현상학적 사유의 예비 단계라 할 수 있다. 중기 시는 『타령조·기타』(1969)부터 『처용단장』(1991)에 이르기까지의 시들로서, 현상학적 환원의 단계를 넘어서 의식의 지향성을 탐구하는 것을 특징으로 한다. '무의미시'는 의식의 지향성을 시적인 실험과 결합한 것으로서 언어 해체와 같은 극단적인 형태로 나타나는 한편, 주체의 트라우마와 관련된 경험들을 이끌어냄으로써 대상의 지평적 지향성을 드러낸다. 후기 시는 『서서 잠자는 숲』(1993)부터 마지막까지의 시들로서, 언어 실험 이후 의미의 세계로 회귀하는 시기이다. 현상학적 사유의 단계로 보면, 이 시기의 시들은 중기 시의 지평적 지향성이 확장되면서 신체의 현상학이 강조되는 시기이다. 또한 '현상학적 환원'이라는 현상학의 개념을 그대로 대입했던 시론의 사변성을 극복하고 현상학적 사유를 자신의 시 창작 안에서 용해시킨 성공적인 예이기도 하다.

김춘수는 초기부터 부재와 소멸에 대한 관심을 보여주는데, 이것이 전쟁이라는 특수한 상황과 결합되면서 존재와 실존에 대한 본격적인 관심으로 발전된다. 그러나 그의 시에서 존재와 현상은 분리되어 있는 것이 아니다. 변하지 않는 존재 혹은 본질에 대한 관심은 상대적인 개념인 '현상'에 대한 관심과 짝을 이루고 있다. 현상의 나타남과 사라짐은 그 이면의 '존재'에 대한 관심을 불러일으키고 존재에 대한 관심은 그것이 드러나는 양상인 '현상'으로 눈을 돌리도록 한다.

그의 대표작으로 널리 알려져 있는 '꽃' 연작은 습작기 시에 나타나는 현상의 발견에서 존재론적 탐구로 옮겨가는 사유의 발전 과정을 잘 보여주고 있다. 죽음과 상실감, 불안이라는 전후의 시대적 특징이 그 밑바탕이 된다. 김춘수는 죽음이라는 인간의 유한성을 현존재의 고유한 가능성으로 받아들이고, 타자를 세계내존재로서 더불어 살아가는 '공현존재'로 인정한다. 타자는 '나'의 도구적인 쓸모에 의해 존재하는 것이 아니라 그 자체가 나와 동등한 고유한 존재로 있는 것이다. 대상의 고유한 본질을 드러나게 하는 언어는 기존의 때 묻은 도구적 언어가 아닌 현존재의 실존의 범주로서의 '존재의 집으로서의 언어'이다. '나'가 흔들리는 '몸짓'을 '꽃'이라고 부르는 것은 대상의 본질을 드러나게 하는 실존의 언어를 상정하는 것이다. 그는 대상의 본질에 다가가기 위해 기존의 언어가 몰고 온 '어둠' 속에서 '울음'으로 표상되는 사유를 계속한다.

이는 기성의 앎을 '판단중지'한 상태에서 대상의 본질을 탐구해간다는 점에서 후설의 '현상학적 환원'을 닮아 있다. 실제로 김춘수는 시론에서 존재론적 탐구를 시작하기 위한 첫 번째 단계로서 '판단중지'가 필요하다고 말하고 있다. 그가 생각하는 '판단중지'는 시에서 술어가 없이 대상의 이미지만을 제시함으로써 대상에 대한 판단을 유보하는 것을 말한다. 즉 대상을 설명하거나 해석하는 부분을 제거하고 그것을 단지 보여주기만 하는 것이다. 그는 이것을 '서술적 이미지'의 첫 번째 유형이라고 설명하고 있다. 이에 비해 대상 자체가 소멸되는 서술적 이미지의 두 번째 유형은 현상학적 환원을 거친 후 대상에 대한 심리적 지향성을 드러낸 것이다. 그것은 현상학적 판단중지를 통해 개시되는 의식의 영역으로서, 구체적인 지향적 체험(노에시스)과 이러한 체험의 대상적 상관자(노에마)의 두 가지 요소로 이루어진 순수 심리적인 영역이다. 따라서 그의 이미지 시론은 시의 구성 요소인 '이미지'에 대한 설명이 아니라 언어에 대한 철학적 사유를 풀어 쓴 것이다.

대상의 본질을 환기하는 '서술적 이미지'는 종종 '무의미시'와 겹쳐서 설명되기도 하는데, 무의미시는 판단중지 상태에서의 존재의 드러냄이라는 면에서 현상학적인 사유의 시적인 표현이라고 볼 수 있다. 「처용단장」은 무의미시의 대표적인 예로서 시기상으로는 중기에, 경향상으로는 존재론적 탐구와 서정적인 경향의 시 사이에 놓여있다. 이 시는 현상학적 시간의식이 잘 드러나는 예로서, 후설의 '파지'와 '지금', '예지'의 시간 개념으로 설명될 수 있다. 이 시에서 현재까지 지속되는 과거인 '파지'가 성립하는 것은 수감 경험이 트라우마로 남아있기 때문이다. 이때 시 창작은 상상력을 활용하여 과거 사건과의 거리감을 확보하고 그것을 객관화시킴으로써 트라우마를 치유하는 역할을 한다.

「처용단장」 이후의 후기 시는 서정성과 현실적인 소재를 특징으로 한다. 그러나 이는 현상학적 관심을 포기한 것이 아니라 중기 시에서부터 발견되는 지향적 의식의 자연스러운 발전이다. 후기 시에서 특히 주목되는 것은 지향성이나 생활세계와 같은 개념이 '몸'이나 '신체'의 감각으로 구체화된다는 점이다. 이때 감각은 본원적이며 선의식적인 것으로서 복합적인 속성을 가지고 있다.

후기 시에서 신체성은 주체와 대상이 동등하게 소통할 수 있는 근거이다. 대상은 도구가 아니라 신체성을 가진 사물로서 주체와 소통하며 고유한 존재로 남는다. 이는 주체와 대상이 동등하게 소통할 수 있는 가역적인 '살'이라는 공통 영역이 있음으로써 가능한 것이다. '봄'과 '만짐'은 살의 가역성을 설명할 수 있는 중요한 지각 경험들이다. '봄'이 가능해지기 위해서는 주체와 대상이 동일한 지각의 장에 있어야 한다. 주체는 대상과 동일한 지각의 장에 있음으로 해서 자연스럽게 대상과 공존하는 지각의 장인 세계에로 향해 열려있게 된다. 김춘수의 후기 시가 일상적인 세계를 시의 소재로 하고 있는 것은 지향성 혹은 생활세계가 전면화된 것이라고 할 수 있다. 따라서 후기 시는 오히려 그의 현상학적 사유를 마무리하는 결론에 해당한다.

책의 내용은 김춘수 시의 연대기 순으로 배치되었다. 그러나 이 배치 순서는 발표 시기에 초점을 맞춘 것이 아니라 김춘수의 사유의 발전과 전개 과정에 따른 것이다. 앞의 두 편은 초기 시와 시론을 연구한 글들로서, 현상학적 분석에 집중하고 있는 뒷부분의 글들과 쓰여진 시기와 내용면에서 차이가 있다. 그러나 전체적으로 볼 때 이 시기의 시와 시론은 김춘수 시의 현상학적 바탕을 이루면서 후기의 특징들을 잠재적으로 내포하고 있다. 따라서 책 전체의 흐름을 고려하며 논지를 수정하고 보완해서 전체의 균형을 맞추었다. 맨 마지막은 김춘수의 후기 시 「바람」에 대한 분석으로서 책 전체의 결론을 삼았다. 이 시는 '꽃'에서 시작된 존재론이 '바람'으로 대표되는 현상학적인 사유로 발전하기까지의 전 과정을 집약해 보여주는 중요한 시이다.

김춘수는 처음부터 자신의 창작 행위를 철학적 사유와 연결시키려고 했고, 끝까지 그러한 시도를 멈추지 않았다. 그는 '시는 자연스러운 감정의 표현'이라는 전통적인 관념을 깨뜨리고, 시가 사유의 산물이거나 시론의 실험장이 될 수도 있다는 것을 스스로 증명해보였다. 철학적 사유가 그의 시 창작에 도움이 됐는지 혹은 변명이 됐는지는 연구자에 따라 평가가 다르겠지만, 김춘수만큼 시종일관 시와 철학의 관계를 고민하고 탐구했던 시인은 없다는 점에는 누구나 동의할 것이다. 그가 추구했던 철학적 사유는 사실상 한국 시가 결여하고 있는 가장 큰 요소이다. 감동을 주는 시는 많지만 사유의 깊이를 보여주는 시는 상대적으로 적다. 그런 면에서 시와 철학을 연계하려는 그의 시도는 매우 중요하고 유의미하다.

오랫동안 '시와 철학'이라는 연구의 장이 되어준 '김춘수'라는 텍스트에 특별한 감사와 우의를 표한다.

차례

존재와 현상[1]

'꽃'과 존재론적인 질문

1. 존재의 유한성과 부재의 경험

김춘수는 1945년 가을부터 신문 잡지에 시를 발표하며 시작 활동을 시작했고, 1948년에 첫 시집 『구름과 장미』를 출간한 후 『늪』(1950), 『기(旗)』(1951), 『인인(隣人)』(1953) 등을 연이어 발표했다. 그의 대표작인 '꽃' 연작은 1959년 발간된 『꽃의 소묘』에 실려있는 것으로서, 이 시집은 1954년 발간된 선집인 『제1시집』을 제외한다면 다섯 번째 시집에 해당한다. 이는 김춘수의 시작 활동이 '꽃' 연작보다 훨씬 앞선 시기에 이미 이루어지고 있었다는 것을 말해준다. 따라서 그 자신이 말한 것처럼 1940년대 후반의 시들이 유치환이나 서정주와 같은 선배 시인들의

---

[1] 이 글은 졸고, 「하이데거의 영향을 중심으로 한 김춘수 시의 실존론적인 분석」(『비교문학』 20, 1995.12)을 부분적으로 수정 보완한 것으로서, 필자의 박사논문 「한국 전후시의 실존의식 연구」(서울대 박사논문, 1996)의 바탕을 이루고 있는 것이다.

시를 모델로 한 트레이닝 기간이었다는 것을 감안한다 하더라도, 그의 초기 시에 대한 연구는 『꽃의 소묘』 이전의 시들로부터 출발해야 한다.

그는 한국 전쟁 이전에 이미 『구름과 장미』, 『늪』 등 두 권의 시집을 발간하고 있는데, 여기서부터 이미 부재와 상실감, 근원적인 고독 등 실존주의적인 주제들이 등장한다.[2]

어쩌다 바람이라도 와 흔들면
울타리는
슬픈 소리로 울었다.

맨드라미, 나팔꽃, 봉숭아 같은 것
철마다 피곤
소리없이 져 버렸다.

차운 한겨울에도
외롭게 햇살은
청석(靑石) 섬돌 위에서
낮잠을 졸다 갔다.

할 일 없이 세월은 흘러만 가고

---

2   원래의 논문에서는 「부재」, 「밤의 시」에 나타나는 고독과 부재를 전쟁으로 인한 상실감과 연결하여 설명하였다. 그러나 이 시들이 실려 있는 시집 『늪』은 1950년 3월 20일에 발간되었으므로, 이 시들은 한국전쟁 경험과는 직접적인 관련이 없다. 따라서 원래 논문의 오류를 바로잡고, 김춘수 초기 시의 실존주의적 경향이 전쟁 경험 이전부터 나타나는 근본적인 특징임을 밝히고자 한다.

꿈결같이 사람들은

살다 죽었다.

— 「부재」 전문

위 시에서 '져버렸다', '갔다', '죽었다'라는 서술어는 우리의 눈에 보이는 사상(事象)들이 눈앞에서 사라져 보이지 않음을 의미한다. 주변의 존재자들의 사라짐은 남은 이에게 고독을 느끼게 함과 동시에 자연스럽게 '산다는 것은 무엇인가'라는 질문을 제기하게 한다. 그것은 '인간'이라는 존재의 근본적인 유한성과 연결되어 있다.

하늘의 푸른 중립지대에서, 여기도 아니고 거기도 아닌 일상에서는 멀고 무한에서는 가까운 희박한 공기의 숨 가쁜 그 중립지대에서, 노스탈쟈의 손을 흔드는 손을 흔드는 너,

기ㅅ대여,

— 「기(旗) — 청마선생께」 부분

2

어둡고 답답한 혼돈을 열고 네가 탄생하던 처음인 그날 우러러 한 눈은 하늘의 무한을 느끼고 굽어 한 눈은 끝없는 대지의 풍요를 보았다.

푸른 하늘의 무한.
헤아릴 수 없는 대지의 풍요.
그때부터였다. 하늘과 땅의 영원히 잇닿을 수 없는 상극의 그 들판에서 조그만 바람에도 전후좌우로 흔들리는 운명을 너는 지녔다.

황홀히 즐거운 창공에의 비상.

끝없는 낭비의 대지에의 못 박힘.

그러한 위치에서 면할 수 없는 너는 하나의 자세를 가졌다.

오! 자세—기도.

우리에게 영원한 것은 오직 이것뿐이다.

— 「갈대」 부분

    위의 시들에서 인간의 운명은 끝없이 하늘을 향해 있기는 하지만 결국은 대지에 못 박힐 수밖에 없는 깃대와 갈대의 그것에 비유된다. '기'가 상대적으로 무한에 가까운 중립지대에 있는 것이라면, '갈대'는 창공을 향하면서도 대지에 뿌리를 두고 있으므로 결국 대지에 묶일 수밖에 없다. 하늘을 향한 무한한 동경을 가지면서도 대지에 의지해서야만 생명을 유지할 수 있는 '갈대'는 인간의 숙명을 그대로 반영한다. 그러한 위치에서 인간이 할 수 있는 것은 자신의 한계를 깨닫고 기도를 하는 일 뿐이다.

    이러한 실존주의적인 관심은 한국전쟁을 거치면서 보다 더 심화된다. 전쟁은 주변의 존재자(das Seiende)[3]들을 한꺼번에 무차별하게 없애버리는 극단적인 사건이다. 전후는 "어떠한 신도 이제는 인간과 사물을 명확하고 일의적(一義的)으로 자기 자신에게 집중시키고, 이렇게 집중시킴으

---

3   존재(Sein)와 존재자(das Seiende)는 구별되는 개념이다. 하이데거는 책상, 사람, 나무 등의 실재(Entity)를 '존재자'라고 하고, 존재한다는 것이 의미하는 바를 '존재'라고 하여 양자를 구별하는 데서부터 출발한다. 마르틴 하이데거, 전양범 역, 『존재와 시간』, 시간과공간사, 1992 참고.

로써 세계사 및 세계사에 있어서의 인간의 체류 거점을 마련하지 못"[4]하는 가난한 시대이다. 신이 사라졌을 뿐 아니라 신성(神性)의 광채조차 사라져버린 이 시기에 살아남은 자들에게 남은 가장 큰 과제는 죽음이었다. 살아남은 이들은 죽은 자들을 조상(弔喪)하고 그들을 증언해야 하는 책임[5]과 함께 '죽음'이라는 인간의 유한성을 인정하고 받아들여야 했다. 그것은 자연스럽게 실존의 문제로 귀결되었다. 또한 이들에게는 전후의 폐허를 복구함과 동시에 상실된 인간성을 회복해야 하는 사명이 주어져 있었다. 이는 살아남은 이들끼리의 유대감을 필요로 하는 것이기도 했다. 이 같은 시대적인 환경은 김춘수 초기 시에 나타나는 실존주의적인 성격과 휴머니즘적인 성향을 설명하는 중요한 외부적인 요인이다.

죽음에 대한 질문은 역설적으로 '존재하는 것은 무엇인가'라는 '존재(Sein)'에 대한 질문을 환기시킨다. 하이데거는 이처럼 자신의 존재 자체에 대해 질문을 던지는 인간을 특별히 '현존재(Dasein)'라고 지칭한 바 있다. 김춘수는 죽음을 현존재의 존재 가능성으로 파악한다는 면에서 하이데거적인 입장에 서 있다.[6] 또한 그는 존재에 대한 물음을 던지는 과정에서 현존재가 세계 내에 존재하는 방식의 하나로서 언어에

---

4   마르틴 하이데거, 소광희 역, 『시와 철학』, 박영사, 1975, 207면.
5   "우리는 아직도 포화(砲火)의 추억(追憶) 속에서 / 없어진 이름들을 부르고 있다 / 따뜻이 체온(體溫)에 젖어든 이름들 // 살은 자는 죽은 자를 증언하라 / 죽은 자는 살은 자를 고발하라 / 목숨이 조건은 고독하다".(신동집, 「목숨」)
6   김춘수의 시를 하이데거와 비교하여 분석한 연구로는, 이승훈, 「시의 존재론적 해석 시고(試攷)」, 『김춘수 연구』, 학문사, 1992; 이진홍, 「김춘수의 꽃에 대한 존재론적 조명」, 위의 책; 이형기, 「존재의 조명」, 위의 책; 김용태, 「김춘수 시의 존재론과 Heidegger와의 거리(一)」, 『어문학교육』 12집, 1990; 김용태, 「김춘수 시의 존재론과 Heidegger와의 거리(二)」, 『수련어문논집』 17집, 1990; 배상식, 「김춘수의 초기시와 하이데거 사유의 연관성 문제」, 『동서철학연구』 38, 2005 ; 배상식, 「김춘수의 초기 시에 내재된 '실존주의'에 관한 연구」, 『철학논총』 61, 2010 등이 있다.

주목하고 있는데, 이는 하이데거의 '존재의 집으로서의 언어'에 대한
생각을 반영한 것이다. 죽음에 대한 인식과 언어관을 중심으로 김춘수
초기 시에 나타나는 존재론적인 특징을 검토하고, 이것이 후기 시에 나
타나는 현상학적 사유의 바탕이 되고 있음을 살펴보고자 한다.

2. 죽음에 대한 인식과 '공현존재共現存在'의 발견

김춘수는 초기 시에서 인간 조건의 유한성에서 오는 고독과 삶의 허
망함을 존재의 근원적인 물음과 연관시키고 있다. 그것은 전후라는 시
기상의 특징과 맞물리면서 죽음의 문제와 연결된다. 그는 죽음을 현존
재의 고유한 가능성으로 파악함으로써 현실적인 죽음의 공포를 넘어선
다. 아울러 살아남은 자들은 각각 고독한 개인이면서도 죽음을 앞둔 현
존재라는 면에서 공통점을 가진 존재자로 인식된다. 다음 시는 이러한
인식을 그대로 옮겨놓고 있다.

> 2
> 꼭 만나야 할
> 그들과 내 사이에는
> 아무런 약속도 없었습니다

그러나 약속 같은 것이 무슨 소용이겠습니까?

그들이 있기 때문에 내가 있고

내가 있기 때문에 그들이 있는 이상······

3

내가 그들을 위하여 온 것이 아닌 거와 같이

그들도

나를 위하여 온 것은 아닙니다

죽을 적에는 우리는 모두

하나 하나로

외롭게 죽어가야 하기 때문입니다

4

그러나

그런 것이 아닙니다

우리는 살기 위하여 있는 것입니다

그들이 나의 이웃이 된 것은

그들에게 죽음이 있기 때문입니다

죽음을 위하여

그들이 나의 이웃이 된 것은 아닙니다

―「생성과 관계」 부분

3의 "죽을 적에는~때문입니다"라는 구절은 김춘수가 죽음을 어떻게 인식하는가를 단적으로 보여주고 있다. 현존재는 태어나면서부터 '죽음' 앞에 내던져진 존재이다. 실제로 현존재는 매 순간마다 죽음에 직면해 있으며, 다만 이를 두려워한 나머지 고의로 망각하거나 그에 대한 생각을 미룰 뿐이다. 우리가 '아직은 죽을 나이가 안됐다'라고 말하는 것은 평균 수명을 기준으로 볼 때 그렇다는 것이지 죽음 자체를 피할 수 있다는 것은 아니다. 또한 어느 순간에 다른 사람을 대신해서 죽어주는 것은 가능할지 모르지만, 그것은 그 순간 혹은 상황에서의 죽음을 모면시켜준다는 것일 뿐 현존재에 드리워진 죽음을 영원히 면하게 할 수는 없다. 현존재는 언젠가는 반드시 죽는다. 그러므로 대신 죽어준다는 것은 원칙적으로 불가능하다.

이런 의미에서 현존재의 종말로서의 죽음은 "현존재의 가장 고유하고 몰교섭적이며 확실한, 그러면서도 그러한 존재로서 무규정적이며 추월할 수 없는 가능성"[7]이다. "죽을 적에는 우리는 모두 하나 하나로 외롭게 죽어가야" 한다는 것은 현존재의 가장 고유한 존재가능성으로서의 죽음을 받아들인다는 것이다. 이때 죽음은 공포의 대상이 아니며, 죽음을 인식한다는 것은 단순히 생의 종언을 근심하며 두려워하는 것이 아니라 양심의 부름에 귀를 기울이게 하고 자신의 존재의 근원으로 돌아가 침묵하게 하는 것이다.

4에서 죽음이 있기 때문에 그들과 내가 이웃이 된다는 것은 '죽음'이라는 고유한 존재가능성을 깨달은 '공현존재(Mitdasein)' 끼리의 만남이

---

7   마르틴 하이데거, 『존재와 시간』, 342면.

라고 할 수 있다. '공현존재'라는 개념을 설명하기 이해서는 우선 '더불어 있음(Mitsein)'이라는 현존재의 존재 양태를 이해해야 한다. 세계내존재로서의 현존재는 그 자체가 일상 속에서 '세인(世人, das Man)'과 섞여 있으며, 그들에 의해 평가되고 영향을 받는다. 현존재가 세계내존재로서 존재한다는 것은 그 자체가 이미 세인의 곁에 존재한다는 것[8]이므로, '더불어 있음'은 그 자체가 현존재의 존재 양태이다. 그러므로 2에서 그들과 내가 만나는 것은, 일상성 속에서 존재자끼리 맺는 약속 때문이 아니라 현존재 자체의 존재 양태가 그들과 '더불어 있음'이기 때문이다.

현존재와 세인의 관계는 현존재가 다른 사물적 존재자들과 만나는 관계처럼 '~을 위하여'의 관계에 있는 것은 아니다. 세계는 인간의 세계로서 의미를 갖춘 의미 연관의 맥락이므로, 우리는 세계 안에서 대하는 모든 존재자를 "~하기 위한 것으로서" 이해한다.[9] 하이데거는 이 존재자를 현존재의 '세계내존재'라는 존재 기구와 구별하여 '세계 내부 존재자'라고 지칭한다. 이때 인간이 세계 내에서 만나는 사물적 존재자는 인간의 손길이 닿아있는 '도구'이다.

그러나 세인은 이러한 도구적 존재자가 아니다. 인간은 누군가의 필요에 의해 혹은 사용할 가치가 있기 때문에 존재하는 것이 아니기 때문이다. 세인은 도구가 어떤 지시 연관을 가지는 것과는 달리, 더 이상 다른 것을 지시하지 않는 존재자 즉 현존재이다. 그러므로 '나'와 '그들'

---

8 '~의 곁에 존재한다'는 것은 '세계내존재'의 '내(內)'를 설명하는 것이다. '내'는 공간적으로 무엇의 안에 있음을 의미하는 것이 아니라, '무엇 무엇의 곁에 살고 있다' 혹은 '무엇 무엇과 친숙하다'는 의미로서 현존재의 실존 범주로 간주된다. 하이데거는 사물적 존재자의 존재 양식을 '세계내부적'인 것으로 규정하고 현존재의 존재 방식과 구분한다. 세계내존재의 존재 양식은 배려적인 관심으로 나타난다. 위의 책, 87~95면 참고.
9 이기상 편저, 『하이데거 철학에의 안내』, 서광사, 1993, 78면.

은 서로를 위하여 존재하는 것이 아니라 각각 고유하게 존재하는 동등한 현존재인 것이다("내가 그들을 위하여 온 것이 아닌 거와 같이 / 그들도 / 나를 위하여 온 것은 아닙니다").

이런 의미에서 나와 세인은 공현존재이다.[10] 김춘수는 이처럼 죽음을 공포의 대상으로서가 아니라 현존재의 고유한 존재가능성으로 파악함으로써 현실적인 죽음의 한계를 넘어서는 동시에 '공현존재'라는 개념을 발견한다.

3. '어둠' 속에서 던지는 존재론적인 질문

김춘수의 초기 시에서 죽음과 '더불어 있음'에 대한 깨달음은 시의 언어에 대한 존재론적인 탐구로 연결된다. 시작(詩作)은 어두워지려는 존재를 밝히는 것이요, 그 빛의 근원은 오로지 존재 자신밖에 없다. 시작은 존재의 빛남에 던져짐이자 머무름이며 곧 존재의 모음(Versammeln)

---

10 이 시가 실려 있는 시집 제목인 '인인(隣人)'은 '공현존재'를 번역한 것이다. '인인(隣人)'은 김춘수의 고유한 번역어가 아니라 당시의 다른 글들에서도 발견되는 단어이다. 한 예로 고석규는 「지평선의 전달」이라는 글에서 'Mitdasein'을 '공현존재'라는 말 대신 '인인'이라고 번역하고 있다. 「지평선의 전달」은 하이데거적인 실존에 대한 탐구가 돋보이는 글이다. 고석규는 이 글이 한 시인의 시인론을 쓰기 위한 서론임을 밝히고 있는데 글의 내용으로 미루어볼 때 김춘수를 염두에 둔 듯하다. 김춘수는 고석규가 『초극』을 발간한 후 얼마 동안 같은 하숙집에서 기거했고, 고석규의 장례식에서 고별사를 하기도 했다. 이들의 친분 관계는 김규태의 「고석규의 죽음과 보들레르」(『고석규 유고 전집』 5권, 책읽는사람, 1993)에 나타나 있다.

이다. 시작을 함으로써 시인은 구도의 길을 걷는다.[11] 시는 언뜻 보기에 유희인 것처럼 보이지만, 유희가 사람들을 열중시켜 자기를 망각하게 하는데 반해, 시는 인간을 자기의 현존재의 근거 위에 집중시킨다. 즉 인간은 시 가운데서 정적에 이르게 되는데, 이 정적은 일체의 힘과 관계가 약동하는 무한한 정적이다.[12]

「꽃」 연작은 존재론적인 질문이 어떻게 언어에 대한 사유와 연결되는지를 잘 보여주고 있다. '꽃'은 초기 시에서부터 김춘수 시의 중요한 소재가 되어 왔다. 왜 하필이면 '꽃'일까?

하이데거는 릴케에 대한 작가론이면서 뛰어난 철학적 사유의 단편인 「가난한 시대의 시인」에서 신성(神性)이 사라져버린 어둠의 세계에서 시인에게 신들의 흔적을 가져오는 것은 주신(酒神) 디오니소스라고 했다. 왜냐하면 포도의 신은 포도나무와 그 열매 속에 하늘과 대지의 본질적 해후를 동시에 인간과 신들의 결혼의 축제의 장소로서 보관하기 때문이다.[13]

김춘수의 '꽃'은 하이데거의 '포도나무'에 비유될 수 있다. 하늘과 대지 사이에 붙박혀 있으면서 하늘이 내려주는 햇빛과 공기를 받고 대지의 양분과 수분을 흡수함으로써 아름다운 봉오리를 맺는 꽃이야말로 신들의 눈짓을 시인에게 일깨워주는 사물적 존재이기 때문이다.

그러나 꽃을 향해 나아가려는 의지는 언어 앞에서 벽에 부딪친다. '이것은 꽃, 이것은 책상' 등으로 대상을 지칭할 때 우리는 이미 그것을

---

11   염재철, 「하이데거에 있어서 예술작품의 존재론적 해명에 관한 연구」, 서울대 석사논문, 1984, 43면.
12   마르틴 하이데거, 소광희 역, 『시와 철학』, 박영사, 58면.
13   마르틴 하이데거, 『존재와 시간』, 210면.

안다고 생각한다. 그러나 이름을 붙임으로써 우리가 알아낸 것은 '어떠어떠한 공간 안에 있는 사물의 무엇무엇인 것처럼 보인다는 의미'를 밝혀냈을 뿐이다. 우리는 실제로 그 사물이 드러내는 바를 알아보지 못한다. 인간은 언어로 대상을 명명하면서 대상인 사물적 존재자를 이해한다고 생각하지만, 실제로는 그 대상의 본질을 오히려 망각한다.

나는 시방 위험한 짐승이다.
나의 손이 닿으면 너는
미지의 까마득한 어둠이 된다.

존재의 흔들리는 가지 끝에서
너는 이름도 없이 피었다 진다.
눈시울에 젖어드는 이 무명의 어둠에
추억의 한 접시 불을 밝히고
나는 한밤내 운다.

나의 울음은 차츰 아닌 밤 돌개바람이 되어
탑을 흔들다가
돌에까지 스미면 금이 될 것이다.

······ 얼굴을 가린 나의 신부여.

—「꽃을 위한 서시」 전문

바람도 없는데 꽃이 하나 나무에서 떨어진다. 그것을 주워 손바닥에 얹어 놓고 바라보면, 바르르 꽃잎이 훈김에 떤다. 화분도 난[飛]다. 「꽃이여!」라고 내가 부르면, 그것은 내 손바닥에서 어디론지 까마득히 떨어져 간다.

지금, 한 나무의 변두리에 뭐라는 이름도 없는 것이 와서 가만히 머문다.

—「꽃·Ⅱ」 전문

「꽃을 위한 서시」에서 '나'가 '위험한 짐승'인 것은 인간에게 주어진 위험한 재보(財寶)인 언어[14]를 사용하기 때문이다. "나의 손이 닿으면 너는 / 미지의 까마득한 어둠이 된다"는 것은 때 묻은 언어를 사용함으로써 '꽃'이라는 존재자의 본질을 망각함을 상징하는 것이다. 「꽃·Ⅱ」에서 '꽃이여!'라고 부르는 순간 대상이 까마득히 떨어져가는 것 역시 같은 맥락이다.

언어의 도구적인 사용으로 말미암아 대상의 본질은 오히려 은폐되고 만다. 이렇게 보면, "한나절, 그는 나의 언덕에서 울고 있는데, 도연(陶然)히 눈을 감고 그는 다만 웃고 있다"(「꽃·Ⅰ」)나 "눈시울에 젖어드는 이 무명의 어둠에 / 추억의 한 접시 불을 밝히고 / 나는 한밤내 운다"(「꽃을 위한 서시」)라는 구절의 '울음'은 은폐를 벗고 존재론적인 물음을 던지는 행위를 상징한다고 해석할 수 있다. 즉 '울음'은 멀어져가는 대상의 본질을 붙잡기 위한 존재론적인 물음인 것이다.

여기서 눈여겨 볼 것은, 존재론적 물음인 '울음'이 '추억의 한 접시 불을 밝히고 한밤내' 지속된다는 것이다. 말하자면 '추억의 한 접시 불

---

14 마르틴 하이데거, 『시와 철학』, 47면.

을 밝히고'는 존재론적 질문이 행해지는 조건이자 방법이고 '한밤내'는 질문이 행해지는 상황이다. '추억이라는 한 접시 불을 밝히고 운다'는 것은, 존재론적 질문이 '추억'을 바탕으로 해서 성립될 수 있음을 말하는 것이다. '추억'을 '나'가 가지고 있는 꽃에 대한 기존의 이해 내용이라고 한다면, 꽃에 대한 기존의 이해를 바탕으로 꽃의 존재를 파악하고자 하는 셈이다. 이때 꽃에 대한 기존의 이해는 하이데거의 '존재양해 내용'과 같은 것으로서, 존재 사실과 상태에 대한 어렴풋한 평균적인 이해라고 할 수 있는 성질의 것이다.[15]

하이데거에게서 '이해(Verstehen)'는 세계내존재의 비은폐성을 이루는 기초적인 실존 범주이며, 그 자신 안에 해석의 가능성을 담고 있다. 선소유(先所有, Vorhabe), 선견(先見, Vorsicht) 그리고 선취는 한 '대상'의 구성에 있어서 그 전제 조건이 된다. 그러므로 대상 그 자체 또는 순연한 사실은 있을 수 없다.[16] 우리가 이해하는 일체의 것은 사용되는 개념들을 선취(先趣, Vorgriff)로부터 끌어내리거나 혹은 그 존재자와 일치하지 않는 기존의 범주들에 선취를 밀어넣음으로써 해석된다. 현존재의 해석학은 존재자의 인지의 경우와 마찬가지로 사용되는 범주와 개념에 달려 있으며, 또한 해석에 있어서 개념과 '대상'의 적합성에 힘을 기울여야 한다. 이런 면에서 '이해'는 현존재의 실존 범주의 하나로서, 해석은 이해된 것을 납득하는 것이 아니라 오히려 이해 속에 기투된 가능성들을 완성하는 것이다. 기존의 이해를 바탕으로 존재에 대한 탐구를 시

---

15 하이데거는 존재 양해 내용이 현존재의 속에 이미 있는 것이며, 이 존재 양해 내용을 해석하기 위해서는 일단 존재론적인 물음을 던지는 데서 출발해야 한다고 주장한다. 마르틴 하이데거, 『존재와 시간』, 28면.
16 조셉 블라이허, 권순홍 역, 『현대 해석학』, 한마당, 1983, 115면.

작하려는 김춘수의 시도는 이런 맥락에서 설명될 수 있을 것이다.

'한밤내'는 존재론적 질문이 던져지는 상황으로서 '눈시울에 젖어드는 무명의 어둠'(「꽃을 위한 서시」)이나 '꽃이여!'라고 부르는 순간 까마득히 멀어져간 상태(「꽃·Ⅱ」)와 유사한 성질의 것이다. 이때 '어둠'은 부정적인 상징이 아니라 기존의 때 묻은 언어의 사용을 중지한 '이름이 없는' 상태로서, 존재로 돌아갈 수 있는 첫걸음이 된다. 즉 그것은 은폐된 대상의 '존재'를 드러내기 위하여 기존의 지식과 관념을 중지하는 '현상학적 판단중지'의 상태라고 할 수 있다. 그것은 김춘수의 '서술적 이미지'나 후기 시에 드러나는 현상학적 사유가 초기 시에 이미 내재되어 있음을 보여주는 증거가 된다.

4. 실존범주로서의 언어와 현상의 발견

그렇다면, 도구로서의 언어가 아닌 존재론적인 의미에서의 언어란 무엇인가? 하이데거에 따르면, 언어는 '말'이 밖으로 말해진 것이고, '말'은 정상성이나 양해와 같이 현존재가 세계 내에 존재하는 방식의 하나[17]로서 새롭게 조명된다. 언어는 인간이 비로소 존재자의 한복판에 설 수 있는 가능성을 주며, 역사적인 것으로서 존재할 수 있기 위한

---

17 마르틴 하이데거, 『존재와 시간』, 223~225면 및 이기상, 『하이데거의 실존과 언어』, 문예출판사, 1991, 136~140면 참고.

보증을 준다.

하이데거는 언어의 이와 같은 측면을 '언어는 존재의 집'이라는 말로 표현한 바 있다. '존재의 집'으로서의 언어란, 존재하는 것을 존재하는 것으로서 밝은 데로 개시해서 내놓는 언어를 말함이다. 이때 언어는 단순한 의사 전달의 도구나 특정한 사실의 기호 또는 합리적으로 정의된 추상 개념이 아니라 존재에 속하는 것으로서, 존재와의 본질적 관계 속에서 실존적으로 양해되는 것이다. 본질적인 존재의 자기 계시는 이 근원적이며 본질적인 언어의 세계에서 비로소 가능한 것이다. 그러므로 언어의 표명은 실존에의, 역사에의, 밝음에의 기투이며, 이 기투가 바로 시이며 창작이며 언어예술인 것이다. 시인이 말한다는 것은 단순한 자유로운 제의미의 조작이 아니라, 현재를 그의 본질적 근거 위에 힘들지 않게 근거지운다는 의미에서이다.

> 2
> 이름도 없이 나를 여기다 보내 놓고
> 나에게 언어를 주신
> 모국어로 불러도 싸늘한 어감의
> 하나님,
> 제일 위험한 곳
> 이 설레이는 가지 위에 나는 있습니다.
> 무슨 층계의
> 여기는 상(上)의 끝입니까,
> 위를 보아도 아래를 보아도

발뿌리가 떨리는 것입니다.

모국어로 불러도 싸늘한 어감의

하나님,

안정이라는 말이 가지는

그 미묘하게 설레이는 의미 말고는

나에게 안정은 없는 것입니까,

　　　　　　　　　　　　　　　　　－「나목과 시」 부분

　위의 시는 존재론적인 질문에 처한 시인의 위태롭고 설레는 순간을 표현한 것이다. '설레이는 위험한 가지'는 존재에의 물음을 던지는 시인이 위치한 자리이다. 시인은 존재자의 차원을 떠나 형체가 잡히지 않는 '존재'를 향하여 물음을 계속해야 하므로 위험하며 고통스럽고, 동시에 '존재'를 향해 나아가므로 설레는 현존재이다.

　'모국어'는 가장 친밀하고 익숙한 언어를 상징하는 것으로서, 현존재가 세계 내에 존재하는 방식 중의 하나인 말(Rede)이 밖으로 언표되어진 것으로서 일종의 도구적 존재자이다.[18] 그것은 존재자의 이름을 부르기에는 친숙한 것이지만 존재를 환기할 수는 없다. 도구적 존재자로서의 언어는 불완전하고, 그러므로 그것 자체가 존재에 대한 물음을 던지게 되는 계기를 제공한다. 시인은 항상 언어가 타성에 젖은 도구로

---

[18]　"논술(말－인용자)이 밖을 향해 언표되었을 경우, 그것이 언어가 된다. 이렇게 해서 언어라는 이 언어전체성은 논술이 그 속에서 어떤 고유의 '세계적' 존재를 가지는 것이기 때문에, 세계내부적 존재자로서 도구적 존재자처럼 눈앞에 발견되기에 이른다. 언어는 분쇄되어 사물적으로 존재하는 여러 언어라는 사물이 되는 수도 있는 셈이다." 마르틴 하이데거, 『존재와 시간』, 224면.

사용되는 것을 경계하고 대상의 본질을 추구해야 하므로 '안정'이 있을
수 없다.

「꽃」은 '존재의 집으로서의 언어'가 가능한지를 타진하는 시라고 할
수 있다. 여기서 대상의 이름을 부른다는 것은, 「꽃·Ⅱ」, 「꽃을 위한 서
시」에서 대상에 이미 붙여져 있는 이름을 부르는 것과는 다른 행위이다.

> 내가 그의 이름을 불러 주기 전에는
> 그는 다만
> 하나의 몸짓에 지나지 않았다.
>
> 내가 그의 이름을 불러 주었을 때
> 그는 나에게로 와서
> 꽃이 되었다.
>
> 내가 그의 이름을 불러 준 것처럼
> 나의 이 빛깔과 향기(香氣)에 알맞은
> 누가 나의 이름을 불러다오.
> 그에게로 가서 나도
> 그의 꽃이 되고 싶다.
>
> 우리들은 모두
> 무엇이 되고 싶다.
> 너는 나에게 나는 너에게

잊혀지지 않는 하나의 눈짓이 되고 싶다.

-「꽃」 전문

위의 시에서 이름을 부르는 행위는 사물적 존재자의 본질을 드러나게 한다는 의미이다. '내가 이름을 불러준 순간 그가 나에게로 와서 꽃이 되었다'고 할 때, 언어는 존재자가 "그 본질의 불빛 아래 규정되는 즉 존재를 태어나게 하는 언어"[19]이다. 하이데거식으로 이야기하면 그것은 존재의 어둠을 밝히는 빛과 같은 것이다. 이름을 불러주었을 때 대상은 자신의 고유한 '존재'를 드러내기 때문이다.

이 존재론적 언어는 더 이상 인간적 의표를 실어나르는 도구가 아니다. 그것은 모든 인간적 말들이 침묵하는 가운데 말해지는 일종의 신성한 언어 또는 신비로운 상징이며, 존재에 대한 계시와 같은 것이다. 시인은 이를 직관적으로 알아차린다. 그는 '이름을 갖지 않는 것 속에서 존재하는 법'을 알기 때문에 신성한 것을 명명할 수 있다.[20] 하이데거는 존재의 건설이 신들의 눈짓에 의한 것이며, 시인은 이 '눈짓'을 알아차릴 수 있는 존재라고 생각했다. 김춘수의 명명 행위는 이 같은 언어관에 바탕하고 있는 것으로서, 단순히 편의를 위해 이름을 붙이는 것과는 본질적으로 다른 것이다.

겨울하늘은 어떤 불가사의의 깊이에로 사라져 가고,

있는 듯 없는 듯 무한은

---

19   이승훈, 「시의 존재론적 해석 시고(試攷)」, 『김춘수 연구』, 226면.
20   피에르 테브나즈, 심민화 역, 『현상학이란 무엇인가』, 문학과지성사, 1982, 49면.

무성하던 잎과 열매를 떨어뜨리고

무화과나무를 나체로 서게 하였는데,

그 예민한 가지 끝에

닿을 듯 닿을 듯 하는 것이

시일까,

언어는 말을 잃고

잠자는 순간,

무한은 미소하며 오는데

무성하던 잎과 열매는 역사의 사건으로 떨어져 가고,

그 예민한 가지 끝에

명멸하는 그것이

시일까,

―「나목과 시 서장(序章)」 전문

　'헐벗은 무화과나무'는 가식적인 삶을 벗고 본질적인 삶의 자세로 돌아감을 의미한다. 언어가 말을 잃는다는 것은 때 묻은 언어의 사용을 중지하고 침묵 속에 잠겨있는 것을 뜻하는데, 이 침묵은 들음과 마찬가지로 말(Rede) 자체에 속하는 존재 양식이다.[21] 침묵이야말로 고유한 존재에로 돌아갈 수 있게 하는 통로로서, 무한은 그 속에서 비로소 열린다. 시는 이처럼 침묵의 상태에서 모든 때 묻은 언어활동을 정지시킨 상태에서 쓰여지는 것이다.

---

21 마르틴 하이데거, 『존재와 시간』, 226~231면.

김춘수는 이처럼 대상의 본질을 환기하는 존재론적인 언어를 '서술적 이미지'라고 지칭하고 있다. 언어가 존재를 밝혀줄 수 있는 것은 서술적 이미지일 때 가능하다. 서술적 이미지는 배후에 아무 것도 가지고 있지 않은 이미지 자체만의 유희로서 목적이 없는 순수한 이미지이기 때문이다.

그가 말한 서술적 이미지의 첫 번째 유형은 언어에서 메시지를 제거하고 대상의 인상만을 묘사함으로써 관념성을 극복하고자 하는 것이다. 그것은 대상을 설명하지 않고 현상 그대로 제시한다는 점에서, 주체의 시각이 아닌 현상 자체를 발견하는 계기가 된다. 그러나 주체가 여전히 일상적인 언어를 사용하여 대상을 파악하고 있다는 점에서, 언어가 도구적으로 사용된다는 점은 마찬가지다.

그는 이러한 논리적 모순을 극복하기 위해 대상 자체까지를 소멸시킨 서술적 이미지를 시도하게 된다. 이것이 서술적 이미지의 두 번째 유형이다. 이때 발생하는 이미지는 외부의 정경들 즉 대상 자체를 완전히 소멸시키고 오직 시인의 머릿속 이미지들의 논리만을 따라가는 것이다. 그 결과로 만들어진 시들은 특히 '무의미시'라고 지칭된다.

경우에 따라서는 대상의 어느 부분을 버리고, 다른 어느 부분은 과장한다. 대상과 배경과의 위치를 실지와 전연 다르게 배치하기도 한다. 말하자면 실지의 풍경과는 전혀 다른 풍경을 만들게 된다. 풍경의, 또는 대상의 재구성이다. 이 과정에서 논리가 끼이게 되고, 자유연상이 끼이게 된다. 논리와 자유 연상이 더욱 날카롭게 개입하게 되면 대상의 형태는 부숴지고, 마침낸 대상마저 소멸한다. 무의미의 시가 이리하여 탄생한다.[22]

'무의미시'란 대상, 작가, 작품의 관계에서, 대상 자체가 붕괴되고 작가와 작품의 관계만 남아있는 것이다. 이렇게 쓰여진 시들은 시인의 머릿속을 떠난 어떠한 것과도 연관을 갖지 않음으로 해서, 일상생활이나 시인 외부의 세계의 논리와는 다른 구조를 갖는다. 그러므로 이것들에 대상이나 그 밖의 의미 구조를 끼워 넣으려는 것은 실패로 돌아가게 된다. 그의 시가 부딪친 허무란 바로 이런데서 오는 것이다. 그것은 니힐리즘이 아니라 일상성의 측면에서 볼 때의 '의미 없음'이다.

김춘수는 그 예로 이상의 시와 조향의 「바다의 층계」, 김광림의 「석쇠」, 전봉건의 「속의 바다(21)」 등을 들고 있다. 이들은 언어와 이미지의 배열만이 남고 대상이 없다는 공통점을 가지고 있다. 김춘수의 「눈물」 역시 같은 맥락의 시이다.

남자와 여자의
아랫도리가 젖어 있다.
밤에 보는 오갈피 나무,
오갈피 나무의 아랫도리가 젖어있다.
맨발로 바다를 밟고 간 사람은
새가 되었다고 한다.
발바닥만 젖어 있다고 한다.

—「눈물」 전문

---

22   김춘수, 『김춘수 시론전집』 1, 현대문학, 2004, 543면.(『의미와 무의미』, 문학과지성사, 1976)

'눈물'이라는 제목과 이 시의 내용은 무관하다. 남자와 여자의 아랫도리, 오갈피나무, 새가 된 사람 등은 '젖어있음'이라는 이미지로만 연결되어 있다. 눈물 역시 젖어있다는 면에서만 내용과 연결될 것이다.

Ⅲ
살려다오.
북 치는 어린 곰을 살려다오.
북을 살려다오.
오늘 하루만이라도 살려다오.
눈이 멎을 때까지라도 살려다오.
눈이 멎은 뒤에 죽여다오.
북 치는 어린 곰을 살려다오.
북을 살려다오.

-「처용단장」 제2부 부분

이 시는 길을 걷다가 우연히 곰이 북을 치는 장난감을 보고 예전에 본 영화의 기억을 결합시켜 만든 것이다. 김춘수는 이 시를 짓게 되기까지의 과정을 수필에서 상세하게 적어놓고 있다.[23] 그러나 시에서는 창작에 관련된 배경 이야기들을 삭제함으로써, 이 시의 내용은 대상이 특정되지 않은 무의미한 것으로 읽힌다.

이 시가 포함된 「처용단장」 2부는 각각 다른 내용을 담고 있지만, 서

---

23   김춘수, 『김춘수 전집』 3, 문장, 1983, 61~63면.

시를 제외하면 모두 '~다오'라는 어미가 반복되고 있다. 여기서 중요한 것은 어미의 반복적인 사용과 거기서 얻어지는 울림이다. 마치 주문을 외는 것과 같이 반복되는 이런 소리의 울림들은 이미지간의 조화를 깨뜨리기 위해 의도적으로 사용된 것이다.[24] 이미지는 기본적으로 사생성이 끼어들기 마련인데 여기에 무의미한 소리를 반복시킴으로써 의미를 차단하는 것이다.

김춘수는 이러한 이미지들을 얻기 위해서는 '방심(放心) 상태'가 되어야 함을 주장한다. '언어가 시를 쓰고 이미지가 시를 쓰는 상태'란 결국 기존의 모든 지식의 차단을 의미한다. 즉 때가 묻은 기존의 관념 혹은 언어의 사용을 중지하고 자유로운 언어의 흐름에 몸을 맡기는 것이다. 이런 의미에서 서술적 이미지는 존재로서의 언어를 말함과 동시에 현상학적 판단중지 상태를 지시하기도 한다. 이처럼 초기 시의 존재론적인 질문은 그 자체에 이미 현상학적 사유의 바탕을 내포하고 있는 것이다.

전후의 상황에서 가장 중요한 것은 실존의 문제였고, 그것은 어쩔 수 없이 '죽음'이라는 문제와 연결된다. 김춘수는 죽음을 통해서 인간의 유한성을 깨닫고 존재의 물음에 이르고 있다. 여기서 그는 죽음을 현존재의 고유한 존재가능성으로 파악함으로써 죽음의 공포를 극복하고 동시에 '공현존재'인 살아남은 이들과의 유대감을 발견하게 된다.

24　"한 행이나 두 행이 어울려 이미지로 웅고되려는 순간, 소리(리듬)로 그것을 차단하는 수도 있다. 소리가 또 이미지로 웅고하려는 순간, 하나의 장면으로 차단하기도 한다. 연작에 있어서는 한 편의 시가 다른 한 편의 시에 대하여 그런 관계에 있다. 이것이 내가 본 허무의 빛깔이요, 내가 만드는 무의미 시다. 잭슨 폴록의 그림에서처럼 가로세로로 얽힌 궤적들이 보여주는 생생한 단─현재, 즉 영원이 나의 시에도 있어 주기를 나는 바란다." 김춘수, 『김춘수 시론 전집』 1, 538면.(『의미와 무의미』)

또한 김춘수는 언어를 수단으로 간주해온 기존의 시각에 이의를 제기하고 언어를 현존재의 실존 범주로 보는 하이데거적인 입장에 서있다. 이때 언어는 도구성을 벗고 '존재의 집'으로서의 모습을 되찾게 된다.

언어의 본질에 대한 탐구는 시에만 해당되는 것이 아니라 그의 시론에도 그대로 적용된다. 관념을 배제하고 인상만을 전달하는 '서술적 이미지'의 첫 번째 유형은 메시지를 가지고 있지는 않지만 여전히 전달할 무엇인가를 전제한다는 점에서 여전히 언어를 도구적으로 사용한다고 볼 수 있다. '서술적 이미지'의 두 번째 유형은 여기서 한 단계 더 나아가 자유로운 정신의 흐름을 받아 적는 초현실주의적 방법을 택함으로써 언어의 도구성을 벗어나고자 하는 것이다. 이는 기존의 해석이나 판단을 중지하고자 한다는 점에서 존재론적인 언어를 지향하고 있고, 현상학적 판단중지 상태와 유사한 성격을 가지고 있다. 이런 면에서 초기 시의 존재론적인 특징은 한편으로 현상학적인 성격을 드러내고 있다고 할 것이다.

관념의 표현으로서의 이미지와
유희로서의 이미지 현상[1]

1. 존재론적 언어와 이미지 시론

김춘수는 시 외에도 시론과 수필, 소설 등 다양한 분야의 글을 썼다.[2] 특히 그는 시의 이론적인 바탕을 연구하는 데 각별한 관심을 가지고 있어서, 시의 형태나 리듬과 같은 구성요소에 대한 연구뿐만 아니라 작시법이나 실제 비평까지 다양한 내용의 글을 남기고 있다.[3] 김춘수의 시

---

1 이 글은 졸고, 「김춘수의 시와 시론에 나타나는 이미지 연구」, 『한국의 현대문학』 3, 한양출판, 1994를 수정 보완한 것으로서, 원래의 논문은 『한국 현대시와 모더니즘』(신구문화사, 1996), 『한국근현대시론사』(역락, 2007)에도 실려 있다.
2 김춘수는 시와 시론 외에 소설 「처용」(『현대문학』, 1963.6), 『꽃과 여우』(민음사, 1977), 수필집 『빛 속의 그늘』(예문관, 1976), 『오지 않는 저녁』(근역서재, 1979), 『시인이 되어 나귀를 타고』(문장사, 1980), 『하느님의 아들, 사람의 아들』(현대문학, 1985), 『예술가의 삶』(혜화당, 1993), 『여자라고 하는 이름의 바다』(제일미디어, 1993), 『사마천을 기다리며』(월간 에세이, 1995) 등을 발간했다. 김춘수, 『김춘수 시전집』, 현대문학, 2004 연보 참고.
3 김춘수의 시론집은 『한국 현대시 형태론』(해동문화사, 1959), 『시론―작시법을 겸

론은 자신의 시에 대한 설명을 상당 부분 포함하고 있어서 그의 시를 설명하는 근거가 되는 한편 그의 시에 대한 객관적인 이해를 방해하는 요인으로 작용하기도 한다. 그 예로 '서술적 이미지'나 '무의미시'처럼 그가 시론에서 설명한 특정 개념들은 그의 시를 설명하는 가장 중요한 개념인 동시에 시 해석의 범위를 제한하는 억압이기도 하다.

초기 시론에서 김춘수가 관심을 가지는 것은 시의 형태이다. 그의 첫 시론집인『한국시형태론』은 시의 형태에 준거해서 한국 현대 시사를 정리하려고 시도한 것이다. 여기서 김춘수는『창조』를 전후한 시기에 자유시가 나타나며, 이때부터 비로소 현대시가 시작된다고 보고 있다. 여기서 주목되는 것은 '형태'를 단순히 운율의 있고 없음으로만 구분하는 것이 아니라 '이미지'까지를 포함한 개념으로 받아들이고 있다는 점이다. 김춘수가 말하는 시의 '형태'란, "운율 meter의 유무를 가리고, 있으면 어떻게 있는가, 없으면 어떻게 없는가 하는 그 운율의 있고 없는 대로의 시의 청각적 시각적 양상"[4]이다. 이는 청각적인 것에 한정된 '운율'의 개념에 시각적인 부분을 추가함으로써, 시사 전체를 '형태'라는 측면에서 체계화하려는 의도를 가지고 있는 것이다. 예컨대 시각성이 두드러지는 30년대의 모더니즘 시들을 설명하기 위해서는 운율 이외의 다른 잣대가 필요했던 것이다.

김춘수가 자신의 논리를 보다 명확하게 드러내는 것은 이미지를 중심으로 한 이후의 논의들로서, 이때부터 그의 시론은 그 자신의 시와 밀접

한』(문장사, 1961),『시론─시의 이해』(송원문화사, 1971),『의미와 무의미』(문학과지성사, 1976),『시의 표정』(문학과지성사, 1979),『시의 이해와 작법』(고려원, 1989),『시의 위상』(둥지출판사, 1991),『김춘수 사색 사화집』(현대문학, 2002) 등이다.

4   김춘수,『김춘수 시론 전집』1, 36면.(『한국현대시형태론』, 해동문화사, 1959)

하게 대응하면서 전개된다. 『한국시형태론』이 형태를 중심으로 한국 시사를 정리하려 했던 것처럼, 이미지를 중심으로 한 시론은 이미지의 유형에 따라 한국시의 계보를 마련하고자 한 것이다. '비유적 이미지'와 '서술적 이미지'라는 유형 분류는 김춘수 자신의 창작의 지향점을 보여준다는 면에서, 그의 시와 시론을 설명하는 중요 요소로 부각될 만하다.

한편 그의 이미지론은 초기 시의 특징인 존재론적인 탐구와 긴밀하게 연결되어 있다. 그는 초기 시에서 존재론적인 질문을 던지고 그것을 시의 언어와 연결시켜 설명하고 있다. 그 예로 '꽃' 연작과 「나목과 시」, 「나목과 시 서장」은 존재론적 언어에 대한 사유를 시로 표현한 일종의 사변시라고 볼 수 있다. 김춘수는 시에서 언어가 존재론적으로 사용된 예를 '서술적 이미지'라고 설명하는데, 이는 서술적 이미지가 관념을 표현한 것이 아니라 현상 자체를 그대로 드러내는 것이기 때문이다. 이런 면에서 서술적 이미지는 존재론적인 탐구가 현상학적 사유로 옮겨가는 중간 다리 역할을 한다고 볼 수 있다.

2. 관념을 표현하는 언어 — 비유적 이미지

김춘수는 이미지를 '무엇에 쓰이는가' 하는 기능에 따라 비유적 이미지와 서술적 이미지로 나눈다. 이미지가 관념이나 기타 다른 것들을 배후에 가지고 있으면 비유적 이미지가 되고, 이미지 그 자체만을 위한 것이면 서술적 이미지가 된다는 것이다.[5] 무언가를 전달하기 위해 쓰여지는 이미지는 결국 목적하는 그 무엇에 종속되므로 불순한 것으로 취급된다. 미적인 것은 예술 이외의 목적에 봉사하기 위해 있는 것이 아니라, 그 자체가 필연적 만족의 대상이기 때문이다.

김춘수가 비유적 이미지를 불순한 것으로 파악하는 것은, 미적 인식을 취미 판단의 영역에 포함시키는 칸트적인 사고에 바탕하고 있기 때문이다. 칸트의 철학 체계에서 '미적인 것'은 '어떤 대상의 현존의 표상과 결합되어 있는 만족'[6]이 아니다. 대상이 아름답다는 판단 근거는 대상의 현존에 좌우되는 것이 아니라 욕망이나 욕구 능력과는 상관없이 만족을 일으키는 관조적인 것이다. 그것은 개념과 결부되지 않은 필연적 만족의 대상이며, 일체의 목적을 떠나 대상을 표상하는 주관적 합목적성의 형식이다.[7] 이 같은 관점에서 볼 때, 예술은 실생활과는 관계없는 유희의 차원으로 규정되며, 따라서 예술에 그 자체 이외의 목적이나 쓰임새를 부여하는 것은 잘못된 것이다. 김춘수의 문학적 입장은 이러한 칸트적 사고 위에 놓여 있다.

비유적 이미지는 감추어진 관념과 겉으로 드러나는 이미지의 두 부분으로 나누어진다. 김춘수는 이를 '본의(本義)'와 '유의(喩義)' 또는 '상[idea]'과 '서술적 심상'이라는 말로 표현하고, 양자의 관계가 직접적으로 드러나는 것과 감추어져 있는 것을 구분한다. 그중 첫 번째는 본의와 유의가 직접적으로 드러나고 있는 경우이다.

---

5   위의 책, 506~507면.(『의미와 무의미』)
6   I. Kant, 이석윤 역, 『판단력 비판』, 박영사, 1974, 58면.
7   위의 책, 57~108면 참고.

거룩한 분노는

종교보다도 깊고

불 붙는 정열은

사랑보다도 강하다

아! 강낭콩 꽃보다도 더 붉은

그 마음 흘러라

(…중략…) 위의 시에서 '보다도'라는 보조 형용을 매개로 하여 '물결'이 '강낭콩 꽃'에 비유되고 있고, '마음'이 '양귀비 꽃'에 비교되고 있다. 이렇게 비교됨으로써 전자에 있어서는 '물결'의 푸르름을, 후자에 있어서는 '마음'의 정열적인 상태를 각각 구체적으로 말하고 있다.

그런데 이 시의 '물결'은 글자 그대로의 물결이 아니다. 짙푸르게 영원히 흐르는 강물 같은 민족의 맥박 또는 역사, 이런 것을 말하고자 한 것이다. 그러니까 이 경우의 '물결'은 '마음(정열)'과 함께 한 관념이요 추상이다. 이것들을 구체적으로 보여주고 있는 것이 '강낭콩꽃'이라는 심상이요 '양귀비꽃'이라는 심상이다. 그러니까 이 시에서는 '물결'(민족의 맥박, 역사)과 '마음'(정열)이 작가가 말하고 싶었던 상[idea]이 될 것이고, '강낭콩꽃'이나 '양귀비꽃'은 그것들을 구체적으로 보여주는 서술적 심상이 된다.[8]

인용된 변영로의 시 「논개」에서 '물결'은 '역사'를, '마음'은 '애국심'을 의미한다. 물결이 흘러가는 것처럼 도도하게 흐르는 역사에 논개라

---

8   김춘수, 앞의 책, 349면.(『시론─시의 이해』, 송원문화사, 1971)

는 미천한 기생의 애국심이 어리어 흐르고 있는 것이다. '푸른'과 '붉은'이라는 형용사는 역사를 뜻하는 '청사(靑史)'와 '단심(丹心)'이라는 뜻을 함축하면서 색채의 대조를 보여주고 있다. 그러므로 본의와 유의 즉 주지(tenor)와 매체(vehicle)의 관계는 '물결'과 그것이 상징하는 역사 사이에서 성립되는 것이다. 그럼에도 불구하고 김춘수는 '물결'과 '강낭콩꽃', '마음'과 '양귀비꽃'을 주지와 매체의 관계로 해석하는 오류를 범하고 있다. 그가 지적한 '강낭콩꽃'과 '양귀비꽃'은 '서술적 심상(매체)'이 아니라 색채의 대조 효과를 노린 보조적인 시어에 불과하다.

이 시가 참신한 인상을 주지 못하는 것은 '역사'를 '물결'에 비유하는 것이 이미 타성화되어 있어 시적인 긴장력을 확보하지 못하기 때문이다. 비유가 일상화되어 있어 비유로서의 구실을 다하지 못할 때, 그 비유는 비유로서의 기능을 상실한 '죽은 비유(dead metaphor)'[9]가 되고 만다. 이때 비유는 이미 시적인 의미를 상실하므로, 굳이 '비유'라는 말을 사용할 필요가 없다. 그러므로 김춘수가 비유적 이미지의 한 유형으로 제시한, 본의와 유의가 직접적으로 드러나는 경우는 사실상 '비유'라고 하기에 부적절한 것이다. 따라서 비유적 이미지는 나머지 하나의 유형만으로 좁혀진다.

비유적 이미지의 두 번째 유형은, 주지와 매체의 관계가 표면적으로 드러나지는 않지만 시 전체가 하나의 비유로 이루어지는 경우이다. 박두진의 「해」와 서정주의 「문둥이」가 그 예로서, 「해」는 시인의 관념을 비유한 것인 반면 「문둥이」는 어떤 의지를 담고 있지는 않으나 생에 대

---

9   김용직, 『현대시원론』, 학연사, 1988, 101면.

한 인식을 보여주는 시로 평가된다.[10] 특히 「문둥이」는 '장면의 감각적인 인상'이 아닌 '형이상학적 암시'를 알리고 있긴 하지만 목적이 이미지 그 자체에 있는 것은 아니기 때문에 '비유적 이미지'에 속하는 것으로 분류되고 있다.

> 이 시(문둥이―인용자)에는 끝행에 비유가 한 곳 보이지만 그 외는 없다. 그러나 수사적인 비유는 없지만 이 시 전체가 하나의 비유가 되고 있다. 앞의 시(정지용의 「지도」―인용자)와는 반대다. 그리고 각 연이 각각 하나씩의 비유로 되고 있다. "해와 하늘빛이 / 문둥이는 서러워"는 장면의 감각적인 인상은 아니다. 이때의 '서러워'란 설명어는 「지도」에서의 '깊다'란 설명어와는 다르다. 그것은 어떤 인상의 강조가 아니라 형이상학적인 암시를 알리고 있다. "보리밭에 달 뜨면 / 애기 하나 먹고"도 어떤 장면의 그대로의 제시가 아니다. 이 처절한 이미지의 목적은 이미지 그 자체에 있지 않다. 이미지는 하나의 표현이 되고 있다.[11]

이미지가 하나의 관념을 위해 봉사하지 않는다 하더라도 이미지 자체가 목적은 아니므로 비유적 이미지에 속한다는 것이다. 그러나 서정주의 「문둥이」는 천형을 감수하는 문둥이의 고통을 통해, 인간 조건의 한계성을 드러낸 상징적인 시라고 보아야 옳을 것이다.

이미지를 상상력의 개입 형태에 따라 분류하면, 지각 이미지(감각적 이미지)와 비유적 이미지, 상징적 이미지로 나눌 수 있다.[12] '지각 이미지'는

---

10   김춘수, 앞의 책, 510~511면.(『의미와 무의미』)
11   위의 책, 509면.

신체의 감각 기관에 호소하는 이미지 예를 들어 시각적 이미지라든가 촉각적 이미지 등을 가리킨다. 이보다 한 단계 더 나아간 것이 '비유적 이미지'로서 한마디로 그것은 비유에 의한 이미지라고 말할 수 있다. '비유적 이미지'는 주지와 매체를 가지고 있으며, 이 두 요소는 유추를 통해 이질적인 요소들을 동일화시킴으로써 시의 효과를 높인다. '비유적 이미지'가 감각적 사실을 다른 모양으로 전이시켜 제시함으로써 감각적 이미지와 직접 연결되고 있는 것에 반해, '상징적 이미지'는 신화나 원형, 인간의 원초적인 세계 인식과 같은 좀 더 깊이 있는 것들과 연결되어 있다.

그러므로 김춘수가 비유적 이미지의 두 번째 유형으로 제시한 것은 비유적 이미지와 상징적 이미지가 혼합된 것이며, 「문둥이」는 오히려 상징적 이미지의 단계에 있는 작품이다. 또한, 비유적 이미지는 그 자체가 '서술적 이미지'와 상대를 이루는 개념이 아니라, 상상력의 개입 형태에 따른 이미지의 한 유형으로 분류되어야 한다.

결국 김춘수가 '비유적 이미지'라고 지칭하는 것은 '기능'이라는 애매한 기준에 의해 서로 다른 유형의 이미지들을 한데 모아 놓은 것임을 알 수 있다. 김춘수가 말한 '비유적 이미지'에 해당하는 것은 관념을 가지고 있는 시들이라고 할 수 있는 것으로서, 김춘수의 초기시에서 그 예를 찾아볼 수 있다.

　　나는 시방 위험한 짐승이다.
　　나의 손이 닿으면 너는

12　김용직, 앞의 책, 5장 참고.

미지의 까마득한 어둠이 된다.

존재의 흔들리는 가지 끝에서

너는 이름도 없이 피었다 진다.

눈시울에 젖어드는 이 무명의 어둠에

추억의 한 접시 불을 밝히고

나는 한밤내 운다.

나의 울음은 차츰 아닌 밤 돌개바람이 되어

탑을 흔들다가

돌에까지 스미면 금이 될 것이다.

……얼굴을 가리운 나의 신부여,

-「꽃을 위한 서시」 전문

비유적 이미지가 목적을 위해 만들어지는 이미지라고 할 때, 김춘수의 초기 시에서 '목적'에 해당하는 것은 관념이다. 위의 시는 기정사실화된 것들에 대해 의문을 제기하고 타성화되기 이전의 본질을 추구하고 있다. 관념은 순수 관념 즉 이데아로 상징되며 그것이 '꽃'이라는 상징으로 표현되는 것이다.

내가 '위험한 짐승'인 이유는 '추억의 한 접시 불'로 상징되는 기성의 관념 또는 인식을 가지고 있기 때문이다. 기존 관념을 가지고 대상을 바라보는 순간, 대상은 알 수 없는 어둠('무명의 어둠') 속에 잠겨버린다('너는 이름도 없이 피었다 진다'). 기존 관념은 이미 타성이 되어 있어서 대상의 본질과는 다른 허상을 만들어낼 뿐이다. 그러므로 시인은 있는 그대로의 대상의 본질을 인식하기 위해 '울음'으로 상징되는 고통스런 존재에의 물음을 계속해야 한다. 그 해답을 찾는 순간 돌에 스밀 정도의 고통은 금으로 변하고, 시인은 비로소 대상을 새로운 이름으로 명명하게 되는 것이다. 「꽃」의 "내가 그의 이름을 불러주기 전에는 / 그는 다만 / 하나의 몸짓에 지나지 않았다 / 내가 그의 이름을 불러주었을 때 / 그는 나에게로 와서 / 꽃이 되었다"라는 구절은 이를 그대로 표현하고 있다.

김춘수가 추구하고 있는 것은 완전하고 불변하는 대상의 원형 즉 질료와 형식을 모두 자기 안에 가지고 있는 플라톤적 의미의 이데아이다. 인식론적인 측면에서 볼 때, 명명 행위를 통해서만 대상이 존재한다는 것은 칸트적인 사유의 일단을 보여준다. 칸트에 의하면, 어떤 대상이 주어질 때 그 대상은 감성의 순수 형식 즉 시간과 공간을 통해서만 우리에게 주어질 수 있다. 대상을 인식할 수 있으려면, 우선 감성에 다양이 주어지고 구상력을 통해 이 다양을 종합한 후, 오성이 이 순수 종합에 통일성을 부여해서 통일된 표상에서 존립하는 개념이 나타나야 한다. 즉 직관을 통해 대상이 현상으로 주어지면, 개념을 통해 이 직관에 대응하는 대상이 사고되는 것이다.[13] 김춘수의 「꽃」을 예로 든다면, 하나의 몸짓에 지나지 않는 '꽃'이 감성에 주어지고, 시인은 구상력에 의해 종합된 대상에 오성을 이용해서 개념(이름)을 만들어낸다. 대상은 이런 과정을 거쳐 경험될 때 비로소 나에게 의미를 가지게 된다. 따라서 김춘수의 명명 행위는 직관에 주어진 대상을 사고하기까지의 과정을 그대로 밟고 있는 셈이다.

그러나 김춘수는 인식론적 측면에서는 칸트의 입장을 받아들이면서

---

13 I. Kant, 전원배 역, 『순수이성비판』, 삼성출판사, 1990, 82~171면 참고.

한편으로는 순수 관념을 추구하는 자기 모순을 빚고 있다. 칸트는 우리 자신의 직관 방식에 의해 우리에게 표상되는 객체인 대상의 '현상'과 우리의 직관 방식에서 벗어난 까닭에 우리에게 알려질 수 없는 대상 자체로서의 '물 자체'를 분리시킨다. 인간이 오성을 통해 인식할 수 있는 것은 '현상'의 세계이고, '물 자체'는 신적 오성에 의해 인식될 수 있을 뿐이다. 즉 '물 자체'는 인간의 명명 행위나 의미 부여와는 동떨어져 독립적으로 존재하는 것이다. 그러므로 대상에 의미를 부여했을 때, 우리에게 의미를 가지고 발견되는 것 역시 현상의 세계에 한정되어 있다. 이렇게 볼 때, 김춘수가 추구하는 '이데아(순수관념)'는 칸트의 '물 자체'에 가까운 개념이기 때문에 인간에 의해 경험될 수 없는 세계이다. 그러므로 이데아를 추구하는 김춘수의 시도는 처음부터 실패가 예정되어 있었던 것이라 할 수 있다.

이러한 실패는 칸트의 인식론적인 이원론과 플라톤의 존재론적인 이원론이 혼동된 데서 연유한다. 칸트의 이원론은 대상 자체가 이원적인 것이 아니라 의식의 소여성 속에 나타나는 인식론적인 이원론인 반면, 플라톤의 형상론은 완전하고 불변하는 대상의 원형으로서의 '이념'과 그것의 모사체인 불완전한 '현상'으로 존재의 양태가 분리되는 존재론적인 이원론이다.[14] 김춘수의 『꽃의 소묘』에는 이러한 인식론적인 부분과 존재론적인 부분이 혼동되어 있다. 이 혼동된 물음 사이에서 고민하던 김춘수는 다음 단계에서 형이상학의 추구를 포기하고 일상적인 세계로 옮겨간다.

---

14 연효숙, 「칸트의 의식과 인식의 한계에 관한 연구」, 연세대 석사논문, 1984, 58면.

형이상학적인 순수관념을 포기하면서 김춘수는 정반대로 시에 사회성을 끌어들이고 있는 바, 이때 '관념'은 사회성 내지 이데올로기와 동일시된다. 즉 시가 사회적인 것이나 이데올로기를 위해 봉사하게 되는 경우이다. 「부다페스트에서의 소녀의 죽음」, 「우계(雨季)」, 「그 이야기를……」 등이 그 예로서, 여기서 비유적 이미지의 수단으로서의 기능은 극에 달한다.

다뉴강에 살얼음이 지는 동구의 첫겨울
가로수 잎이 하나 둘 떨어져 뒹구는 황혼 무렵
느닷없이 날아온 수발(數發)의 소련제 탄환은
땅바닥에
쥐새끼보다도 초라한 모양으로 너를 쓰러뜨렸다.
순간.
바숴진 네 두부(頭部)는 소스라쳐 삼십보 상공으로 튀었다.
두부를 잃은 목통에서는 피가
네 낯익은 거리의 포도(鋪道)를 적시며 흘렀다.
너는 열세 살이라고 그랬다.
네 죽음에서는 한 송이 꽃도
흰 깃의 한 마리 비둘기도 날지 않았다.

─「부다페스트에서의 소녀의 죽음」 부분

위 시에서 쥐새끼, 꽃, 비둘기 등은 각각 초라함, 조상(弔喪), 평화 등을 상징하는 시어들로서, 시 전반에 흐르는 처절한 분위기를 배가시키는 효과를 가져온다. 이들 시어들은 전쟁의 참혹함을 고발하는 데 기여한다는 면에서는 김춘수가 구분한 비유적 이미지에 포함되겠지만, 실제 이미지의 유형으로 볼 때는 오히려 상징적 이미지에 속한다. 결국 김춘수의 시에서 역시 비유적 이미지는 논리의 혼란 속에 놓여 있는 셈이다. 그 원인은 김춘수가 이미지를 단순히 수단과 목적이라는 이분법에 의해 분류해놓고 있기 때문이다.

그러나 김춘수는 이러한 사회성이 시를 관념의 수단으로 전락시킨다고 판단하고 이를 배척하고 있다. 사회성은 이데올로기와 같은 것이 되고, 순수한 이미지를 만드는 데 방해가 되므로 배제되어야 한다는 것이다.

> '우리'라는 관념의 의미상의 한계를 어떻게 잡아야 할까? 한국인, 일본인 (…중략…) 으로 잡으면 그 한계는 민족주의에 가 부닥치게 된다. '우리'를 무산계급, 유산계급으로 잡으면 그 한 계는 사회주의에 가 부닥친다. 그러나 실감으로서의 구체적인, 아주 리얼리스틱한 우리는 내 입장으로는 친구 정도의 말이 될 수밖에는 없다. 친구는 민족도 아니요 계급도 아니다. 나는 친구가 될 수 없는, 민족으로부터 계급으로부터 도피하고 싶을 뿐이다. 관념 (이데올로기)의 감상에 사로잡힐 수는 없다. 이것이 또한 시를 생각할 때의 나의 결백성이다.[15]

이는 무엇보다도 시를 자기 목적적인 것으로 보는 관점이 작용한 탓이겠지만, 그 이면에는 릴케적인 형이상학의 깊이를 더할 수 없었던 좌

---

15 김춘수, 앞의 책, 491면.(『의미와 무의미』)

절감이 자리하고 있다. 형이상학을 포기하면서 사회성을 시에 끌어들였던 김춘수는 '관념'을 이데올로기와 동일시함으로써 거기에서 벗어날 근거를 마련한다. 서술적 이미지는 이 자리에서 발생하는 것이다.

3. 현상을 드러내는 언어 ─ 서술적 이미지

비유적 이미지가 목적을 위한 수단이므로 불순한 것이라고 파악한 김춘수는 배후에 아무것도 가지고 있지 않은 이미지 자체만의 유희를 시도하게 되는데, 이것이 바로 서술적 이미지이다. 서술적 이미지는 다시 대상을 있는 그대로 베껴내는 사생적(寫生的) 소박성을 가지고 있는 유형과 사생성(寫生性) 자체가 사라진, 즉 대상 자체가 제거된 유형으로 분류되어 있다. 전자의 경우 '서술적(descriptive)'이라는 용어는 '묘사한다' 혹은 '베껴낸다'라는 의미의 '모사(模寫)'나 '사생(寫生)'과 같은 것으로 사용되지만, 후자에서는 문자 그대로 '기술(記述)하다'라는 뜻으로서, "정신의 흐름의 자유로운 받아쓰기"라는 의미로 변화된다. 사생성이 지켜지는 경우의 이미지가 상상력이 개입하지 않는 단순한 묘사의 차원이라면, 대상 자체의 소멸에서 만들어지는 이미지는 자유연상에 의존하므로 오히려 상상력을 요구하게 된다.

서술적 이미지의 첫 번째 유형은 눈에 보이는 사물과 상황들을 주체의 해석 없이 그대로 묘사하는 것이다. 이는 인간적인 감정은 물론 초기에 추구했던 관념까지를 완전히 배제한 것이다. 시인은 대상을 그대로 옮겨놓은 데서 멈춘다.

> 쥐약을 먹었는지 쥐가 한 마리
> 내장을 드러내고 죽어 있다.
> 내장이 하얗게 바래지고 있다.
> 한 달을 비가 오지 않는다.
> 제주도로 올라온 저기압은
> 다시 밀리어
> 남태평양까지 갔다고 한다.
> 웃통을 벗은 아이가 둘
> 가고 있다.
> 그들의 뒷발꿈치에서 먼지가 인다.
> 먼지도 하얗게 바래진다.
> 흙냄새가 풍기지 않는다.
> 금잔화의 노란 꽃잎 둘레가
> 한결 뚜렷하다.

−「작은 언덕 위」 전문

이 시의 전체적인 이미지는 건조한 공기와 말라가는 대지의 하얀 빛 그리고 금잔화의 황적색의 대조로 이루어진다. 한 달 동안 비가 오지 않은 대지, 내장을 허옇게 드러내고 죽은 쥐의 이미지로 하여 태양빛과 어울린 금잔화의 색깔은 한결 뚜렷해 보인다. 그와 동시에 작열하는 듯한 금잔화의 색깔은 그 이외의 모든 것을 하얀색으로 느껴지게 하는 효과를 일으키고 있다. 이때 시에 등장하는 대상들은 어느 하나를 강조하기 위해 다른 것이 희생되는 것이 아니라, 서로 간의 대비를 통해 더욱더 선명한 이미지를 만들어낸다. 그러나 여기에는 어떠한 하나의 관념이 전제되어 있지도 않고, 시의 표면에 드러나는 이미지 외의 다른 것이 존재하는 것도 아니다. 다만 외부의 정경을 묘사해내고 있을 뿐이다.

　김춘수가 사생적 소박성을 보여주는 예로 든 작품은 이장희의 「봄은 고양이로다」, 정지용의 「지도」, 박목월의 「불국사」 등이다. 이들은 관념이 없이 단지 감각적인 인상만을 배열했고, 장면의 제시로만 끝난다는 공통점을 가지고 있다고 설명된다.

　　　흰 달빛
　　　자하문

　　　달안개
　　　물소리

　　　대웅전
　　　큰보살

　　　바람소리
　　　솔소리

　　　부영루

뜬 그림자

흐는히
젖는데

흰 달빛
자하문

바람소리
물소리

—「불국사(佛國寺)」 전문

위의 시는 행의 대부분이 명사(주어)로 끝나고 빈사(賓辭 : 述語)가 생략
됨으로써 감정의 유출을 막는 효과를 낼 것으로 파악된다.[16] 주어와 술
어 사이에 맺어지는 연결 관계가 단절됨으로써 기존의 의미는 보류되
고, 그 결과로 사물은 고정 의미에서 해방된다는 것이다. 김춘수는 이런
의미에서 이 시가 현상학적 판단중지의 상태에 놓여 있다고 지적한다.

'판단 중지'란 현상학적 환원의 한 단계로서 기존 지식에 대한 배제
또는 괄호침을 뜻한다. 달리 말하면 그것은 어떠한 대상이 지각된 그대
로 외계에 실재한다고 소박하게 믿는 '자연적 태도'를 거부하는 것이
다. 이것은 개개의 대상에만 국한되지 않고 그 총체인 세계에 대해서도
마찬가지이다.[17] 현상학은 이러한 세계 정립과 존재의 결부를 단절하

---

16   위의 책, 509~510면.(『의미와 무의미』)
17   한전숙, 『현상학의 이해』, 민음사, 1984, 293면.

는 데서부터 시작된다. 즉 현상학적으로 명증적이지 않은 모든 언표를 배제하는 데서 출발하는 것이다. 이때 대상은 개념들을 어떤 관계로 결합시키는 능동적인 사고를 빌려 인식되는 것이 아니라. 사고에 앞서 주어지는 직접적인 경험계, 즉 사물이 그때그때 주어지는 바 그대로의 것으로 주어지는 바, 이는 이른바 '순수경험'에 의지하는 것이다.[18]

김춘수는 이 같은 판단의 중지상태를 '장식성(裝飾性)'이라는 특이한 개념으로 명명하고 있다. 장식성이란, 장식예술 혹은 장식품이라고 할 때의 '장식'과 동일한 것으로서, 의미와 무관하다는 점에서 현상학적 판단중지와 연관되고 있다.

장식성은 '어떠한 의미에 의하여도 손상되지 않고' 있다. 그것은 오히려 의미와는 무관한 곳에 있다. 상징적인 의미든, 심리적인 의미든, 사실적인 의미든 일체 의미와는 단절된 지점에 있다. 아라베스크나 가락지의 곡선을 염두에 두면 된다. 따라서 그 자체에는 성격이 없다. 일종의 중성이다. 백금과 같다. 그래서 그것은 또 '실재하는 어떤 형태와도' 무관하다고 해야 한다. 그러니까 서정성도 상징성도 심리적인 가두리(fringe)도 다 털어버린 창살과 같은 그것은 추상이다. 율동으로 치면 순수 무용의 상태와 같다(이야기, 즉 의미를 배제한). 그렇다. 그것을 상태나 양상으로 치면 순수란 말을 쓸 수 있을 것이고, 윤리의 측면으로 옮겨서 말을 한다면 무상이란 말을 슬 수 있을 것이다. 놀이, 즉 유희란 말을 써도 무방하리라.[19]

---

18 예를 들어 금과 노랑은 직접 경험되지만, '금은 노랗다'는 판단은 직접 경험되지 않는다. 판단의 주어로서의 금이나, 그 술어로서의 노랑은 직접 경험된 것이 아니다. 주어나 술어의 형성은 판단하는 사고가 하는 일이다. 위의 책, 169면.

19 김춘수, 『김춘수 시론 전집』 2, 현대문학, 2004, 47면.(『시의 표정』, 문학과지성사, 1979)

판단의 중지 혹은 의미의 무관련성이 중요한 것은 고정된 대상(의미)으로부터 자유롭기 때문이며, 달리 말했을 때 관념을 배제하기 때문이다. 이 단계에 이르면 김춘수는 대상 자체를 거부하게 되는데, 그 이유는 대상을 인식하는 순간부터 관념에 의한 구속을 받는다고 생각하기 때문이다.[20] 사생성을 가진 시들은 이런 이유에서 불순한 것으로 평가된다.

그렇다면 순수한 서술적 이미지란 어떤 것인가? 그것은 대상 자체가 소멸됨으로써 대상으로부터 완전히 자유로워지는 경지에 이른 것이다. 김춘수는 그 예로 이상(李箱)을 시초로 들고, 1950~60년대의 조향의 「바다의 층계」, 김광림의 「석쇠」, 전봉건의 「속의 바다(21)」 등을 같은 유형으로 분류해 놓고 있다. 김춘수가 이들을 동일 유형으로 분류한 근거는 '언어와 이미지의 배열'만이 남고 대상이 없다는 점이다.

> 같은 서술적 이미지라 하더라도 사생적 소박성이 유지되고 있을 때는 대상과의 거리를 또한 유지하고 있는 것이 되지만, 그것을 잃었을 때는 이미지와 대상은 거리가 없어진다. 이미지가 대상 곧 그것이 된다. 현대의 무의미시는 대상을 놓친 대신에 언어와 이미지를 시의 실체로서 인식하게 되었다고 할 수 있다.[21]

---

20 "'대상과의 거리'가 유지되고 있는 동안은 시인은 항상 자기의 인상을 대상에 덮어씌움으로써 대상에 의미 부여를 하고 있는 것이 된다. 모든 사생화가 그것을 증명한다. 인상파의 그림에서처럼 개성이 어떻게 다르든 그것과는 상관없이 대상은 현실의 대상 그대로 재현되고 있다(나무가 개로 둔갑하는 일이 없다). 그러면서 그 대상은 조금씩 달라져 있다(나무가 어둡게도 보이고 밝게도 보인다). 대상이 있다는 것은 대상으로부터 구속을 받고 있는 것이 된다. 그 구속이 긴장을 낳는다." 김춘수, 『김춘수 시론전집』 1, 521~522면. (『의미와 무의미』)
21 위의 책, 521면.

김춘수가 순수한 서술적 이미지로 꼽고 있는 예들은 대부분 초현실주의적인 수법들로 이루어진 것으로서, 그의 '무의미시' 또한 마찬가지이다. 특히 김춘수가 '공통영역이 좁은 것' 즉 '유사성이 없는 것'들을 결합할 때 얻어진다고 생각하는 '래디컬 이미지'의 발생과정은 「쉬르레알리즘 제일 선언」의 다음과 같은 구절과 흡사하다.

> 내 생각으로는 "현존하는 두 현실의 관계를 정신이 파악했다"고 주장하는 것은 거짓이다. 정신은 처음부터 그 아무것도 파악하고 있지 않았던 것이다. 한 줄기의 특수한 광채가 발휘되는 곳은 어떤 지점에 있어서는 우연적인 두 단어가 접근되는 점에서이며, 우리는 이 이미지의 광채에 대하여 지극히 민감하다. 이미지의 가치는 이렇게 해서 얻어진 불꽃의 아름다움에 의하여 좌우되는 것이며, 따라서 그것은 두 개의 전도체 사이에서 발생하는 전위차의 작용이라고도 할 수 있다.[22]

'두 개의 전도체 사이에서 발생하는 전위차의 작용'은 유사성이 적은 사물들, 김춘수의 표현으로는 공통영역이 좁은 사물들 간에 발생하는 충격의 효과와 동일한 것이다. 우연히 만난 두 단어 간의 결합에서 만들어지는 강렬한 이미지를 실용적인 언어로 해석하기까지는 오랜 시간이 걸린다. 왜냐하면 그것은 엄청날 정도의 표면적인 모순을 내포하고 있거니와, 그 이미지를 조성하고 있는 언어의 하나가 교묘하게 숨겨져 있거나 또는 그 이미지가 환각적인 질서의 이미지이거나 하는 경우

---

22   T. 짜라 · A. 브르통, 송재영 역, 『다다 / 쉬르레알리즘 선언』, 문학과지성사, 1987, 144면.

가 대부분이기 때문이다.[23] 이때 만들어지는 이미지는 둘 사이의 유사성이 적으면 적을수록 충격의 효과도 커진다.

초현실주의 작품에서 이런 이미지들은 자유로운 상태에서의 정신의 흐름, 즉 자유연상에 의존해서 만들어진다. 이때 행해지는 자동기술(automatism)은 "이성에 의한 일체의 통제, 미학적 또는 윤리적인 일체의 선입견 없이 행해지는 사유의 진실한 받아쓰기(dictation)이다. 즉 '예술에 대해서 아무런 사상도 없이' '구조에 대해서 아무런 사상도 없이' 오로지 붓을 놀리고 문자를 기록해가는 실험을 통해 어떠한 개인이 체험할 수 있는, 인간의 마음에 나타나는 보편적인 자동성, 객관적인 더욱이 해방적인 일종의 흐름[24]인 것이다. 그러므로 그것은 예정된 무엇인가를 쓰거나 그리는 것을 거부하며 상식의 법칙을 무시한다. 이때 이질적인 이미지의 결합은 연상의 영역을 확대하고 자유로움을 추구한다.

「처용단장」으로 대표되는 김춘수의 무의미시는 서술적 이미지의 극한을 보여주고 있는 바, 이들은 기본적으로 자유 연상의 논리에 바탕하고 있다. 여기에는 대상이 따로 존재하지 않고 이미지와 무의미한 소리의 울림만이 직조되어 있다. 이 시들은 예정된 무엇인가를 거부하고 무의식을 풀어놓은 상태에서 쓰여졌다는 점에서 자동기술의 방법에 바탕하고 있기는 하지만, 의도적으로 소리의 울림을 군데군데 삽입시키고 있는 것이 특징이다.

---

23 위의 책, 145~146면.
24 위의 책, 133면.

V

불러다오

멕시코는 어디 있는가,

사바다는 사바다, 멕시코는 어디 있는가,

사바다의 누이는 어디 있는가,

말더듬이 일자무식 사바다는 사바다,

멕시코는 어디 있는가,

사바다의 누이는 어디 있는가,

불러다오.

멕시코 옥수수는 어디 있는가,

−「처용단장」 제2부 부분

　이 시에서 반복되고 있는 "멕시코는 어디 있는가, / 사바다는 사바다"는 무의미한 말장난일 뿐이다. 이 구절은 마치 주문을 외는 것과 같이 단지 의미가 없다는 것을 알려주는 역할을 할 뿐이다. 김춘수는 이미지간의 조화를 깨뜨리기 위해 의도적으로 무의미한 소리를 반복하고 있다고 밝히고 있다.[25] 이미지가 기본적으로 시각적이고 회화적인 성격을 가지므로 사생성이 끼어들기 마련인 반면 무의미한 소리의 반복은 의미와는 무관한 차원이기 때문이다. 김춘수는 이를 이미지가 '뜻을

25　"한 행이나 두 행이 어울려 이미지로 응고되려는 순간, 소리(리듬)로 그것을 차단하는 수도 있다. 소리가 또 이미지로 응고하려는 순간, 하나의 장면으로 차단하기도 한다. 연작에 있어서는 한 편의 시가 다른 한 편의 시에 대하여 그런 관계에 있다. 이것이 내가 본 허무의 빛깔이요, 내가 만드는 무의미다. 잭슨 폴록의 그림에서처럼 가로 세로로 얽힌 궤적들이 보여주는 생생한 단면−현재, 즉 영원이 나의 시에도 있어 주기를 나는 바란다." 김춘수, 『김춘수 시론전집』 1, 538면.(『의미와 무의미』)

그리는 상'임에 비해 소리는 뜻과는 전혀 무관한 유희의 차원이라고 설명한다. 이렇듯 「처용단장」은 의미를 배제한 극단에서 탄생한 서술적 이미지의 시라고 할 것이다.

결국 김춘수가 추구한 서술적 이미지는 모든 윤리나 의미에서 분리된 '놀이로서의 예술'이라는 명제로 귀착된다. 그가 발견한 추상의 세계는 이미지의 유희만이 남은 독립된 장소이다. 인간이 외계와 조화 있는 친화관계를 갖지 못하는 곳에서 발생하는 추상은, 예술이 비인간화되는 곳에서 발생한다.[26] 김춘수가 이렇게 추상의 세계로 옮겨오는 것은, 앞에서 지적했듯이 형이상학의 포기와 이데올로기에서의 도피라는 두 가지 이유에서 생겨난 것이라고 할 수 있다.

이상은 이미지를 중심으로 해서 김춘수의 시와 시론을 고찰한 것이다. 김춘수는 이미지를 '비유적 이미지'와 '서술적 이미지'라는 두 유형으로 나눈 후 이들을 각각 세분하고 있다. 그가 비유적 이미지에서 서술적 이미지로 옮겨가는 과정은, 시에서 형이상학의 포기와 사회성으로부터의 도피에 대응된다. 비유적 이미지의 목적이라고 지칭되는 '관념'은 초기에는 이데아와 동일한 것이었다가 형이상학을 포기하면서부터는 이데올로기와 동일한 것으로 사용되고 있다. 따라서 그것은 불순한 것으로 취급되어 배제된다. 김춘수의 입장은 예술을 자기 목적적인 것으로 본다는 면에서 넓은 의미의 칸트 철학에 기대고 있지만, 구체적인 인식론의 측면에서는 칸트의 인식론에서 현상학의 차원으로 옮겨간

---

26   오광수, 『추상미술의 이해』, 일지사, 1988, 63면.

다. 이러한 변화는 칸트적 인식론과 플라톤적 존재론이라는 자체 모순에서부터 예고되었던 것이라고 할 수 있다. 현상 자체를 그대로 드러내는 서술적 이미지는 존재론적인 탐구가 현상학적 사유로 옮겨가는 중간 다리 역할을 한다고 볼 수 있다.

존재론적 탐구에서 현상학적인 질문으로[1]

1. 현상학적 시와 시론의 전개

김춘수는 1945년 가을부터 신문과 잡지에 시를 발표하면서 작품 활동을 시작했다. 그가 자신만의 개성적인 시세계를 보여주는 것은 독립된 시집으로서 다섯 번째에 해당하는 『꽃의 소묘』(1959)에서부터이다. 이를 포함하여 그의 초기 시를 설명하는 가장 중요한 키워드는 '존재'이다. 특히 '꽃' 연작은 존재(본질)와 그에 대한 반성적 사유라는 존재론적 측면에서 연구되어 왔다.[2] 「꽃·Ⅰ」, 「꽃·Ⅱ」, 「꽃을 위한 소묘」,

---

1   이 글은 「김춘수의 시와 시론에 나타나는 현상학적 특징에 관한 연구—후설 현상학과의 관계를 중심으로」, 『한국언어문학』 86집, 2013을 수정 보완한 것이다.
2   대표적인 연구로는 이진홍, 「김춘수의 꽃에 대한 존재론적 조명」, 『한민족어문학』 8권, 1981; 이승훈, 「시의 존재론적 시고」, 『김춘수 연구』, 학문사, 1982; 김용태, 「김춘수 시의 존재론과 Heidegger과의 거리(一)」, 『어문학교육』 12집, 1990; 김용태, 「김춘수 시의 존재론과 Heidegger과의 거리(二)」, 『수련어문논집』 17집, 1990; 문혜원, 「한국 전후시의 실존의식 연구」, 서울대 박사논문, 1996; 배상식, 「김춘수의 초기 시와 하이데거

「꽃」, 「나목과 시 서장」 등은 시라기보다는 존재론적인 사유를 그대로 옮겨놓은 것에 가깝다.

표면상 이러한 특징은 『타령조·기타』(1969)에 접어들면서 사라진다. 그 이전의 시가 존재론적인 관심이든 사회적인 관심이든 의미를 가지고 있는 시들이었다면 『타령조·기타』에서부터는 의미 자체가 소멸되기 때문이다. 김춘수는 '의미'를 '관념'이라는 말로 지칭하고 그것에서 벗어나기 위한 방법으로 '무의미시'를 시도했다고 설명하고 있다.[3]

그의 시세계를 '의미'와 '무의미'로 나눈다면, 그의 시는 『타령조·기타』를 전환점으로 하여 의미를 추구하는 시기와 무의미시를 추구하는 시기로 나뉘고, 무의미시의 극한에서 다시 의미의 세계로 귀환한다고 볼 수 있다.[4] 이것은 김춘수 시와 시론을 대표하는 '무의미시'를 논의의 핵심에 놓고 그 전후 관계를 설명하는 것으로서 김춘수 자신의 설명에 기대고 있는 것이다.[5] 그러나 이 같은 구분은 '의미'와 '무의미'의 개념 자체가 불분명해서 정확한 기준에 의한 구분이라고 하기 어렵고, 각 시기의 차이점과 연관성에 대한 논리적인 설명을 개인적인 창작 과정 설명으로 대체한다는 문제점이 있다.

김춘수 자신의 설명과 무관하게 본다면, 시기별 변모 이면에 자리하고

사유의 연관성 문제」, 『동서철학연구』 38권, 2005 등을 들 수 있다.

3 김춘수, 『김춘수 시론전집』 1, 현대문학, 2004, 533~556면 참고.(『의미와 무의미』)
4 김춘수 시는 무엇을 기준으로 하는가에 따라 시기 구분이 달라질 수 있다. 의미와 무의미를 기준으로 한다면, 무의미시에서 다시 의미의 세계로 귀환하는 것은 열한 번째 시집인 『서서 잠자는 숲』(1993)에서부터라고 볼 수 있다. 후기 시까지를 포함하여 김춘수 시의 변모 양상을 밝힌 논문으로는 박인수, 「김춘수 시의 변모양상 연구」, 관동대 석사논문, 2004; 표문순, 「김춘수 시 연구」, 경기대 석사논문, 2009; 전종대, 「김춘수 시 연구」, 대구가톨릭대 박사논문, 2012 등이 있다.
5 김춘수, 앞의 책, 527~541면 참고.

있는 김춘수 시와 시론의 원형으로서 현상학적인 특징을 고찰해볼 수 있다. 본래 '현상'은 그 자체가 '본질(존재)'과 짝을 이루고 있는 개념이다. 현상과 존재에 대한 사유는 '꽃' 연작에서 일시적으로 나타나는 관심이 아니라 『꽃의 소묘』 이전 시집에서 드러나는 소멸과 죽음의 문제와 연결되어 있으며 서술적 이미지나 무의미시와도 무관하지 않다. '꽃' 연작이 현상의 발견에서 존재론적 사유를 지향하게 되기까지의 과정을 보여준다면, 서술적 이미지나 무의미시는 현상의 문제에 초점을 맞추고 있다. 그러나 현상학적인 측면에서 보면 '꽃' 연작과 『타령조 · 기타』를 중심으로 한 무의미시는 공통적으로 후설의 현상학적 사유를 바탕으로 하고 있다. 즉 의미와 무의미로 단절되는 것이 아니라 현상학적인 이해의 발전 단계로 설명될 수 있는 것이다. 그렇다면 그의 시는 단절된 것이 아니라 하나의 사유를 바탕으로 해서 발전하고 심화된다고 볼 수 있다.

2. 현상의 발견과 존재에 대한 질문

김춘수 초기 시에 나타나는 존재에 대한 사유는 사실상 현상에 대한 발견과 긴밀하게 연결되어 있다. 두 번째 시집 『늪』까지의 중심 주제는 소멸과 부재, 죽음으로서, 이는 '슬픔'이라는 정서를 불러일으키는 원인이 된다. '가다', '지다', '죽다', '사라지다' 등의 동사가 빈번하게 반복되는 것[6]은 시인이 그만큼 부재와 소멸에 관심을 가지고 있다는 것을 말해준다.

맨드라미, 나팔꽃, 봉숭아 같은 것

철마다 피곤

소리없이 져 버렸다.

차운 한겨울에도

외롭게 햇살은

청석(靑石) 섬돌 위에서

낮잠을 졸다 갔다.

할일없이 세월은 흘러만 가고

꿈결같이 사람들은

살다 죽었다.

—「부재」 부분

    제목에서 알 수 있듯이 시의 포인트가 되는 것은 실재하는 것들이 아니라 그것들의 사라짐 혹은 사라져버린 후의 일이다. 맨드라미와 나팔꽃, 봉숭아는 피었다가 '져 버린' 상태이고, 겨울 햇살 또한 섬돌 위에 머무르다가 '갔다'. 시간 또한 흘러가고 사람들은 살다가 '죽었다'. 세 연에서 등장하는 대상들은 모두 사라진 것으로서만 의미를 갖는다. 실재하던 것들의 사라짐은 곧 죽음이며, 죽음은 현상의 소멸이다. 이때

---

6   "구름이 가듯이 노을이 가듯이 언제나 저렇게 흘러가던 것"(「하늘」), "네가 가던 그날"(「네가 가던 그날은」), "소리없이 져 버렸다", "살다 죽었다"(「부재」), "안개처럼 일다가 사라지는가"(「영(嶺)에서」), "누가 죽어 가나 보다"(「가을 저녁의 시」), "바람이 죽고 물소리가 가고"(「밤의 시」) 등.

'부재'는 전쟁과 같은 외부적인 요인으로 인한 것이 아니라 실존 조건으로서의 유한성을 의미하는 것이다.

'바람'은 김춘수의 초기 시부터 후기 시까지 등장하는 소재[7]로서 현상과 존재의 관계를 가장 잘 보여준다. 그것은 그 자체가 형체를 가지고 있지는 않지만 다른 사물의 움직임을 통해 존재를 드러낸다. 즉 명명되거나 해석되지 않고 현상을 통해 스스로를 드러내 보이는 것이다.

너도 아니고 그도 아니고, 아무것도 아니고 아무것도 아니라는데 …… 꽃인 듯 눈물인 듯 어쩌면 이야기인 듯 누가 그런 얼굴을 하고,

간다 지나간다. 환한 햇빛 속을 손을 흔들며 ……

아무것도 아니고 아무것도 아니고 아무것도 아니라는데, 온통 풀냄새를 널어놓고 복사꽃을 울려놓고 복사꽃을 울려만놓고,

환한 햇빛 속을 꽃인 듯 눈물인 듯 어쩌면 이야기인 듯 누가 그런 얼굴을 하고……

—「서풍부」 전문

---

7   ① 초기 시에서 바람이 등장하는 시들은 「여자」, 「소년」, 「봄 A」, 「산장」, 「경이에게」, 「날씨스의 노래」, 「서풍부」, 「바람결」, 「부재」, 「갈대 섰는 풍경」, 「북풍」, 「갈대」, 「바람」 등이다. 이 중에서 바람을 현상학적인 맥락에서 설명할 수 있는 시는 「소년」, 「서풍부」, 「바람」 등이다. 후기 시집 『거울 속의 천사』(2001)에도 「바람」이 있는데, 이 시는 김춘수의 존재론적 질문과 그에 대한 답을 담고 있어서 중요한 의의를 갖는다. 이에 대해서는 이 책의 9장에서 상세하게 설명하고 있다.
　　② 김춘수의 시들은 같은 소재와 주제, 내용이 상당수 반복된다. 비슷한 시기의 유사한 시들이 다수 있고, 초기 시에 나타나는 소재나 주제들이 후기 시에서 다시 반복되기도 한다. 한 예로 초기 시에 나타나는 존재론적인 질문은 후기의 「?」, 「바람」 등에서 반복되고 나름의 해답을 찾고 있다. 이런 면에서 김춘수의 시는 스스로 제기한 질문들에 대한 답을 찾아가는 과정이라고 설명될 수도 있다.

실제로 바람은 눈에 보이지 않는다. 바람에는 형체나 색깔, 냄새, 맛과 같은 감각적인 요소가 없기 때문이다. 그것은 가시적인 형태를 가지고 있지 않으므로 직접적으로 묘사하거나 설명할 수 없다. 그럼에도 불구하고 그것의 존재함을 알 수 있는 것은 풀냄새와 흔들리는 복사꽃 때문이다. 이것들은 모두 바람이 지나가는 흔적이다. 우리는 꽃이나 나뭇잎이 흔들릴 때 바람이 부는 것을 알고, 맨살에 공기가 와 닿을 때 바람을 감지한다. 이것들은 '바람'이라는 존재를 감각하게 하는 '현상'[8]들이다. 바람은 보이지 않지만 복사꽃이나 풀냄새와 같은 현상들을 통해서 현현된다. 바람이 '너도 아니고 그도 아니고, 아무것도 아니면서 꽃인 듯 눈물인 듯 이야기인 듯' 하다거나 '풀밭에서는 풀의 몸놀림을 하고 나뭇가지를 지날 때는 나뭇가지 소리를 낸다'(「바람」, 『꽃의 소묘』)는 것은 이 같은 성질을 설명하는 것이다.

어둠 또한 마찬가지다. 어둠은 특정한 실체가 있는 것이 아니라 다른 사물들이 보이지 않는 '상태'이다. 우리는 어둠 자체를 보는 것이 아니라 다른 사물들이 보이지 않음으로 해서 '어둡다'고 느낀다.

　　촛불을 켜면 면경의 유리알, 의롱의 나전, 어린 것들의 눈망울과 입 언저리, 이런 것들이 하나씩 살아난다.
　　차차 촉심이 서고 불이 제자리를 정하게 되면, 불빛은 방 안에 그득히 원을 그리며 윤곽을 선명히 한다. 그러나 아직도 이 윤곽 안에 들어오지 않는 것이

8　"현상이란 의식 속에 직접 나타나는 것을 말한다. 그러면 우리는 그것이 어떤 사고나 판단보다도 먼저 직관에 의해 포착됨을 알 수 있다. 그것이 스스로를 내보이고, 내맡기도록 내버려 두기만 하면 된다. 현상이란 스스로, 스스로를 주는 것인 것이다." 피에르 테브나즈, 심민화 역, 『현상학이란 무엇인가』, 문학과지성사, 1982, 23면.

있다. 들여다보면 한바다의 수심과 같다. 고요하다. 너무 고요할 따름이다.

—「어둠」 전문

사방이 모두 캄캄한 가운데 촛불을 켜면 사물들은 비로소 제 형체를 드러낸다. 촛불을 켜면 눈에 들어오는 안경 알, 장롱의 나전 무늬, 아이의 얼굴 등은 역설적으로 형체를 가지고 있지 않은 어둠을 지시한다. "아직도 이 윤곽 안에 들어오지 않는 것"은 촛불이 다 밝히지 못한 부분에 남아있는 어둠이다. 어둠은 빛이 있음으로 해서 비로소 감지되고, 빛이 밝히지 못하는 부분은 빛과 대비됨으로 인해 더욱 어두워진다. 어둠은 이처럼 직접 묘사되거나 진술되지 않고 다른 대상들을 통해 간접적으로 드러난다. 이는 「서풍부」에서 바람이 풀냄새나 복사꽃의 흔들림을 통해 현현되는 것과 유사하다. 풀냄새와 복사꽃의 흔들림, 안경알과 장롱의 나전 등의 드러남이 감각할 수 있는 현상이라면 바람과 어둠은 그것들이 현현하는 본질인 셈이다. 이렇게 해서 현상(보이는 것)에 대한 관심은 자연스럽게 본질(보이지 않는 것)에 대한 관심으로 연결된다.

이 부분에서 김춘수의 시는 현상학의 기본적인 출발 지점에 서 있다.[9] 후설 현상학의 중심 과제는 모든 지식의 근본적이고 기초적인 근거를 찾는 것이었으며, 이것은 자연스럽게 존재에 관한 일반적 이론 즉 존재론으로 연결된다.[10] 사실상 현상학과 존재론은 대립하는 개념이거

---

[9]　김춘수 초기 시의 존재론적인 특징을 설명하는 기존 연구들은 거의 대부분 하이데거와의 비교를 주제로 하고 있다. 그러나 존재론적 사유를 보여주는 초기 시들은 후설적인 사유와 하이데거적인 영향이 섞여 있다. 대상을 인식하는 측면에서 '현상학적 판단중지'에 주목하고 있는 「꽃·Ⅰ」, 「꽃·Ⅱ」, 「꽃을 위한 서시」 등이 후설적인 사유를 보여준다면, 하이데거의 영향은 「나목과 시 서장」에서 존재의 개시, 언어의 문제 등으로 나타난다.

[10]　피에르 테브나즈, 앞의 책, 38면 참고.

나 하나가 하나를 수식하는 개념이 아니다. 현상학은 경험에 기초하여 다양한 유형의 현상들을 설명하는 물리학, 화학, 경제학, 역사학, 심리학 등과 같은 '경험과학' 혹은 사실학이 아니라 대상의 본질적인 성격을 다루는 학문 즉 본질학이다."[11] 김춘수의 '존재'에 대한 사유는 경험세계에서의 현상에 대한 관심에서 비롯되지만 그 방향은 대상의 존재(본질)를 탐구하는 과정을 지시하고 있다. 다음 단계에 오는 '꽃' 연작은 현상의 발견에서 존재의 탐구로 연결되는 자연발생적인 질문을 철학적인 사유의 틀을 빌려 심화시킨 것이다.

3. 현상학적 판단중지를 통한 존재의 현현

'꽃' 연작[12]은 주체가 대상의 존재(본질)에 다가가는 과정을 시로 풀어내고 있다. 바람을 소재로 한 시들이 자연에서 발견한 실제 현상을

---

11 이남인, 『현상학과 해석학』, 서울대 출판문화원, 2004, 53면.
12 꽃을 소재로 한 시들은 본고에서 텍스트로 하는 「꽃·Ⅰ」, 「꽃·Ⅱ」, 「꽃을 위한 서시」 외에도 「꽃의 소묘」, 「꽃」 등이 있다. 「꽃의 소묘」는 돌, 어둠, 불, 미소, 신부, 눈짓, 바람, 빛깔, 향기 등 존재론적인 표지를 가진 단어들이 대부분 포함되어 있지만 시 자체로서는 존재론과 전혀 관련이 없다. 또한 「꽃」은 존재론적 사유의 과정을 보여주기보다는 존재자의 고유한 존재(본질)에 대한 호명으로서, 이 호명 행위는 존재에 대한 성찰 이후에 가능한 것이다. "내가 그의 이름을 불러주었을 때 / 그는 나에게로 와서 / 꽃이 되었다"(「꽃」)라는 구절은 하이데거 식으로 말하면 언어를 통한 '존재의 개시'라고 해석할 수도 있다. 김춘수의 시와 시론에 나타나는 후설과 하이데거의 영향의 상관관계는 추후 별도의 연구가 필요한 주제이다.

내용으로 하고 있는 것에 비해, '꽃' 연작에 등장하는 '꽃', '어둠', '돌', '바람' 등은 상징성을 띤 소재들이고 시의 내용 또한 관념적인 사유를 담고 있다.

　　그는 웃고 있다. 개인 하늘에 그의 미소는 잔잔한 물살을 이룬다. 그 물살의 무늬 위에 나는 나를 가만히 띄워 본다. 그러나 나는 이미 한 마리의 황나비는 아니다. 물살을 흔들며 바닥으로 바닥으로 나는 가라앉는다.
　　한 나절, 나는 그의 언덕에서 울고 있는데, 도연(陶然)히 눈을 감고 그는 다만 웃고 있다.

―「꽃·l」 전문

　　바람도 없는데 꽃이 하나 나무에서 떨어진다. 그것을 주워 손바닥에 얹어 놓고 바라보면, 바르르 꽃잎이 훈김에 뜬다. 화분도 난[飛]다. 「꽃이여!」라고 내가 부르면, 그것은 내 손바닥에서 어디론지 까마득히 떨어져 간다.
　　지금, 한 나무의 변두리에 뭐라는 이름도 없는 것이 와서 가만히 머문다.

―「꽃·ll」 전문

나는 시방 위험한 짐승이다.
나의 손이 닿으면 너는
미지의 까마득한 어둠이 된다.

존재의 흔들리는 가지 끝에서
너는 이름도 없이 피었다 진다.

눈시울에 젖어드는 이 무명의 어둠에

추억의 한 접시 불을 밝히고

나는 한밤내 운다

나의 울음은 차츰 아닌 밤 돌개바람이 되어

탑을 흔들다가

돌에까지 스미면 금이 될 것이다.

…… 얼굴을 가리운 나의 신부여,

―「꽃을 위한 서시」 전문

위의 시 세 편은 사실상 동일한 내용과 주제가 반복되고 있다. 「꽃·
Ⅰ」, 「꽃·Ⅱ」가 현상을 통해 대상을 인지하고 존재론적 사유가 시작
되는 순간을 표현하는 것이라면, 「꽃을 위한 서시」는 「꽃·Ⅰ」, 「꽃·
Ⅱ」에서 시작된 사유가 좀 더 심화되며 현상학적 판단중지를 통해 존
재(본질)로 이행하는 과정을 구체화하고 있다.

이 시들에서 공통적으로 '꽃'은 주체에게 던져진 인식의 대상, 미지
의 것으로 있는 '존재'를 상징한다. 꽃의 '미소'(「꽃·Ⅰ」)는 '훈김에 떠
는 것'(「꽃·Ⅱ」)과 '흔들리는 가지 끝에서 피었다 지는 것'(「꽃을 위한 서
시」)으로 각각 변주되는데, 이는 주체가 마주한 대상의 현 상태이다. 시
적 상황은 '그의 언덕', '나무', '한나절', '한밤내' 등으로 조금씩 차이
가 나지만 모두 '운다'는 행위가 이루어지는 것도 공통점이다. 주체인
'나'의 손이 닿으면 대상(꽃)은 까마득한 어둠으로 떨어져버린다("꽃이

여! 라고~떨어져 간다"-「꽃·Ⅱ」, "나의 손이 닿으면 너는 미지의 까마득한 어둠이 된다."-「꽃을 위한 서시」).

「꽃·Ⅰ」, 「꽃·Ⅱ」가 이 상태에 멈춰 있는 반면 「꽃을 위한 서시」에서는 그 다음 과정이 진행된다. 즉 어둠의 상황에 '추억의 불을 밝히고 우는' 행위가 이어지고, 그 울음은 '탑을 흔들다가 돌에 스며' '금'이 된다. 이로 미루어볼 때 어둠은 부정적인 것이 아니라 '울음'이 '금'으로 전환되기 위한 조건 혹은 환경임을 알 수 있다. 이때 대상이 어둠으로 떨어져가는 것은 대상에 대한 기성의 해석이나 지식이 소용없게 됨을 의미한다. 이는 대상을 규정되지 않은 상태로 되돌려놓는 '현상학적 판단 중지'[13] 상태와 흡사하다.

이 시에서 '나'가 '위험한 짐승'인 이유는 '너'를 미지의 어둠 속으로 몰아내는 계기를 제공하기 때문이다. 그러나 '어둠'은 존재론적 사유가 시작될 수 있는 조건이기도 한 판단중지의 상태를 상징하므로[14] '위험하다'라는 말은 부정적인 것이 아니라 전환의 계기를 의미하는 것으로 읽어야 한다. '나의 손이 닿는다'는 것은 존재론적 사유가 시작되었음을 알리는 것이고, '한밤내 운다'는 것은 사유의 지난한 과정을 상징한다. 울음이 돌에 스며 '금'이 되는 것은 존재론적 사유의 결과로서 존재

---

13 "'현상학적 판단중지'란 자연적 태도에서 살아가는 우리가 가지고 있는 믿음이 옳은지 그른지에 대한 일체의 판단을 유보하면서, 그러한 믿음을 괄호 속에 묶어두어 그것이 의식에 대해 우리가 취할 수 있는 여타의 태도에 영향을 미치지 않도록 하는 것이다." 이남인, 앞의 책, 71면.

14 '어둠'의 현상학적 성격은 앞에서 인용된 바 있는 「어둠」에서도 이미 드러나 있다. "윤곽 안에 들어오지 않는 것"이 '한바다의 수심과 같이 고요하다'는 것은 이 시가 단순히 현상을 묘사한 것만이 아니라는 점을 말해준다. 어둠은 '고요'로 추상화됨으로써 사유가 싹트기 위한 예비적인 성격을 가지게 된다. 「꽃을 위한 서시」에서 어둠은 '미지의 어둠', '무명의 어둠'으로 수식되면서 보다 선명하게 존재론적인 표지를 드러낸다.

를 깨닫는 순간을 표현한 것이라고 볼 수 있다.

「꽃·Ⅰ」, 「꽃·Ⅱ」가 사유가 시작됨을 알리는 데서 그치는 데 비해 「꽃을 위한 서시」는 울음이 돌에 새겨지는 것을 통해 사유 과정과 결과를 형상화하며, 사유 대상인 '꽃'을 '신부(新婦)'의 이미지로 변주함으로써 존재의 은폐를 보다 적절하게 형상화하고 있다. 이처럼 「꽃을 위한 서시」는 현상학적 관점이 존재론적 사유로 연결되는 중요한 지점을 보여준다.

4. 서술적 이미지와 현상학적 환원

김춘수가 현상학적 관심을 가지고 있었다는 것은 그의 시론에서 직접적으로 증명된다. 그는 시론에서 '판단중지'라는 개념을 직접 사용하기도 하고, "현상학적으로 대상을 보는 눈의 훈련"[15]을 계속하겠다는 생각을 밝히기도 했다. 시론에서 '판단중지'는 '서술적 이미지'[16]라는 특정한 이미지와 연결되어 설명된다. '꽃' 연작이 현상학적 사유를 시로 풀어쓴 것이라면, 서술적 이미지는 현상학적 판단중지의 상태가 구체적으로 시에 어떻게 나타나는지를 이론적으로 고찰한 것이다.[17]

---

15   김춘수, 앞의 책, 488면.(『의미와 무의미』)
16   '서술적 이미지'에 대해서는 2장에서 이미 상세하게 설명한 바 있다.
17   시기상으로 볼 때 '꽃' 연작은 1959년 발간된 『꽃의 소묘』에 실려 있고, '현상학적 판단중지'에 대한 설명이 처음 나타나는 것은 1971년 발간된 시론집 『시론』에서이다. 그러므로

서술적 이미지의 첫 번째 유형은, 대상이 어떠하다는 설명을 배제한 채 이미지만을 제시하는 것이다. 그것은 문장에서 서술어를 없애고 대상에 해당하는 주어만을 남기는 방식으로써 만들어진다. 술어를 생략한다는 것은 의미론의 입장으로는 판단의 보류 내지는 포기를 뜻하는 것[18]으로서, 현상학적 판단중지'의 상태에 비유될 수 있다. 이에 비해 서술적 이미지의 두 번째 유형은 판단을 유보하는 것을 넘어서 아예 의미 자체를 삭제해버리는 것으로서. 의미의 차원을 넘어서는 것이다. 그는 이렇게 해서 만들어지는 이미지를 '무의미시'라고 지칭하고,[19] 그 예로 이상의 「꽃나무」를 들고 있다.

벌판한복판에꽃나무가하나있오. 근처에는꽃나무가하나도없오. 꽃나무는제가생각하는꽃나무를열심으로생각하는것처럼열심으로꽃을피워가지고섰오. 꽃나무는제가생각하는꽃나무에게로갈수없오. 나는막달아났오. 한꽃나무를위하여그러는것처럼나는그런이상스러운흉내를내었오.

—이상, 「꽃나무」

창작과 이론이 나란히 전개되는 것은 아니다. 창작에서 '꽃' 연작에 나타나는 '현상학적 판단중지'가 인식론적인 측면을 지적한 것이라면, 시론에서 그것은 이미지를 만들어내는 방법으로 설명된다.

18 김춘수, 앞의 책, 414면.(『시론』, 송원문화사, 1971)
19 "'무의미'라고 하는 것은 기호논리나 의미론에서의 그것과는 전연 다르다. 어휘나 센텐스를 두고 하는 말이 아니라, 한 편의 시작품을 두고 하는 말이다. 한편의 시 작품 속에 논리적 모순이 있는 센텐스가 여러 곳 있기 때문에 무의미하다는 것은 아니다. (…중략…) 그러니까 이 경우에는 '무의미'라는 말의 차원을 전연 다른 데서 찾아야 한다. 다시 말하면, 이 경우에는 반 고흐처럼 무엇인가 의미를 덮어씌울 그런 대상이 없어졌다는 뜻으로 새겨야 한다." 위의 책, 522면.(『의미와 무의미』)

(…중략…) 이 시에서의 「꽃나무」는 관념은 아니지만 심리적인 어떤 상태의 유추로서 쓰이고 있는 듯하다. 심리적인 어떤 상태를 이렇게밖에는 말할 수 없을 때 그것은 이미지 그 자체가 되어버린 심리적인 어떤 상태인 것이다. 그런 뜻으로 이 시의 이미지는 서술적이라고 할 수 있다.[20]

여기서 이미지는 현실에 실재하는 대상을 구현하는 것이 아니라 실체가 없는 심리 현상을 표현한다. 그것은 순수하게 심리적인 영역이므로 눈에 보이는 세계를 존재하는 것의 총체로 보는 '자연적 태도'[21] 일반으로는 설명하기 힘들다. 달리 말하면 그것은 세계가 모든 것에 앞서 현존한다는 확신 자체를 의심하는 것이기 때문이다. 김춘수의 시론에서 '대상' 혹은 '관념'은 '세계'와 유사한 의미로서, 대상이 사라진다는 것은 현존하는 세계 자체의 절대성을 부정한다는 것이다. 그런 면에서 이는 자연적 태도와 구별되는 '현상학적·초월론적 태도'[22]를 취하는 것이다.

이것은 일종의 의식의 영역이다. 후설은 현상학적 판단중지를 통해 개시되는 의식의 영역이 지향적 관계로 맺어져 있다고 보았다. 자연과학적 인과관계의 두 항인 원인과 결과가 모두 현실세계에 존재하는 것과는 달리, 지향적 관계에서는 지향의 대상이 반드시 현실세계에 존재하는 대상이어야 할 필요는 없다. 의식의 영역은 구체적인 지향적 체험(노에시스)과 이러한 체험의 대상적 상관자(노에마)의 두 가지 요소로 이

---

20 위의 책, 511면.
21 우리는 일반적으로 "매순간 세계가 가능한 모든 존재자의 총체이며 모든 존재자는 이러한 세계의 일부로서 경험되며, 따라서 이러한 존재자의 총체로서의 세계의 한계를 벗어나서 존재할 수 있는 것은 아무 것도 없다는 확고한 믿음"(이남인, 앞의 책, 84면)을 가지고 있다. 이것이 후설이 말하는 '자연적 태도'이다.
22 조광제, 『의식의 85가지 얼굴』, 글항아리, 2008, 59면.

루어진 영역으로서 어떤 유형의 과학적 인과관계로부터도 완전히 자유로운 영역이다. 말하자면 이러한 영역은 의식으로부터 일체의 물리 화학적 속성을 추상한 후 비로소 우리에게 주어지는 순수심리적인 영역인 것이다.[23] 김춘수가 말하는 '심리적 상태의 유추'가 시적인 이미지로 성립될 수 있는 것은 그것이 지향적 관계 속에 놓여있는 것이기 때문이다.

한편 순수심리적인 영역은 현상학적 심리학적 판단중지를 통해 비로소 개시되기 시작하는 것으로서, 순수한 심리적인 영역으로 본격적으로 시선을 돌려 단계적으로 다양한 유형의 지향성을 분석해 들어가는 과정을 '현상학적 환원'[24]이라고 한다. 의미 자체가 소멸되는 서술적 이미지의 두 번째 유형은 현상학적 판단중지를 통해 개시된 심리적인 영역을 분석해 들어가는 현상학적 환원에 해당한다고 할 수 있다.

그런데 현상학적 환원은 이론적인 분석만이 아니라 김춘수 자신의 시 창작에서도 직접 시도되고 있다. 소재를 현실에서 취하면서도 대상 자체의 현실적인 의미 맥락을 삭제하고 그것에 대한 심리적 지향성만을 드러내는 것이다.

> 갈라진 혓바닥과
> 갈라진 입술,
> 갈라진 등골뼈와 등골뼈 사이
> 해가 지고 밤이 오면
> 어이하리오?

---

23 이남인, 앞의 책, 67~72면 참고.
24 위의 책, 72면.

더러는 팔을 베고 하늘 보고

더러는 배를 깔고 땅만 보고,

갈라진 혓바닥과

갈라진 입술,

갈라진 등골뼈와 등골뼈 사이

밤이 가고 날이 새면

어이하리오?

—「더 많은 앵초」 부분

한밤에 깨어보니

일만 개의 영산홍이 깨어 있다.

그들 중

일만 개는 피 흘리며

한밤에 떠 있다.

밤은 갈라지고, 혹은 찢어지고

또 다른 일만 개의 영산홍 위에 쓰러진다.

밤은 부러지고

탈장(脫腸)하고

별들은 죽어 있다.

별들은 무덤이지만

영산홍은 일만 개의 밤이다.

눈 뜨고 밤에 깨어 있다.

깨어 있는 것은 쓰러지고

피 흘리고

한밤에 떠 있다.

—「대지진」 부분

「더 많은 앵초」를 일상적인 맥락에서 본다면 제목과 시의 내용을 연결할 수 있는 고리는 없다. 시의 내용에 '앵초'가 없고, 시 전체가 대상의 묘사나 설명, 이야기가 아니라 주체의 심리적인 정황 혹은 상태를 표시할 뿐이기 때문이다. 굳이 연결 고리를 찾는다면 무더기로 피어나는 앵초의 외형적 모습에서 "더러는 팔을~땅만 보고" 정도를 유추할 수 있을지 모르지만, 이 유추는 시를 이해하는데 별다른 도움이 되지 않는다. 또한 이 부분을 굳이 유추로 해석하지 않고 심리적 정황으로 읽어도 무리가 없다.

「대지진」 또한 현실적인 맥락을 짚어 설명하기 어렵다. 이것은 한밤의 어떤 느낌을 표현하고자 하는 것으로서, '영산홍'은 실제 피어있는 꽃일 수도 있고 그 자체가 심리적인 이미지일 수도 있다. 중요한 것은 갈라지고 찢어지고 피 흘리는 느낌, 모든 것이 꺼져 들어가는 대지진과도 같은 심리 상태이다.

현상학적으로 보면, 두 시에 공통적으로 나타나 있는 것은 대상에 대한 주체의 순수 심리적인 지향적 체험인 노에시스이다. '앵초'나 '영산홍'은 그 체험의 대상적 상관자인 노에마에 해당하는 것이다.

'무의미시'는 적극적으로 '현상학적 환원'을 시도하며 대상과 주체 사이의 지향적 관계를 드러내고자 하는 것이다. 그는 관념을 탈피하기 위해 사생만으로 이루어진 절대 이미지를 제시하려고 하는데, 이때 사생은 실재하는 풍경을 그대로 묘사하는 것이 아니라 논리나 자유연상 등을 집어넣어서 대상을 재구성하고 종국에는 대상마저 소멸하는 단계까지를 꿈꾼다.[25] 그는 의미 없는 중얼거림이나 독백, 노래와 같은 형태를 추구하거나(「타령조」 연작) 본래의 맥락에서 잘라낸 특정 이미지들을 반복해서 배치하는 방식(「처용」 연작)으로 대상이 현실적인 연관성을 탈피하도록 유도한다. 이때 대상과 주체는 노에마-노에시스의 지향적 관계로 거듭나게 된다.

> 대상이 없을 때 시는 의미를 잃게 된다. 독자가 의미를 따로 구성해볼 수는 있지만, 그것은 시가 가진 의도와는 직접의 관계는 없다. (…중략…) 대상을 잃은 언어와 이미지는 대상을 잃음으로써 대상을 무화시키는 결과가 되고, 언어와 이미지는 대상으로부터도 자유로운 것이 된다. 이러한 자유를 얻게 된 언어와 이미지는 시인의 바로 실존 그것이라고 할 수 있다. 언어가 시를 쓰고 이미지가 시를 쓴다는 일이 이렇게 하여 가능해진다. 일종의 방심 상태인 것이다.[26]

시에서 대상이 없어진다는 것은, 자연적 태도에서 파악되는 대상의 자연과학적 인과관계에서 벗어남을 말하는 것이다. 이때 이미지는 대상의 (자연과학적) 의미 연관을 밝히는 것이 아니라 주체의 지향적 체험

---

25 "사생이라고 하지만, 있는(실재) 풍경을 그대로 그리지는 않는다. (…중략…) 풍경의, 또는 대상의 재구성이다. 이 과정에서 논리가 끼이게 되고, 자유연상이 끼이게 된다. 논리와 자유연상이 더욱 날카롭게 개입하게 되면 대상의 형태는 부서지고, 마침내 대상마저 소멸한다. 무의미의 시가 이리하여 탄생한다." 김춘수, 앞의 책, 535면.(『의미와 무의미』)
26 위의 책, 516면.

(노에시스)을 자유롭게 표현하게 된다. '방심상태'란 주체와 대상 사이의 새로운 관계 맺음을 뜻하며, 이렇게 해서 언어와 이미지는 '시인의 실존'이 될 수 있는 것이다. 이것은 현상학적 환원을 통해 개시되는 새로운 세계이다. '서술적 이미지'와 '무의미시'는 이처럼 현상학적 환원의 과정으로 새롭게 설명될 수 있다.

중요한 것은 의식은 항상 '무엇에 관한 의식'이며 '지향성'은 본래부터 '의식은 언제나 의미를 지닌 그 무엇과 관련을 맺고 있다'는 것을 강조하는 것이라는 점이다. 노에시스와 노에마의 상관관계는 선험적인 보편적 상관관계이다. 즉 노에시스-노에마의 관계는 우연적인 것이 아니라 필연적인 것이며 모든 대상 영역에서 확인 가능한 것이라는 말이다. 따라서 지향성을 탐구하기 위해서는 노에시스로서의 의식 작용과 더불어 그의 노에마적 상관자인 대상의 구조도 함께 분석해야 한다.[27]

이런 맥락으로 보면, 김춘수가 대상이 소멸된 무의미시의 극한에서 다시 의미의 세계로 회귀하게 되는 것은 자연스러운 현상학적 귀결이다. 현상학에서 '현상'은 '현상작용'과 더불어 '현상하는 대상'까지를 의미하는 것이기 때문이다. 따라서 무의미시 이후 김춘수 시의 변화는 그의 현상학적 관심 속에 이미 예정되어 있었던 것이라고 볼 수 있다.

현상학은 김춘수의 초기시부터 후기시까지를 관통하고 있는 중요한 주제이다. 그것은 현상의 나타남과 사라짐에 주목하면서 시작되는 철학적 사유의 결과이다. 현상은 존재(본질)와 떨어질 수 없는 것으로서,

---

27 이남인, 앞의 책, 91~92면 참고.

김춘수의 '꽃' 연작은 현상의 발견에서 존재론적 탐구로 옮겨가는 과정을 잘 보여주고 있다.

「꽃・Ⅰ」, 「꽃・Ⅱ」의 존재론적 사유의 예비적 고찰에 해당한다면, 「꽃을 위한 서시」는 존재론적 사유가 좀더 구체적으로 진행되면서 존재의 발견 순간까지를 형상화하고 있다. 「꽃을 위한 서시」에서 '현상학적 판단중지'는 존재론적 탐구를 시작하기 위한 전제 조건으로서 '어둠'이라는 단어로 상징된다. 주체는 현상학적 판단중지를 통해 존재에 대한 철학적 사유를 진행하고 존재에 대한 깨달음을 얻고자 한다.

김춘수의 시론은 그 스스로 현상학적인 관심을 가지고 있었음을 증명한다. '판단중지'는 술어가 없이 이미지만을 제시함으로써 대상에 대한 판단을 유보하는 것을 말한다. 즉 대상을 설명하거나 해석하는 부분을 제거하고 대상을 그대로 제시함으로써 보여주기만 하는 것이다. 이는 대상에 대한 기존의 해석을 괄호 치는 현상학적 판단중지와 유사하다.

김춘수는 한 단계 더 나아가 대상 자체가 소멸된 서술적 이미지를 생각하는데, 그 예가 되는 것이 이상의 「꽃나무」이다. 이 시는 현실적인 대상이 없고 단지 심리 상태의 유추만으로 이루어져 있다. 이것을 또 다른 이미지의 유형으로 인정하는 것은, 눈에 보이는 것만을 세계의 총체라고 생각하는 자연적 태도를 벗어나는 것이다. 이는 현상학적 판단중지를 통해 개시되는 의식의 영역으로서, 구체적인 지향적 체험(노에시스)과 이러한 체험의 대상적 상관자(노에마)의 두 가지 요소로 이루어진 순수심리적인 영역이다. 여기서 주체와 대상의 관계는 자연과학적 인과관계가 아니라 지향적 관계로 설명될 수 있다. 이는 시론에서만이 아니라 김춘수의 「더 많은 앵초」, 「대지진」과 같은 시에서도 직접 드러난다. 이 시들은 현상학적 판단중지를 바탕으로 하여 시도되는 현상학적 환원의 결과물이다. '무의미시'는 현상학적 환원을 적극적으로 시도하며 언어의 유희를 꾀하고 있는 것이다.

김춘수의 초기 시부터 무의미시에 이르기까지의 현상학적 특징은 현상학적 판단중지와 지향적 관계를 중요 개념으로 하는 후설의 현상학적인 성격이 강하다. 현상학적 관점은 이후에도 김춘수의 시를 설명하는 중요한 키워드가 된다. 그러나 무의미시 다음 단계의 시들에서 현상은 '신체'의 문제로 연결되어 있어서 메를로 퐁티의 신체의 현상학에 가깝다. 따라서 현상과 존재의 문제를 주제로 하는 것은 동일하지만 초기 시와 후기 시는 서로 다른 철학적 근거를 갖는다. 현상학에서 '현상'이 '현상작용'과 더불어 '현상하는 대상'까지를 의미하는 것임을 볼 때 김춘수의 시적인 변화는 이미 예정되었던 것이라고 할 수 있다. 또한 그것은 후설 후기 철학의 중요개념인 '생활세계' 개념과 연결되어 있는 것이기도 하다.

무의미시와 현상학[1]

1. 서술적 이미지와 무의미시

김춘수의 '꽃' 연작은 시라기보다는 현상학의 개념을 시의 형태로 옮겨놓은 시론에 더 가깝다. 「꽃을 위한 서시」는 현상학적 환원의 과정을 풀어 설명한 것이고, 「나목과 시 서장」은 언어에 대한 하이데거의 생각을 그대로 옮겨놓은 것이다. 그는 시론에서 박목월의 「불국사」를 현상학적 판단중지의 예로 설명하고 있는데, 이는 현상학적인 개념을 작품 비평에 적용한 것이다. 이것들이 현상학적인 사유를 이론적으로 보여준 것이라면, 그것이 김춘수 자신의 창작에 직접 적용된 것이 '무의미시'라고 볼 수 있다.

그의 시론에서 '무의미시'는 명확하게 정의된 하나의 개념이 아니라

---

1   이 글은 졸고, 「김춘수의 무의미시의 현상학적 특징 연구」, 『Comparative Korean Studies』 22권 1호, 2014를 수정 보완한 것이다.

맥락에 따라 조금씩 다른 용어로 사용되고 있다. '무의미시'라는 개념은 우선 '넌센스 포에트리'라는 말로 설명되는데,[2] 이때 '넌센스'란 말 속에 논리적 모순이 있어서 '말이 안 된다'는 뜻의 무의미함과는 다르다[3]. '무의미시'라는 용어가 우선적으로 한정하는 것은 논리적인 모순이 있음이 아니라 의미 자체를 차단한다는 것이다.[4] 그의 시론에서 '의미'는 대상을 중심으로 해서 발생하는 의미 일반을 지칭하는 것으로서, 무의미시는 의미가 발생하는 것을 차단하기 위해 대상 자체를 제거하는 방향으로 전개된다. 무의미시의 이러한 특징은 그가 시론에서 설명하고 있는 '서술적 이미지'와도 긴밀한 연관을 맺고 있다. 서술적 이미지는 관념을 표현하는 도구인 '비유적 이미지'와는 달리 관념을 차단하고 순수 이미지만을 남긴 것이다. 이것이 극단화될 때 시는 대상 자체가 소멸된 형태로 나타나기도 한다. 이는 대상 자체를 제거하는 무의미시와 상당 부분 유사성을 가지고 있다.

존재론적 탐구가 존재와 현상의 짝에서 존재의 측면에 주목한 사유를 보여주는 것이라면, 무의미시는 현상을 중시하고 그것이 어떻게 드

---

2   이은정은 '넌센스 포에트리'라는 말이 김춘수의 산문 「현대시의 난해성 문제」(『동아일보』, 1959.4.13)에서부터 이미 나타난다고 말하고 있다. 박덕규·이은정 대담, 「무의미시의 전개 과정」, 『김춘수의 무의미시』, 푸른사상, 2012, 24~25면.

3   김춘수 또한 이를 의식해서 "'무의미'라고 하는 것은 기호논리나 의미론에서의 그것과는 전연 다르다. 어휘나 센텐스를 두고 하는 말이 아니라, 한 편의 시작품을 두고 하는 말이다. 한편의 시 작품 속에 논리적 모순이 있는 센텐스가 여러 곳 있기 때문에 무의미하다는 것은 아니다"라고 말하고 있다. 김춘수, 『김춘수 시론전집』 1, 현대문학, 2004, 522면. (『의미와 무의미』)

4   "한 행이나 두 행이 어울려 이미지로 응고되려는 순간, 소리(리듬)로 그것을 차단하는 수도 있다. 소리가 또 이미지로 응고되려는 순간, 하나의 장면으로 차단되기도 한다. 연작에 있어서는 한 편의 시가 다른 한 편의 시에 대하여 그런 관계에 있다. 이것이 내가 본 허무의 빛깔이요 내가 만드는 무의미의 시다." 위의 책, 538면.

러나는가에 주목하는 것이다. 무의미시는 초기 시에서 보여주었던 현상의 발견과 존재론적인 탐구 이후에 나타나는 것으로서, 1960년대 후반 발간된 『타령조·기타』부터 시집 『처용단장』이 발간된 1991년까지 거의 삼십여 년 동안 김춘수의 시적 화두가 된다. 『처용단장』에 실려 있는 시들은 「처용」, 「처용삼장」 등의 시를 출발점으로 하고 있고, 유년의 기억과 트라우마 등 『타령조·기타』의 시적 모티프들을 반복하거나 변주하고 있어서 실제 김춘수의 창작이 존재론적 탐구 이후 무의미시에 집중되어 왔음을 증명해준다.[5]

따라서 무의미시가 지닌 현상학적인 특징을 고찰하는 것은 한편으로 김춘수의 현상학적 사유가 창작에 어떻게 반영되는지를 살펴보는 일이 될 것이다. 이때 현상학은 시의 표면에 드러나는 시공간의 특징 혹은 중요 이미지 등을 설명하는 기존의 연구 방법이 아니라 시와 시론의 근저에 흐르고 있는 철학적 사유로서의 그것을 의미한다. 즉 시의 표현 기법을 밝히는 것이 아니라 시를 만들어낸 바탕이 되는 철학적 사유로서의 현상학적 방법을 뜻하는 것이다. 이는 단절적인 것으로 평가되어 온 김춘수의 시 세계를 사유의 측면에서 재검토하고 그것이 시와 시론에 어떻게 반영되고 굴절되는지를 살펴보는 것이기도 하다.

---

5   『타령조·기타』와 『처용단장』 사이에 발간된 독립된 시집으로는 『남천』(1977), 『비에 젖은 달』(1980), 『라틴점묘 기타』(1988)가 있고 그 외 다수의 시선집이 있다. 『남천』과 『비에 젖은 달』은 무의미시 형태를 보이는 시들을 포함하고 있고, 『라틴점묘 기타』는 여행시이므로 예외적인 경우에 속한다.

2. 현상학적 환원과 의식의 지향성

김춘수는 시론에서 대상에 대한 기존의 해석을 배제하고 대상을 본래의 모습으로 돌려놓는 '현상학적 환원'을 강조한 바 있다. 이것은 세계에서 살아가는 우리가 가지고 있는 믿음이 옳은지 그른지에 대한 일체의 판단을 유보하면서, 그러한 믿음을 괄호 속에 묶어두어 그것이 의식에 대해 우리가 취할 수 있는 여타의 태도에 영향을 미치지 않도록"[6] 하는 것이다. 그것은 대상에 대한 기존의 해석을 자연적 인과관계로 받아들이는 것을 거부함으로써 대상의 본질을 개시할 수 있는 발판을 마련한다. 김춘수는 이것을 서술적 이미지의 첫 번째 유형이라고 보고 그 예로 대상에 대한 사생성이 두드러지는 박목월의 「불국사」를 들고 있다. 이에 비해 서술적 이미지의 두 번째 유형은 판단을 유보하는 것을 넘어서 실재하는 대상을 지움으로써 의미 자체를 삭제해버리는 것이다. 이상의 「꽃나무」처럼 실재하는 대상을 삭제한 채 심리 상태만 남은 시가 이에 해당한다. 전자가 현상학적 판단중지를 적용한 것이라면 후자는 현상학적인 차원에서 의식의 지향성을 보여주는 것이다.[7]

이러한 생각은 시론뿐만 아니라 김춘수 자신의 창작에서도 나타난다. 우선 그는 대상에 대한 주관적인 해석을 덧붙이지 않고 단지 그것을 묘사하기만 함으로써 현상학적 환원을 시도한다. 『타령조·기타』의

---

6   이남인, 『현상학과 해석학』, 서울대 출판문화원, 2004, 71면.
7   이에 대해서는 2, 3장에서 자세히 설명한 바 있다.

시들 중에서 묘사가 두드러지는 「인동(忍冬)잎」, 「유년시(幼年時)(3)」, 「라일락 꽃잎」, 「아침에」, 「적은 언덕 위」 등이 이에 해당한다.

> 눈 속에서 초겨울의
> 붉은 열매가 익고 있다.
> 서울 근교에서는 보지 못한
> 꽁지가 작은 하얀 새가
> 그것을 쪼아먹고 있다.
> 월동하는 인동 잎의 빛깔이
> 이루지 못한 인간의 꿈보다도
> 더욱 슬프다.
>
> —「인동(忍冬) 잎」 전문

이 시는 붉은 열매, 인동 잎, 하얀 새의 색깔 대비를 통해 선명한 시각적 효과를 거두고 있다. 시의 앞부분(1~5행)은 시인의 해석을 덧붙이지 않고 대상을 그림 그리듯이 묘사하고 있다. 그러나 뒷부분의 3행은 이러한 풍경에 '슬프다'라는 인간적인 감정을 개입시킴으로써 시인의 해석을 첨가하고 있다. 김춘수는 이 시의 전반부는 관념이 아니라 상태의 묘사일 뿐이므로 서술적이지만, 후반부에 '슬프다'라는 말이 개입하면서 관념의 설명이 되어 실패했다고 말하고 있다.[8] 즉 전반부에서는 기존의 해석을 배제하는 것에 성공했지만 후반부에서 감정이 개입됨으로 인해 현상학적 판단중지에 실패했다는 것이다.

---

8   김춘수, 앞의 책, 548~549면.

이 같은 설명은 '판단중지'라는 현상학적 사유의 과정과 창작의 테크닉을 동일시한 것이다. '현상학적 판단중지'란 대상에 대한 자연적 태도를 중지하는 것으로서 표면상 나타나는 인과 관계를 비롯한 모든 판단 자체를 유보하는 것이다. 박목월의 「불국사」를 '현상학적 판단중지'라고 설명할 수 있는 것은 "흰 달빛 / 자하문 // 달안개 / 물소리 // 대웅전 / 큰 보살"처럼 대상을 단지 제시만 함으로써 기존의 판단을 일단 보류하고 있기 때문이다. 김춘수는 이를 현상학적 판단중지라고 규정하고 이를 '사생적 소박성'과 연결시켜 설명하고 있다.[9] 그러나 '사생적 소박성'은 대상을 설명하지 않고 그림을 그리듯 베껴내는 창작의 테크닉일 뿐 사유가 아니다. 사생적 소박성이 곧 현상학적 판단중지인 것이 아니라, 박목월의 「불국사」가 현상학적 판단중지를 보여주면서 사생적인 특징을 가지고 있을 뿐이다.

이를 「인동 잎」에 적용하면, 현상학적 판단중지란 대상에 대한 시인의 해석을 배제하는 것뿐만 아니라 열매와 그것을 쪼아 먹는 새의 관계 맺음 자체에 대한 판단을 유보하는 것이다. 그러나 "붉은 열매가 익고 있다", "하얀 새가 그것을 쪼아먹고 있다"는 것은 이미 대상이 '어떠하다'는 자연적 태도에 바탕한 판단을 전제하고 있다. 따라서 완전한 현상학적 환원의 단계에 이르지 못하는 것이다.

위의 시들이 실재하는 대상을 인정하고 그것에 대한 기존의 해석을 어떻게 배제하는가에 집중하는 것과는 달리, 「눈물」, 「대지진」, 「더 많은 앵초」 등의 시는 대상의 실재성 자체가 뚜렷하지 않다.

---

9   위의 책, 512면.

한밤에 깨어보니

일만 개의 영산홍이 깨어 있다.

그들 중

일만 개는 피 흘리며

한밤에 떠 있다.

밤은 갈라지고, 혹은 찢어지고

또 다른 일만 개의 영산홍 위에 쓰러진다.

밤은 부러지고

탈장(脫腸)하고

별들은 죽어 있다.

별들은 무덤이지만

영산홍은 일만 개의 밤이다.

눈 뜨고 밤에 깨어 있다.

깨어 있는 것은 쓰러지고

피 흘리고

한밤에 떠 있다.

— 「대지진」 부분

「인동 잎」과 비교할 때 위의 시는 실제인지 환상인지를 구별하여 말하기 어렵다. 화자가 한밤중에 깨어 실제 영산홍을 본 느낌일 수도 있고 전체가 환상일 수도 있다. 그러나 어떤 경우이든 시에서 강조되는 것은 '갈라지고 찢어지고 쓰러지고 피 흘리고 깨어지는' 심리 상태이다. 제목인 '대지진'은 그러한 심리 상태를 상징적으로 드러내고 있다.

이것들은 묘사나 사생적 소박성과는 무관하게 어떤 상태를 드러내고 있을 뿐이다.

이것은 이상의 「꽃나무」처럼 의식과 대상 사이의 지향적 관계를 드러내고 있다. 지향적 관계에서는 관계를 맺는 대상이 현실세계에 존재하는 대상일 수도 있고 그렇지 않을 수도 있다. 그것은 구체적인 지향적 체험(노에시스)과 이러한 체험의 대상적 상관자(노에마)의 두 가지 요소로 이루어진 순수 심리적인 영역이다. 「더 많은 앵초」, 「눈물」과 같은 시들이 그 예로서 이들은 현상학적 판단중지를 바탕으로 하여 시도되는 현상학적 환원의 결과물이다.

「처용단장」 제2부는 위 시에 나타나는 순수 심리적인 상태를 좀더 극적으로 환기하고 있다. 「대지진」이 노에마-노에시스 관계를 보여주는 것이었다면 「처용단장」 제2부는 노에마를 제거함으로써 의식의 상태만을 드러내는 데 주력한다. 전자가 현실의 소재를 선택하되 현실적인 의미 맥락을 삭제하는 것이라면, 후자는 대상의 언어적 의미까지도 삭제한 울림과 주문의 형식을 취하고 있다.

1
돌려다오.
불이 앗아간 것, 하늘이 앗아간 것, 개미와 말똥이 앗아간 것,
여자가 앗아가고 남자가 앗아간 것,
앗아간 것을 돌려다오.
불을 돌려다오. 하늘을 돌려다오. 개미와 말똥을 돌려다오.
여자를 돌려주고 남자를 돌려다오.

쟁반 위에 별을 돌려다오.

돌려다오.

―「처용단장」 제2부 1 전문

위의 시에서 '앗아간다', '돌려준다' 등의 서술어나 '불', '개미', '말 똥', '여자', '남자' 같은 명사는 별다른 의미를 갖지 않는다. '불'과 '하 늘', '개미'와 '말똥', '여자'와 '남자'가 빼앗아간 주체이면서("불이 앗아 간 것, 하늘이 앗아간 것") 동시에 빼앗긴 대상이 되는 것("불을 돌려다오. 하 늘을 돌려다오")이 그 증거이다. 불, 하늘, 개미, 말똥, 여자, 남자 등이 물 이나 땅 과 같은 다른 명사로 대체된다고 하더라도 울림 자체가 달라지 는 것은 아니다. '앗아감'이나 '돌려줌'과 같은 유의미한 동사들 역시 의미가 삭제된 채 단지 반복되는 울림만으로 남는다. 이처럼 「처용단 장」 제2부는 '~다오'라는 종결어미를 반복함으로써 화자의 정서적이 고 심리적인 상태를 전달한다. 여기서 강조되는 것은 원하는 '무엇'이 아니라 '~다오'에서 감지되는 염원 형태의 간절함이다.

그런데 「처용단장」 제2부는 의식의 지향성을 드러낸다는 점은 동일 하지만 형태상으로는 이질적인 시들이 섞여 있다. 1~5까지는 화자의 심리 상태만을 드러내는 '~다오'가 강조된 하나의 연으로 이루어져 있 는 것에 비해 6~8은 이 부분에 또 다른 하나의 연이 추가되고 있다.

7

새야 파랑새야,

울어다오.

로비비아 꽃 필 때에 울어다오.
녹두낢에 꽃 필 때에 울어다오.
바람아 하늬바람아,
울어다오. 머리 풀고 다리 뻗고
3분 10초만 울어다오.
울어다오.

　　*

키큰해바라기
네잎토끼풀없고
코피
바람바다반딧불

모발또모발바람
가느다란갈라짐

　　　　　　　　　　　　　　　　　　　　—「처용단장」 제2부 7 전문

　위의 시에서 두 개의 연은 '*'라는 표시를 사이에 두고 연결되어 있
는데, 아래의 연은 위 연에 나타난 심리 상태를 부연 설명하는 역할을
한다. '*' 윗부분은 1에서와 마찬가지로 '울어다오'가 반복되면서 화자
의 심리 상태를 표현하고 있다. '로비비아', '녹두나무', '하늬바람' 같
은 소재는 특별한 의미가 없다. '3분 10초'라는 시간 또한 100분을 시

적으로 표현한 것일 뿐 특별한 의미를 가지고 있지 않다. 이와 달리 '*'
아랫부분은 띄어쓰기 없이 몇 개의 명사형들을 나열하고 있다. '키큰해
바라기'나 '네잎토끼풀', '코피', '바람', '반딧불', '모발' 등은 윗부분
의 '울어다오'라는 심리적 상태에 관련된 정서적인 환경이다. "울어다
오"는 울고 싶은 화자의 심경을 대상에게 전이시킨 것이고, 해바라기와
토끼풀, 바람, 바다 등은 울고 싶은 화자의 주변 상황이거나 울고 싶은
심리 상태에서 연상되는 이미지들이다.

> 6
> 앉아다오.
> 손바닥에 앉아다오.
> 손등에 앉아다오.
> 내리는 눈잔등에 여치 한 마리, 여치 두 마리,
> 앉아다오.
>
> *
>
>
> 봄을 지나 여름을 지나
> 개울을 지나
> 늙은 가재가 사는 개울을 지나,
>
> —「처용단장」제2부 6 부분

8
잊어다오.
어제는 노을이 죽고
오늘은 애기메꽃이 핀다.
잊어다오. 늪에 빠진
그대의 아미,
휘파람새의 짧은 휘파람,

*

물 아래 물 아래 가던 새,
본다.
호밀밭에 떨군
나귀의 눈물,
딱나무가 젖고
뭇 별들이 젖는다.

　　　　　　　　　　　　　　　　　－「처용단장」 제2부 8 부분

　　이러한 구성법은 위에 인용된 6과 8의 경우도 마찬가지다. 6은 '앉
아다오'라는 화자의 바람("앉아다오. / 손바닥에 앉아다오. / 손등에 앉아다오. /
내리는 눈잔등에 여치 한 마리, 여치 두 마리, / 앉아다오")과 그 바람이 간절하
던 시절에 대한 기억이 연결되어 있고("봄을 지나 여름을 지나 / 개울을 지나
/ 늙은 가재가 사는 개울을 지나"), 8은 '잊어다오'라는 바람("잊어다오. / 어제

는 노을이 죽고 / 오늘은 애기메꽃이 핀다. / 잊어다오. 늪에 빠진 / 그대의 아미, / 휘파람새의 짧은 휘파람")과 '잊어다오'라고 말할 수밖에 없는 화자의 심정을 반복 설명하는 부분("물 아래 물 아래 가던 새, / 본다. / 호밀밭에 떨군 / 나귀의 눈물, / 딱나무가 젖고 / 뭇 별들이 젖는다")으로 구성되어 있다.

이 시들에서 공통적인 것은 '*' 아래 나오는 내용들이 단순히 심리 상태만을 드러내는 것이 아니라 심리 상태를 풀어 설명하는 역할을 한다는 것이다. 이는 대상 자체를 삭제하거나 언어적 의미를 해체함으로써 의미를 차단했던 것과는 달리, 의미 부분이 조금씩 복원되기 시작했음을 보여준다.[10] 이는 무의미시가 대상의 삭제와 언어 해체라는 일방적인 방향으로만 전개된 것이 아니라 그 자체에 의미적인 요소들을 복원하는 시도가 함께 있음을 증명하는 것이다.[11]

---

10 이것은 김춘수 스스로가 밝혔듯이, 전적으로 장난인 상태나 환상으로 빠져들지 못하는 기질에서 연유하는 특징이기도 하다. 그는 "말의 장난이라고 하는 긴장 상태를 견디는 데 생리적인 압박을 느낀다"(『김춘수 시론전집』 1, 541면)라고 말하고, 스스로를 "기질적으로 관념적인 데가 있다"고 말하고 있다.(위의 책, 547면) 그가 시에서 관념을 제거하기 위한 시도를 계속하는 것은 그만큼 자신의 기질을 의식하고 있다는 반증이 된다.

11 사실상 음절 단위의 언어 해체나 주문과 같은 울림의 반복 등 실험적인 요소들은 「처용단장」 전체로 보면 극히 일부분에 지나지 않는다. 「처용단장」은 실험적인 무의미시의 대표적인 예로 설명되어 왔지만, 실제로는 폭력과 이데올로기에 대한 트라우마와 유년의 기억 등 오히려 개인의 정신적인 상처를 드러내는 시들이 대부분을 이루고 있다. 즉 김춘수 자신이 시론에서 말한 '대상에서 발생하는 의미 일반을 제거한 무의미시'라는 개념과 모순되는 시들이 대부분인 것이다. 기존 연구들이 「처용단장」을 '무의미시'라는 개념으로 지칭하면서 동시에 유년 체험과 순결 콤플렉스 등 시적인 의미를 밝히고자 하는 모순을 보이는 것은, 시론과 시 사이의 정합성을 검토하지 않고 김춘수 자신의 설명을 그대로 받아들인 데서 연유한다.

3. 지평적 지향성을 드러내는 대상의 재구성

앞 장에서는 김춘수의 무의미시가 의식적 지향성을 드러내고 그와
연관된 정서적 환경을 나란히 배치하는 형태로 변화하는 것을 살펴보
았다. 이때 정서적 환경은 대부분 유년의 실제 환경과 거기서 형성된
화자의 정서를 함께 담고 있다.

> 1
> 바다가 왼종일
> 새앙쥐같은 눈을 뜨고 있었다.
> 이따금
> 바람은 한려수도에서 불어오고
> 느릅나무 어린잎들이
> 가늘게 몸을 흔들곤 하였다.
>
> 날이 저물자
> 내 늑골과 늑골 사이
> 홈을 파고
> 거머리가 우는 소리를 나는 들었다.
> 베꼬니아의
> 붉고 붉은 꽃잎이 지고 있었다.

그런가 하면 다시 또 아침이 오고

바다가 또 한 번

새앙쥐같은 눈을 뜨고 있었다.

뚝 뚝 뚝, 천(阡)의 사과알이

하늘로 깊숙이 떨어지고 있었다.

가을이 가고 또 밤이 와서

잠자는 내 어깨 위

그해의 새눈이 내리고 있었다.

어둠의 한쪽이 조금 열리고

개동백의 붉은 열매가 익고 있었다.

잠을 자면서도 나는

내리는 그

희디흰 눈발을 보고 있었다.

-「처용단장」 제1부 1 전문

위의 시는 2장에서 설명한 「처용단장」 제2부 1처럼 울림이나 주문으로 끝나는 것은 아니다. 느릅나무 어린잎들이 흔들리거나 개동백의 붉은 열매가 익는 것은 실제 경험의 영역이고 나머지 대상들 또한 실재성을 획득하고 있다.

느릅나무, 베고니아, 사과알, 개동백 열매와 같은 소재들은 시의 표면에 드러난 자연적인 대상들이다. 그러나 이것은 대상을 재구성한 것이라는 점에서 수동적으로 풍경을 베껴내는 '사생적 소박성'과는 다르다. 각각의 이미지는 외부 풍경을 그대로 베낀 것이 아니라 화자가 받은 인상을 포함시켜 그것을 재구성한 것이다.

이 시가 주목하는 것은 '바다가 생쥐 같은 눈을 떴다', '늑골과 늑골 사이에서 거머리 우는 소리를 들었다', '두렁의 사과 알이 하늘로 떨어지는 것을 보았다' 등 대상에서 받은 심리적인 인상들이다. 예를 들어 3월에 눈이 오는 풍경은 "물개의 수컷이 우는 소리"로 표현된다. 수컷 물개의 울음소리가 어떤 것인지 그것을 시인이 실제로 들은 것인지는 알 수 없지만, 여기서 중요한 것은 그것이 사실인지의 여부가 아니라 시인이 대상에서 그러한 인상을 받았다는 것이다.

자연의 풍경을 시간 순으로 묘사한 것처럼 보이는 시의 내용 또한 서로 다른 시공간의 이미지들을 엮어놓은 것이다. 이 시에는 봄부터 겨울에 이르는 사계절이 있고, 그 한편으로 아침부터 밤까지에 해당하는 하루 동안의 시간의 흐름이 있다. 1연의 느릅나무 어린잎들이 흔들리는 것은 봄이고, 2연에서 베고니아 꽃잎이 지는 것은 늦여름부터 가을의 일이다. 3연의 사과가 떨어지는 것은 늦가을의 이야기인데 이것은 4연에서 초겨울의 이야기로 이어진다.

그러나 묘사된 사계절이 동일한 한 해의 사계절이라고 할 만한 근거는 없다. 즉 느릅나무 어린잎이 피어나는 1연과 베고니아꽃잎이 지는 2연의 시간이 한 해의 봄, 여름이라는 순차적인 관계에 놓인 것이 아닐 수도 있다는 것이다. 마찬가지로 아침부터 밤까지 이어지는 시간 또한 동일한 하루의 것이라고 할 수 없다. 각 연의 이미지들은 특정한 하루나 일 년의 것이 아니라 불특정한 시간의 인상들을 각각 모아놓은 것이다. 즉 대상을 제거하는 것이 아니라 실재하는 대상을 선택하되 그에 대한 인상을 중심으로 대상을 재구성하는 것이다.

대상을 재구성하는 과정에 개입되는 것은 유년에 대한 기억과 아울러 헌병대에 끌려갔던 기억, 감방 경험 등 트라우마를 형성하는 사건들이다. 「처용단장」 제1부가 유년의 인상들을 풍경과 함께 그려내고 있는 데 비해, 「처용단장」 제3,4부는 시인의 트라우마를 형성하고 있는 감방 체험과 사회적 현실에 대한 압박감이 두드러진다.

요코하마(ヨコハマ)헌병대가지빛검붉은벽돌담을끼고달아나던 요코하마헌병대헌병군조모(軍曹某)에게나를넘겨주고달아나던박승줄로박살내게하고목도(木刀)로박살내게하고욕조에서기(氣)를절(絶)하게하고달아나던 창씨(創氏)한일본성(姓)을등에짊어지고숨이차서쉼표도못찍고띄어쓰기도까먹고달아나던식민지반도출신고학생헌병보(補)야스다(ヤスタ)모의뒤통수에박힌 눈 개라고 부르는인간의두개의 눈 가엾어라어느쪽도동공이없는

－「처용단장」 제3부 5 전문

형태상 이상의 「오감도」를 연상시키는 이 시는 내면의 상처와 심리 상태를 드러내고 있다. 요코하마 헌병대로 끌려가던 기억, 결박당한 채 매를 맞고 욕조 고문을 당하던 기억들은 여전히 생생한 공포로 남아있다.

그러나 시의 내용은 이상의 「오감도 시제1호」와 같은 심리 상태가 아니라 실제로 있었던 구체적이고 직접적인 경험들을 복기하는 것이다. 띄어쓰기가 없는 형태 또한 박승줄과 목도와 고문용 욕조를 보고

공포에 질렸던 당시 심정을 시적으로 표현하기 위한 것이다.[12] 이는 현실적 의미 맥락을 제거하고 심리 상태만을 표현했던 것과 달리, 오히려 심리 상태를 설명하는 현실적인 맥락들을 제공하는 기능을 한다. 즉 의식의 지향성(노에시스)을 드러내는 한편 그 의식의 근거가 되는 실제 사실들(노에마)을 나란히 배치하는 것이다.

이때 실제 사실들은 대상이 가지고 있는 지평적 지향성[13]을 드러내는 것이다. 현상학적으로 '지평'이란 어떤 사물의 의미가 솟아날 수 있는 터를 말하는 것으로서 어떤 한 대상이 주체에게 드러날 수 있는 가능적인 의미의 한계를 의미한다.[14] 예를 들어 '노란색의 주사위'는 그 주위의 다양한 색을 지닌 사물들과의 관계 속에서 파악됨으로 하여 가능한 것이다. 주사위와 그 주위에 있는 사물들은 대상들은 '색'이라는 관점을 매개로 하여 의미 연관이 형성되는데, 그 의미 연관이 바로 '지

---

12 이 부분은 8장에서 트라우마와 연관하여 상세하게 설명되어 있다. 원래 논문인 「김춘수의 무의미시의 현상학적 특징 연구」에서는 이 부분을 "띄어쓰기가 없는 형태 또한 헌병들을 피해 "숨이차서쉼표도못찍고띄어쓰기도까먹고" 달아났던 실제 경험을 사실적으로 표현하기 위한 것이다"라고 설명하고 있다. 그러나 시의 문맥상 '숨이차서쉼표도못찍고띄어쓰기도까먹고' 달아나는 주체는 '나'가 아니라 야스다이다. 따라서 원래 논문의 해당 부분은 잘못된 독해에서 온 오류임을 밝힌다.

13 후설에게서 '지향성' 개념은 『논리연구』에서는 '자기동일적 대상에 대한 자아의 의식적 관계'라고 규정되었지만 후기 현상학에서는 수정 변화된다. 『논리연구』의 지향성 개념이 지닌 가장 큰 한계는 자기동일적 대상의 배경에 대한 의식을 분석할 때 생겨난다. 예를 들어 어떤 나무를 지각할 경우 이 '나무'는 자기동일적 대상이자 그에 대한 지각작용은 일종의 지향적 체험이다. 그런데 이 경우 나의 의식의 시선에 들어오는 '나무' 주위에 있는 다른 나무나 숲이라는 배경을 향하고 있는 의식이 지향적 체험인가 하는 문제가 남는다. 후설은 『이념들』 I에서 배경의식을 지향적 체험으로 규정할 수 있는 가능성을 열어놓고 있다. 배경의식은 비지향적 체험으로서의 감각내용, 지평의식 및 세계의식, 대상화적 작용에 토대를 두고 있지 않는 비대상화적 작용 등으로 나누어질 수 있다. 그중에서 지평의식 및 세계의식은 자기동일적 대상을 둘러싼 주위의 사물적 환경을 향한 의식을 말한다. 이남인, 앞의 책, 286~307면 참고.

14 위의 책, 299면; 에드문트 후설, 이종훈 역, 『경험과 판단』, 민음사, 1997, 55~58면 참고.

평'이다. '나'의 의식의 시선이 어떤 대상을 향해 있을 때 그것은 이미 그 대상의 '지평'을 향해 있는 것이다.

'지평'은 어떤 사물과 그 사물의 밖에 함께 존재하는 대상들 사이의 '외적 지평'과 사물 내부에서 형성되는 가능적인 의미들의 지평인 '내적 지평'으로 구분된다. 위의 예에서 주사위는 색의 지평이나 모양의 지평과 같은 외적 지평을 지니고 있다. 그런데 주사위의 모든 의미는 현재 상태에서 총체적으로 주어지는 것이 아니고, 그럼에도 불구하고 그것들은 장차 나에게 주어질 수도 있는 주사위 내부에 있는 가능적인 의미들인 '내적 지평'으로 남아있다.[15] 모든 사물은 고유한 내적 지평과 외적 지평을 지니고 있고 거기서 대상의 가능적인 의미가 주어지는 것이다.

시에 나타나는 사물 역시 주변의 사물이나 시공간적 배경 등 외적 지평을 거느리고 있고, 그와 관련되었거나 혹은 관련될 가능적인 내적 지평을 가지고 있다. 시에서 대상인 사물은 실제적이고 외적인 지평만이 아니라 가능한 의미 영역인 내적 지평으로서 주어지기도 한다. 「처용단장」 제3, 4부의 시의 내용들 또한 외적 지평인 실제 경험과 가능성의 영역인 내적 지평을 아우르고 있다.[16]

---

15 이남인, 앞의 책, 299~301면 참고.
16 원래 논문에서는 이 부분을 "「처용단장」 제3, 4부의 시들에 나타나는 실제적인 경험들이 외적 지평에 해당한다면 이것들이 시인의 주관적 기억에 의해 선택된 인상으로 주어지는 것이 내적 지평이다. 즉 유년의 기억에 자리하고 있는 호주 선교사집이나 산다화, 바다 등의 이미지가 외적인 지평이라면 그와 관련된 시인의 정신적인 트라우마나 공포, 불안 등의 심리적 상태는 내적인 지평이라고 할 수 있는 것이다"라고 설명하고 있다. 그러나 '내적 지평'은 주체와 관련된 주관적인 영역이 아니라 대상 자체에 숨겨져 있는 가능성의 의미 맥락이다. 즉 대상에 내재한 가능성이지만 아직은 드러나지 않은 채 남아있는 '유보된 리얼리티'(메를로 퐁티)와 유사한 것이다. 그러므로 원래 논문에서, 내적 지평을 주관적인 의미 맥락과 동일한 것으로 보고 트라우마나 심리 상태와 연결하여 설명한 것은 오류이다. 이하에서도 원래 논문에서 내적 지평을 주체의 주관적인 의미 맥락으로 설명

특이한 것은 「처용단장」 제3, 4부의 시들에 나타나는 지평적 지향성이 은유적이고 시간적이라는 점이다.[17] 그것은 감방 경험, 유년의 공간 등 특정한 몇 개의 대상(사건)을 중심으로 하고 그에 대한 인상들을 반복하여 재생하는 방식으로 나타난다.

7
통영은 봄이다.
엉겅퀴풀이 자주빛 꽃을 여러 개나 달고
여황산 기슭에 있다.
혼자 있지 않다.
뾰족지붕, 그리고
언제나 열려 있는 현관문
아치형의 안쪽에
호주 선교사네 흔들의자 크고 실한
해는 한 뼘 비켜 서고, 그런데
마당 한쪽에 웬일일까 남새밭이 있고
세조 때의 첨지중추부사(僉知中樞府事)처럼 생긴
눈이 부리부리한 젊은 토종닭이 한 마리,

한 부분은 오류를 바로잡았다.
17 이러한 특징은 현상학적인 특징이 나타나는 오규원의 시와 대비를 이루고 있어서 흥미롭다. 김춘수의 시가 대상의 내적 지평을 넓히며 은유적이고 시간적인 방식으로 전개되는데 비해, 오규원의 중기 이후의 시는 대상의 외적 지평을 넓히면서 환유적이고 공간적인 방향으로 지평을 넓혀간다. 두 시인의 대비되는 작업은 한국시에 드러나는 현상학적인 특징과 범위를 규정하는 것이다. 오규원 시의 현상학적 특징은 졸고, 「오규원 후기 시와 시론의 현상학적 특징 연구」, 『국어국문학』 175, 2016에서 자세히 설명한 바 있다.

요코하마 헌병대 겨울 감방에서

나는 깜박 꿈을 꾼 모양이다.

뛰꼭지의 꼭두서니 빨간 그 볏,

— 「처용단장」 제3부 7 전문

통영의 봄 풍경("통영은 봄이다.~기슭에 있다")에서 시작된 이 시는 '뾰족지붕'과 '열린 현관문 안으로 보이던 흔들의자' 등 유년의 인상들로 연결되고("뾰족지붕, 그리고~선교사네 흔들의자") 이것은 2연에서 감방 경험과 연결된다("요코하마 헌병대~꾼 모양이다"). 시간적으로 본다면 현재와 과거(유년기), 또 다른 과거(청년기)가 연결되어 있다. 시제를 명확하게 구분하기는 어렵지만, 현재의 경험(봄의 여황산)과 기억 속의 과거의 경험(뾰족지붕과 흔들의자, 현관문)이 주관적인 인상(세조 때의 첨지중추부사 같은 토종닭)과 겹친다는 것을 알 수 있다. 1연과 2연을 연결하는 것은 토종닭의 '빨간 볏'이다. 토종닭의 볏을 바라보며 느꼈던 두려움의 기억이 감방의 기억과 연결되는 것이다. 두 가지는 '공포'와 관련된 기억이라는 공통점을 가지고 있다.

이처럼 서로 다른 시간에 형성된 각각의 인상들은 하나의 시에서 대상(사건)을 중심으로 하여 나란히 배치된다. 그 결과 실제 경험과 그에 대한 서로 다른 시간의 기억이 교차하며 병렬되는 것이다. 그 결과 무의미시는 시인의 실제 경험과 그에 연결된 인상들을 반복하여 연결한 새로운 형태를 갖추게 된다. 따라서 이 시들은 의식의 지향성을 드러내는 이전 단계의 무의미시와 단절된 것이 아니라 지평적 지향성을 드러냄으로서 오히려 현상학적 특징이 더욱 두드러지는 것이라고 설명할 수 있다.[18]

현상학에서 지평적 지향성은 필연적으로 '세계(Welt)'라는 개념으로 연결된다. 모든 가능한 지평들은 서로 무관하게 고립되어 존재하는 것이 아니라 '나'라고 하는 주체의 지평인 한에서 서로 연결되어 있고 그 연결 관계를 통해 한 차원 높은 의미연관의 총체를 형성한다. 이러한 다양한 유형의 지평들 사이에서 형성된, 이 모든 지평들을 포괄하는, 한 차원 높은 의미연관의 총체가 '세계'로서, 그것은 총체적 지평 혹은 보편적 지평이다.[19] 결국 주체인 '나'의 지평은 '세계'라는 총체적 지평을 향해 있으며, 지평적 지향성은 주체와 세계의 근본적인 연결 관계를 설명해주는 근거가 되는 것이다. 이런 면에서 김춘수의 무의미시가 대상을 배제한 심리 상태의 표현 혹은 언어 해체 등의 실험 끝에 다시 의미의 영역으로 복귀하는 것은 자연스러운 현상학적 귀결이라고 할 수 있다.

무의미시는 현상학적인 입장을 김춘수 자신의 창작에 작용한 결과이다. 「인동 잎」처럼 대상을 사생적으로 묘사하는 데 치중하고 있는 시들은 주관적인 해석을 배제함으로써 현상학적 환원을 시도하고 있다. 그러나 대상과 관련된 의미들이 개입되면서 '현상학적 판단중지'는 실패하고, 이후 무의미시는 대상의 현실적인 관련들을 삭제하고 심리 상태만을 드러내는 시로 나타난다. 「처용단장」 제2부의 주문이나 울림과 같은 시나 제3부의 음절 단위로 해체된 시 등은 순수 심리 상태만을 보

---

18 김춘수는 이 지점에서 자신의 무의미시가 실패로 돌아갔다고 말하고 있다. 이는 의미가 있고 없음을 기준으로 한 것으로서, 「처용단장」 제3, 4부의 시들은 실제 경험을 담고 있기 때문에 '무의미시'라는 개념 자체에 어긋난다고 보는 것이다. 그러나 현상학적으로 볼 때 이것은 실패가 아니라 자연스러운 시적 발전의 결과이다.

19 이남인, 앞의 책, 301~303면 참고.

여주기 위한 극단적인 실험들이다. 이러한 실험성이 강조된 결과 무의미시는 종종 의미의 부정, 언어 해체와 같은 과격한 시도라고 인식되어 왔다.

그러나 「처용단장」 제1부와 제3부, 제4부는 실험적인 성격보다는 오히려 시인의 기억이나 트라우마와 관련된 의미가 더 많이 나타난다. 이 시들은 의식의 지향성을 드러내면서 그러한 심리 상태를 형성하게 된 실제적 경험들을 나란히 배치하는 형식을 취하고 있다. 유년의 실제 풍경을 묘사하고 거기에 관련된 인상을 표현하는 방식의 시들이 그 예이다. 이들은 현상학적 환원 후에 대상을 다시 재구성하는 것으로서 대상을 제거한 이전 단계의 무의미시와는 구별된다.

현상학적으로 보면 그것은 대상이 지니고 있는 지평적 지향성을 드러내는 것이다. 이때 지평은 대상을 중심으로 한 외부적 환경인 '외적 지평'만이 아니라 대상과 관련된 가능성의 의미 맥락인 '내적 지평'까지를 아우르는 개념이다. 결과적으로 이것은 대상을 다시 의미의 맥락으로 환원시킨다. 따라서 지평적 지향성을 드러내는 「처용단장」 제3, 4부의 시들은 이전의 무의미시와 단절되었거나 혹은 실패한 무의미시가 아니라 자연스러운 현상학적 귀결이라고 설명될 수 있다. 이러한 맥락에서 보면 무의미시 이후 김춘수의 후기시가 실제적인 체험들을 바탕으로 한 의미 영역으로 회귀하는 것은 지극히 자연스러운 일이다.

지금까지 김춘수의 시는 존재론적 탐구를 보여주는 초기 시와 무의미시 그리고 그 이후의 서정적인 시로 각각 단절된 상태로 설명되어 왔다. 그러나 현상학적 측면에서 볼 때 각각의 단계들은 단절되어 있는 것이 아니라 일관된 시적 논리에 의해 변화 발전되어 온 것이다. 무의미시의 현상학적 특징을 밝히는 것은 김춘수 시의 변화와 발전을 일관되게 설명할 수 있는 중요한 과정이다. 이는 김춘수의 후기 시에서 두드러지는 감각적인 특징과 현상학의 관련성을 설명하는 데도 중요한 분석 틀이 될 수 있을 것이다.

「처용단장」의 시간의식[1]

1. 주관적이고 의식 내적인 시간

시에 나타나는 시간은 기본적으로 주관적이고 의식 내적이다. 객관적인 시간들 예컨대 역사적 사실과 같은 시간들이 개입되긴 하지만, 그때도 시의 관심사는 그 객관적 시간들에 대한 주체의 기억이나 정서, 생각과 같은 주관적인 반응에 있다. 이런 면에서 시의 시간은 기본적으로 현상학적이다.

현상학에서 중시되는 시간은 경험되는 세계의 실제 시간 혹은 객관적으로 측량되는 시간이 아니라 의식 내적인 시간의 흐름이다. 후설에 따르면 그것은 지향성을 가지고 있는 흐름으로서 본질적으로 주체의 외부에 있는 대상을 지향하고 있다. 주체는 지향성을 가지고 있음으로

---

1   이 글은 졸고, 「김춘수의 「처용단장」에 나타나는 시간의식에 대한 연구」, 『Comparative Korean Studies』 23권 1호, 2015를 수정 보완한 것이다.

해서 외부의 대상을 지각하게 된다.

의식 내적인 시간은 외부 대상의 시간성을 인식하는 주체의 지각의 지속성을 보여주는 것이다. 따라서 현상학적 측면에서 내적 시간의식을 분석하는 것은, 지각의 대상의 시간성뿐만 아니라 동시에 그것을 지각하는 주체의 시간성을 분석하는 것이다. 지각된 대상의 지각은 지각의 경과의 지속을 포함한다. 시간의식의 내재적인 시간 안에서 지각함의 지속뿐 아니라 또한 지각된 것의 지속도 형성된다.[2] 이런 연유로 해서 현상학적 시간 분석은 대상의 시간성과 그것을 지각하는 시인의 시간의식을 동시에 분석하는 것이 된다.

김춘수의 시에는 이미 초기부터 시간에 대한 인식들이 드러난다.[3] 전후에 발표된 그의 시들은 다른 전후 시들과 마찬가지로 죽음이나 소멸에 주목하고 있다.[4] 소멸이나 죽음이라는 유한성을 전제로 할 때 시간은 선조적인 것으로서 '흘러가버리는' 것이고 그 끝은 죽음 혹은 종말로 나타난다. 이는 시간을 실재하는 것으로 생각하는 객관적인 시간관에 바탕한 것이다.

---

2   이기상, 「시간, 시간의식, 시간존재」,『과학사상』, 2000.봄, 74면. 이는 "우리는 객체지속의 경과 양상들의 연속성에 대해 지속의 각 시점의 경과 양상들의 연속성을 대립시키고 있다. 각 시점의 경과 양상들의 연속성은 객체지속의 경과 양상들의 연속성에 자명하게 포함되어 있다"(에드문트 후설, 이종훈 역,『시간의식』, 한길사, 1996, 93면)라는 대목과 연결시켜 설명할 수 있다. 즉 지각의 연속성은 지각 대상의 연속성에 포함되어 있다.

3   「처용단장」과 무의미시의 시간의식을 주제로 한 선행 연구로는, 김용태, 「무의미시와 시간성」,『어문학교육』9집, 1986; 남기혁, 「김춘수의 무의미시론 연구」,『한국문화』24, 1999; 조혜진, 「김춘수 시 연구―시간의식을 중심으로」, 성신여대 석사논문, 2001; 박은희, 「김종삼 김춘수 시의 모더니티 연구―시간의식을 중심으로」, 성신여대 박사논문, 2003; 김성희, 「김춘수 시의 시간의식 연구」, 목포대 교육대학원, 2007; 서영희, 「김춘수의 「처용단장」에 나타난 시간의식」,『한민족어문학』61집, 2012 등이 있다.

4   이에 대한 내용은 3장에서 자세히 설명하였다.

그러나 시간에 대한 김춘수의 생각은 중기에 해당하는 『타령조·기타』에서부터 조금씩 변모하기 시작한다. 이 변화는 현상학적 사유[5]의 전개와도 관련이 있는 것으로서, 이때 시간은 경험 세계의 실재가 아니라 '의식 경과의 내재적 시간'을 의미하는 현상학적인 것으로 나타난다. 그중에서도 유년의 기억과 트라우마를 소재로 하고 있는 「처용단장」 연작은 의식 경과의 내재적 시간이 두드러지게 나타난다.

「처용단장」은 60년대 후반에 발표될 때부터 1991년 시집 『처용단장』으로 묶이기까지 이십 년 이상의 기간에 걸쳐 창작되었다. 그만큼 각부의 시들은 실제 창작 시기나 내용, 특징이 다르다. 1, 2부와 3, 4부 사이에는 십 년 이상의 시간적 간극이 있다. 1부와 2부는 몇 년간의 간격을 두고 쓰여졌고, 4부는 3부의 연장선상에서 잇달아 쓰여진 것으로 되어 있다.[6] 그러나 내용상으로 볼 때 4부의 시들은 대부분 90년대 이후의 상황으로서, 유년의 기억이나 트라우마가 드러나는 3부까지의 시들과는 시의 내용이나 주제 자체가 다르다. 또한 시의 시간적 배경과 실제 창작 시간이 동일하고 시간의식이 특별히 두드러지지 않는다. 현상학적 시간 의식이 나타나는 것은 4부를 제외한 1~3부까지의 시들이다.[7]

---

5   현상학은 김춘수의 초기시부터 후기시까지를 관통하고 있는 중요한 주제이다. 초기시의 중요한 주제인 존재론적인 관심은 현상에 대한 탐구로 연결되어 서술적 이미지, 무의미시 등의 개념으로 옮겨간다. 특히 초기시부터 무의미시에 이르기까지의 시들은 현상학적 판단중지와 지향적 관계를 중요 개념으로 하는 후설의 현상학적인 성격이 강하다. 3장 참고.
6   김춘수, 『처용단장』, 미학사, 1991, 144~145면 참고.
7   「처용단장」 1~3부까지의 시간은 크게 두 가지로 나타난다. 과거 경험을 바탕으로 하는 현상학적 시간과 시간적 표지 자체가 삭제된 무시간성이 그것이다. 이때 무시간성은 초월적인 시간 혹은 영원을 의미하는 것이 아니라 시간의 흐름과 무관한 실험시를 말하는 것이다. 즉 시간이라는 표지가 의도적으로 배제된 경우를 뜻하는 것이다. "~다오" 형태가 반복되는 2부의 시들이나 음절을 자음과 모음으로 해체해서 배열하는 등 문자 자체로

「처용단장」의 서술 시점은 기본적으로 현재에 중심을 두고 있다. 화자는 유년 시절을 회상하거나 과거 경험에서 형성된 트라우마를 드러낸다. 각각의 경험적 사실들은 현재 혹은 특정한 과거의 한 시점에서 호출되고 재생된다. 과거 경험은 트라우마 형태로 '지금'까지 지속되고, 이를 바탕으로 하여 미래에 대한 예측으로 연결된다. 이런 면에서 「처용단장」의 시간은 후설의 현상학적 시간의 흐름과 유사한 특징을 보여준다.

후설은 시간의식의 근본 지점을 '지금'이라고 보고 그것을 시간의 근원적인 지점 혹은 '근원인상'이라고 말한다.[8] 현상학적인 '지금'은 과거나 미래와 단절된 순간이 아니라 그 자체가 '파지'(이미-지금-아님)와 '예지'(아직-지금-아님)[9]라는 일차적 기억과 일차적 기대를 내포하고 있는 것이다. 즉 '지금'은 과거의 경험이 바탕이 된 상태에서 성립되고 '지금'을 바탕으로 하여 미래의 것을 예측하게 된다. 후설은 세 가지 시간이 삼중적으로 겹치는 '지금'을 '살아있는 현재'라는 말로 표현함으로써 의식 내적인 시간의 연속성을 강조한다. 이 장에서는 「처용단장」

실험을 시도하는 3부의 시들이 여기에 해당한다. 무시간성을 초월이나 영원으로 해석한 연구로는 남기혁과 김성희의 앞의 논문이 있다.

8 '근원인상'은 "지속하고 있는 객체의 산출이 시작되는 원천 지점"(에드문트 후설, 앞의 책, 94면)이다. 어떤 것이 현행적으로 지각된다고 말할 수 있기 위해서는 반드시 근원인상이라는 근원적인 감각적 소여의 자기 발생이 주어져 있어야 한다.(조광제, 『의식의 85가지 얼굴』, 글항아리, 2008, 123면)

9 여기서는 '지금'과의 연관성을 강조하기 위해 '이미-지금-아님'과 '아직-지금-아님'이라는 김상록의 번역을 병기했다.(김상록, 「시간과 지향성」, 서울대 석사논문, 2001, 21면) 번역자에 따라서 이는 각각 '과거지향(뒤로-뻗어-잡음)' / '미래지향(앞질러-뻗어-잡음)'(이기상, 앞의 글), 혹은 '파지' / '예지'(김영민, 『현상학과 시간』, 까치, 1994; 조광제, 앞의 책) 등으로 번역되는데, 이하 본고에서는 '파지'와 '예지'라는 번역을 사용하기로 한다. 김상록 또한 해당 페이지 이하에서는 '과거지각(파지)' / '미래지각(예지)'라는 용어를 사용하고 있다.

에 나타나는 시간의 특징이 후설의 현상학적 시간과 유사하다는 점에 주목하여 김춘수의 시간의식을 현상학적인 측면에서 고찰할 것이다.

2. 회상을 통한 과거 경험의 재구성

「처용단장」의 시간은 전반적으로 과거의 경험을 바탕으로 하고 있다. 고향과 연결되어 있는 유년의 기억이나 청년기의 수감 체험 등이 시의 원재료들이다. 그러나 이 같은 소재를 시간적으로 어떻게 배치하는가 혹은 구성하는가에 따라 세부적인 시간의식은 구별된다.

「처용단장」 제1부는 주로 유년의 기억을 바탕으로 하여 과거의 경험들을 기억하고 재배치하고 있다. 호주 선교사의 집, 내리는 눈, 눈앞에 펼쳐진 바다, 같이 놀던 아이들 등의 기억은 어린 시절의 실제 경험들로서 그의 산문에도 나와 있는 내용들이다. 이 시들은 시인에게 각인되어 있는 과거 인상들을 현재로 불러내어 서술하는 방식을 취하고 있다.

벽이 걸어오고 있었다.
늙은 홰나무가 걸어오고 있었다.
한밤에 눈을 뜨고 보면
호주 선교사네 집
회랑의 벽에 걸린 청동시계가

겨울도 다 갔는데
검고 긴 망토를 입고 걸어오고 있었다.
내 곁에는
바다가 잠을 자고 있었다.
잠자는 바다를 보면
바다는 또 제 품에
숭어새끼를 한 마리 잠재우고 있었다.

다시 또 잠을 자기 위하여 나는
검고 긴
한밤의 망토 속으로 들어가곤 하였다.
바다를 품에 안고
한 마리 숭어새끼와 함께 나는
다시 또 잠이 들곤 하였다

―「처용단장」 제1부 3 부분

1연은 잠든 '나'의 꿈 혹은 가위눌림을 재현한 부분이다. '나'는 비몽사몽간에 벽과 늙은 홰나무가 걸어오고 호주 선교사 집에 걸린 청동시계가 걸어오는 환상을 본다. '나'는 어둠 속에서 자고 깨기를 반복하는데, 바다는 그 시절의 공간적 배경이다. 늙은 홰나무나 청동시계, 바다 등은 실제 있었던 사물이나 배경이지만, 그것에서 '나'가 기억하는 것은 그것들이 걸어왔다거나 바다가 숭어새끼를 안고 있는 것 같다는 주관적인 인상이다.

바다가 왼종일
새앙쥐같은 눈을 뜨고 있었다.
이따금
바람은 한려수도에서 불어오고
느릅나무 어린잎들이
가늘게 몸을 흔들곤 하였다.

날이 저물자
내 늑골과 늑골 사이
홈을 파고
거머리가 우는 소리를 나는 들었다.
베꼬니아의
붉고 붉은 꽃잎이 지고 있었다.

그런가 하면 다시 또 아침이 오고
바다가 또 한 번
새앙쥐같은 눈을 뜨고 있었다.
뚝 뚝 뚝, 천(阡)의 사과알이
하늘로 깊숙이 떨어지고 있었다.

가을이 가고 또 밤이 와서
잠자는 내 어깨 위
그해의 새눈이 내리고 있었다.

어둠의 한쪽이 조금 열리고

개동백의 붉은 열매가 익고 있었다.

잠을 자면서도 나는

내리는 그

희디흰 눈발을 보고 있었다.

―「처용단장」 제1부 1 전문

위 시에서 두드러지는 것 역시 바다에 대한 주관적인 인상이다. "바다가 왼종일 / 새앙쥐같은 눈을 뜨고 있었다"라는 구절은 1연의 첫 행에서 시상을 전개하는 계기가 되고, 3연 "다시 또 아침이 오고 / 바다가 또 한 번 / 새앙쥐 같은 눈을 뜨고 있었다"에서 '다시 또', '또 한 번' 같은 부사가 붙은 채 반복되고 있다. 이는 화자가 과거에 받았던 강렬한 인상이 상상 속에서 반복해서 재현되고 있음을 보여준다. 그것은 느릅나무 잎, 사과, 흰 눈 등 다른 기억들과 연결되면서 상상 속에서 과거의 장면을 재구성한다. 이 시의 네 개의 연이 사실상 동일한 시간대에 있지 않은 것[10]은 이러한 과정을 증명하는 것이기도 하다.[11] "새앙쥐같은 눈을 뜨고 있었다", "산다화가 바다로 지고 있었다", "느린 햇발의 땅거미가 지고 있었다", "눈이 내리고 있었다" 등에서 반복되는 과거진행형 '~있었다'는 해당 사건이 과거의 한 시점에서 진행되고 있었음을 표시

---

10   이 내용은 4장에서 자세히 설명한 바 있다.

11   이 시의 구절들은 독립된 채 「처용단장」의 다른 시들을 구성하고 있기도 하다. 예를 들어 1연의 "이따금 / 바람은 한려수도에서 불어오고"라는 구절은 「처용단장」 제1부 12에서 "봄이 와서 / 바람은 또 한 번 한려수도에서 불어오고 / 겨울에 죽은 네 무르팍의 피를 / 바다가 썻어주고 있었다"라고 하여 다른 맥락 속에 자리하고 있다.

한다. 화자는 과거의 인상을 선택하여 기억되는 사실을 서술하고 있다.

이는 과거 사실을 불러와서 의식의 전면으로 재현한 것으로서 과거에 지각된 것을 상상 속에서 다시 기억하는 '회상'에 해당한다. 회상에서는 과거는 현전화된 과거[12]이지만, 실제로 현재의 지각이나 일차적으로 직관된 과거는 아니다.[13] 이는 과거에 지각된 것을 상상 속에서 다시 기억하는 것으로서 연상적 동기부여라는 매개를 통해 나타나는 '이차적 기억'이다.[14] 특정한 과거의 경험은 현재와의 연속성이 상실된 상태에서 환기되고 상상을 통해 재구성된다. 그것은 과거의 시점에서 과거의 일들을 기억하고 재배치하는 것이고 단절된 자료들을 재구성해내는 것이다.

꿈이던가,

여순감옥에서

단재선생을 뵈었다.

땅 밑인데도

들창 곁에 벚나무가 한 그루

서 있었다.

벚나무는 가을이라 잎이 지고 있었다.

---

12 회상 즉 이차적 기억은 망각 속으로 망실되어서 더 이상 현재와의 경험적 의식적 연속성을 상실해버린 부분을 다시 복원시키는 구체적인 기억행위를 말한다. 즉 회상은 특정한 과거의 사태를 현재화하는 것이다. 김영민, 앞의 책, 64면 참고.

13 후설에게서 파지와 회상은 각각 일차적 기억과 이차적 기억에 해당한다. 일차적 기억은 방금 전에 존재한 것, 체험한 것으로서 지각과 직접 연결된 의식이지만, 이차적 기억은 지각된 것을 상상 속에서 다시 기억하는 것이다. 에드문트 후설, 앞의 책, 97면, 역주 19 참고.

14 위의 책, 104면, 역주 24 참고.

조선사람은 무정부주의자가 되어야 하네

되어야 하네 하시며

울고 계셨다.

(…중략…)

나는 그 때 세다가야서(セタがヤ署)

감방에 있었다.

땅 밑인데도

들창 곁에 벚나무가 한 그루

서 있었다.

벚나무는 가을이라 잎이 지고 있었다.

― 「처용단장」 제3부 3 부분

이 시는 감방에 수감되었을 때의 일을 소재로 하고 있다. '그 때'란 화자가 기억하는 과거의 특정한 시간으로서 현재와는 무관하게 과거 속에 맥락을 가지고 있는 완결된 한 시점이다. 그 시점에서 화자는 신채호와 자신의 상황을 동일시하며 감방 생활을 견뎠다. 이러한 내용은 '그 때는 그랬다'라는 회고적 어투로 전달됨으로써 현재의 사실과 구별된다.

그러나 이는 회상의 내용이 현재와 단절되어 과거의 고통을 망각하거나 무화시킨다는 것은 아니다. 여기에 드러나는 과거 경험은 현재의 고통과 연결되는 기본적인 원체험이다. 즉 회상의 내용은 주체에게 각인된 원체험으로서 파지를 가능하게 하는 원 자료 역할을 한다. 따라서 회상과 다음 장에서 설명될 '파지'가 단절된 형태로 뚜렷하게 구별되는 것은 아니다. 다만 각각의 시들을 분석할 때, 과거의 경험 자체를 서술하는 것 자체에 집중하는 시들이 회상에 해당한다면, 그것이 어떻게 현재화되는가 즉 과거 경험의 현재적인 지속을 보여주는 시들에서 나타나는 시간을 파지라고 할 수 있다.

3. 파지적 시간의 시적 형상화

회상이 과거에 이미 완료된 경험을 재구성하는 것임에 반해, 파지 혹은 일차적 기억은 '현재가 드러나는 배경의식의 통합된 전체'로서 과거에서부터 계속되는 경험의 장이다. 이때 시간적 여러 국면들은 현재적 국면과 연속성을 유지한다. 그것은 이차적 기억인 회상과 달리 '지금'의 현실적인 지각과 연결되어 있다.

시간의식과 관련하여 설명할 때, 트라우마의 발현은 그 자체가 과거 경험이 현재와 단절되지 않고 지속되고 있음을 드러내는 것이다. 트라우마의 원인이 되는 사건은 잠재되어 있다가 유사한 사건이 발생함에 따라 환기되면서 새로운 사건과 중첩되어 병인으로 작용한다.[15] 이것은 유사한 사건이 발생하는 최근 혹은 현재의 시점이 전제된다는 점에

---

15 이것은 프로이트의 사후성 논리와 연결해서 설명될 수 있다. 사건 1은 발생 당시에는 주체에게조차 현전되지 못하고 잠재된 기억으로 남아있다가 유사한 사건 2가 주어지면 비로소 환기된다는 것이다. 개개의 사건들은 그것 자체만으로는 아무 의미가 없지만, 집적되면서 신경증의 병인으로서 완성된다. 서동욱, 『들뢰즈의 철학』, 민음사, 2002, 80~83면 참고. 트라우마는 그 자체가 시간적으로 차이가 나는 두 개 이상의 인지가 모여야 가능한 것으로서, 과거 기억이 현재까지 지속되고 있음을 보여주는 대표적인 예가 된다.

서, 과거 경험을 단순히 기억하는 회상과는 다르다. 이때 과거의 경험은 완료된 것이 아니라 은폐된 채로 늘 의식의 지평에 있다.[16]

> 무엇이 그렇게도 미안한지
> 21년하고도 일곱 달
> 볕이 드는 쪽으로는 한 발짝도
> 발을 떼지 않는다.
> 그네
> 베라 피그넬의 뒷덜미에
> 오늘은 진한 은회색의
> 진눈깨비가 내린다. 배고픈 듯
> 한 번 더 미안한 듯,

-「처용단장」 제3부 23 전문

「처용단장」에서 종종 드러나는 시인의 트라우마는 주로 감방에 수감되었던 경험과 연결된 것이다. 위의 시는 '수감'이라는 상황을 소재로 하고 있고 타자의 경험과 자신의 경험을 동일시하고 있다는 점에서, 2장에서 설명된 「처용단장」 제3부 3과 공통점이 있다. 김춘수와 신채호, 베라 피그넬은 수감 경험이 있다는 공통점에 근거해서 시공간을 초월하여 나란히 연결된다. 이는 나와 타자의 경험을 동일시하며 자신의

---

16 "이 같은 은은한 현시는 모든 파지 단계의 증여가 드러내는 본래의 양상이다. 이 단계들은 회고의 대상이 되기 전에도 항상 의식의 지평에 있다." 미셸 콜로, 정선아 역, 『현대시와 지평구조』, 문학과지성사, 2003, 75면.

트라우마를 전이하여 드러내는 방식이다.[17] 그러나 3이 '그때'라는 특정한 시점의 기억을 회상하고 전달하는 것에 치중한 반면, 23은 그 고통이 지금까지 현재화되고 있다는 사실에 초점을 맞추고 있다. 23은 마치 화자가 현재 눈앞에서 대상인 베라 피그넬을 보고 있는 것처럼 서술되고 있다. '그네 / 베라 피그넬의 뒷덜미에'라는 구절을 기준으로 하여 앞부분은 과거 사실을 포함하고 있고 뒷부분은 그것을 기억하는 '오늘'의 일로 구별된다. '21년 7개월'은 베라 피그넬이 수감되어 있던 실제 기간이고 '볕이 드는 쪽으로는 한 발짝도 발을 떼지 않는' 것 또한 베라 피그넬의 과거 상황에 대한 시인의 상상이다. 이를 '한 발짝도 발을 떼지 않는다'는 현재형으로 표현함으로써 과거의 사실이 '지금'까지 지속되고 있음을 표현하고 있는 것이다.

저녁은
일모(日暮)라고도 한다.
일모는
내가 누군가의 눈에 눈물을 본
갑골문자의 그때부터
저녁을 닦아내고 닦아내는
하얀

---

17 제3부 30에 나오는 '눈매가 곱고 일찍 죽은' 라몬 나바로 역시 스물둘의 '나'와 동일시된 자아이다. 단재, 베라 피그넬, 라몬 나바로가 실제 인물이면서 동일시된 것이라면, 처용은 허구적 인물로서 자아와 동일시되는 경우이다. 바다 용왕의 아들이었다가 세속으로 끌려나온 처용은 통영의 부잣집 도련님으로 지내다가 역사에 휩쓸려가게 된 김춘수와 동일시된 자아이다.

얼룩이 되곤 한다.
저녁에 어스름 어둠 곁에 서면
나무 하나가 머리 빗고
불 켜인 그쪽으로 다가간다.
세다가야서 감방에서 내가 본
크나큰 나의 일모였다. 그것은
하늘을 다 덮는,

—「처용단장」 제3부 8 전문

 이 시에서 화자가 현재 바라보고 있는 일몰은 과거 기억 속의 일모와 자연스럽게 연결되어 있다. '날이 저물고 있다'는 현실적인 지각은 누군가의 눈물을 처음 보았던 어린 시절의 기억과 세다가와서 감방에서 보았던 일모의 기억을 불러온다.

 그러나 그 경험들은 이미 완료된 것이 아니라 과거로부터 현재까지 열린 채로 지속되고 있다. '갑골문자의 그때'는 언제인지 명확하지는 않지만 아주 오랜 전의 시간을 의미하고, 그때부터 일모는 '저녁을 닦아내고 닦아내는 하얀 얼룩이 되곤 한다'고 되어 있다. '닦아내고 닦아내는'은 닦는 행위가 계속적으로 반복되고 있음을 표현하고 '(얼룩이) 되곤 한다'는 그 일이 현재도 부정기적으로 반복되는 것임을 보여준다. "저녁에 어스름 어둠 곁에 서면 / 나무 하나가 머리 빗고 / 불 켜인 그쪽으로 다가간다"는 구절 또한 그러한 일들이 현재에도 계속되고 있음을 나타내는 것이다. 반복적으로 사용되는 '~ㄴ다'라는 현재형 종결어미는 과거의 사실이 '지금'까지 지속되고 있음을 보여줌으로써 파지적 시간을 뒷받침한다.

위의 시들에서 기억의 계기이자 출발점이 되는 대상이나 사물은 지각적 현재성을 확보하고 있다. 즉 '지금' 시점에서 진눈깨비나 일몰과 같은 현실적이고 구체적인 대상을 지각하고, 그것이 과거의 지속 선상에 놓여있음을 보여주는 것이다. 회상을 근간으로 한 시들이 현재와의 연속성이 상실된 상태에서 과거 기억을 호출하여 재구성한 것이라면, 파지에 바탕하고 있는 시들은 '지금' 주어진 경험들의 지나간 측면을 본질적으로 포함하고 있다.

4. 파지와 예지가 만나는 근원 지점으로서의 '살아있는 현재'[18]

「처용단장」에 드러나는 트라우마는 과거 경험이 현재로 열려있는 파지적 지평을 잘 보여준다. 과거는 이미 흘러가버려서 고정된 것이 아니라 '지금' 시점에서 계속적으로 새롭게 해석되며 새로운 지평을 향해 열려있다. 즉 파지는 본질적으로 '지금'을 중심으로 하여 '예지'와 연결

---

18 '살아있는 현재'라는 개념은 후설의 미출간된 유고에서 나타나는 개념으로서 파지와 예지가 겹쳐지는 '지금'을 시간의식의 근원적 원천지점으로 강조하고 있는 것이다. "직접적으로 의식된 과거의 영역[파지]은 생생하게 흐르는 현재 자체에 속한다. 또한 금방 다가올 것으로 의식되는 직접적인 장래[예지]의 지평도 거기에 속한다."(『제일철학』 II, 149쪽) 김상록, 앞의 글, 52면 각주 64에서 재인용.

되어 있다. 대상을 지각하는 것은 과거 지각의 내용이 남아있음으로 해서 가능한 것이고 이를 바탕으로 해서 미래적인 기대가 가능해진다.

> 외할머니는 통영을
> 퇴영이라고 하셨다.
> 오늘은 뉘더라
> 얼굴이 하나 지워지고 있다.
> 눈썹 밑에 눈이 없고
> 눈 밑에 코가 없고
> 입은 옆으로 비스듬히 돌아앉아 있다.
> 외할머니의 퇴영은 통영이 아니랄까봐
> 오늘은 아침부터 물새가 울고
> 세다가야서감방은 (나를 달랜다고)
> 들창 곁에 욕지(欲知) 앞바다만한 바다를 하나
> 띄우고 있다.
>
> ─「처용단장」 제3부 6 전문

이 시는 외할머니에 대한 기억(1~2행)과 시의 내용을 서술하는 '오늘'의 시점(3~9행), 과거 경험과 관련된 기억(10~12행)의 세 부분으로 나눌 수 있다. 1~2행에서 외할머니가 통영을 퇴영이라고 했다는 것은 과거에 실제 있었던 사실을 서술한 회상에 해당한다. 그것은 과거에 실제로 있었던 경험으로서 과거에 이미 완료된 사실로서 제시된다. 10~12행의 감방 경험과 관련된 진술은 외할머니에 대한 기억과는 다른 과거 시점의 경험이다. 서로 다른 과거의 기억들은 '오늘'을 중심으로 해서 엮이고 있다. 그 계기가 되는 것은 9행 "오늘은 아침부터 물새가 울고"로 추정되는데, 이는 기억들이 발생하는 시점인 '근원인상'에 해당한다. 즉 '오늘' 물새가 우는 소리로 인해 떠오르는 기억들을 결합한 것이다.

시에서 '오늘'은 화자가 서술하는 시점으로서 지워지거나 없는 부정적인 양태로 표현된다. '눈썹 밑에 눈이 없고 눈 밑에 코가 없다'는 것은 '눈썹 밑에는 눈이 있고 눈 밑에는 코가 있다'는 경험적 사실 즉 과거를 전제로 한 것이다. 따라서 이 구절은 과거 사실의 지속인 파지적 지평을 품고 있다. 그리고 그것은 '얼굴이 지워지고 있'는 '오늘'의 일로 연결된다. 얼굴이 지워지고 있는 것은 '지금'의 일이면서 완료되지 않은 채 미래(눈과 코만이 아니라 입을 포함한 얼굴 전체가 지워질)로 열려있다. 즉 파지적 지평은 '지금'에 연결되고 그것을 중심으로 하여 예지적 지평으로 뻗어있다.

> 길은 동강 나 있었다.
> 소설 속에 불쑥 나온 언어단편처럼,
> 눈썹이 없는 아이가 눈썹이 없는 아이를
> 울리고 있었다. 언제까지나
> 아침에 죽고
> 저녁에는 눈을 뜨는 별들처럼
> 동강난 길은 언제쯤
> 다시 살아날까,
>
> ―「처용단장」 제3부 4 부분

이 시는 일차적으로 과거 사실에 대한 화자의 인상을 서술하고 있다는 점에서 2장의 회상과 유사해 보인다. 그러나 여기서 과거 사실은 해당 시점에서 완료된 것이 아니라 열려있는 상태로 지속되고 있다. 즉 "길은 동강 나 있었다"는 과거 사실을 서술한 것이지만, "눈썹이 없는 아이가 눈썹이 없는 아이를 울리고 있"는 것은 "언제까지나" 계속 반복되는 일이다. 그것은 아침이면 사라진 것처럼 보이던 별이 저녁이면 다시 보이는 것이 반복되는 것처럼, 과거로부터 지금까지 열린 상태로 반복되는 것이다. 따라서 이 부분은 회상과 파지가 나란히 있다고 설명될 수 있다.

이러한 과거 경험을 바탕으로 해서 "동강 난 길은 언제쯤 다시 살아날까"라는 미래적 기대가 성립된다. 아침에는 사라진 것처럼 보이던 별이 저녁에 다시 살아난다는 경험에 비추어 '동강 난 길도 살아날 것이다'라는 사실을 예측할 수 있는 것이다. 이는 과거 경험을 바탕으로 하여 미래의 일을 예측하는 '예지'를 잘 보여준다. 따라서 "길은 동강 나 ~다시 살아날까"는 파지와 지금, 예지가 만나는 '살아있는 현재'에 대한 시간의식을 잘 보여주는 구절이다.

울고 간 새와
울지 않는 새가
만나고 있다.
구름 위 어디선가 만나고 있다.
기쁜 노래 부르던
눈물 한 방울,

모든 새의 혓바닥을 적시고 있다.

―「처용단장」 제2부 서시 전문

위의 시는 내용상 세 개의 문장으로 이루어져 있다. 세 문장은 모두 '~고 있다'라는 현재형으로 끝을 맺고 있지만, 의미상으로 보면 서술된 시간에는 차이가 있다. "울고 간 새와 울지 않는 새가 만나고 있다"는 '울고 간 새'라는 과거의 완료된 사실과 '울지 않는 새'라는 현재의 사실이 결합되고, 그 두 마리의 새가 현재 '만나고 있다'고 서술된다. '울고 간 새'는 형태상 과거로서 울고 가버린 것으로 행위가 완결된 과거 즉 회상에 해당한다. 이에 비해 '울지 않는 새'는 정확하게 말하면 지나간 어느 시점에서부터인가 울지 않기 시작해서 현재도 울지 않고 있는 상태를 표현하고 있다. 즉 울지 않고 있는 '지금'의 상황은 기본적으로 '울지 않는' 과거 상태의 지속으로서 파지라고 볼 수 있다.

'울고 간 새'와 '울지 않는 새'는 "구름 위 어디선가 만나고 있다"라고 서술된다. '만나고 있다'는 앞문장과 마찬가지로 특정한 상태(만남)의 과거로부터의 지속을 나타낸다. "기쁜 노래 부르던 눈물 한 방울, 모든 새의 혓바닥을 적시고 있다."에서 '적시고 있다'도 마찬가지다. 이는 만남과 적심이라는 현상이 과거로부터 계속되고 있는 것으로서 과거가 '지금'까지도 지속되고 있는 파지를 보여주는 것이다.

이에 비해 "구름 위 어디선가 만나고 있다"에서 '구름 위 어디선가' 만나고 있다는 것은, 이 만남이 시간과 장소가 확정되지 않은 미래적인 '기대'에 걸쳐져 있음을 보여준다.[19] '만나고 있다'는 과거 상태가 지속되고 있음을 의미하지만, '어디선가'라는 부사가 결합됨으로써 그것이 확정되지 않은 미래를 향해 열려있음을 나타내는 것이다. 이때 미래는 시간적으로 아직 도래하지 않았음이 아니라 확정짓기 어려운, 열려있는 상태를 뜻하는 예지적 지평이다.

만나고 있을 것이라는 추정이 가능한 것은 '울고 간 새와 울지 않는 새가 만나고 있다'는 파지적 지평에 바탕을 둔 것이고, 이로 미루어 '어디선가' 울고 있을 것이라는 예지적 지평이 가능해지는 것이다. 그리고 그것을 연결하는 것은 '지금'이다. 결국 '지금'은 파지적 지평과 예지적 지평을 포함하며 각각 전후로 열려있는 셈이다. 그런 의미에서 '지금'은 파지와 예지를 품은 삼중적인 '살아있는 현재'인 것이다.[20] 위의 시는 이러한 현상학적 시간을 잘 보여주는 전형적인 예이다.

김춘수의 시에 나타나는 시간에 대한 인식은 현상학적 사유와 연결되면서 '의식 경과의 내재적 시간'을 탐색하는 것으로 변모된다. 「처용단장」은 과거 시인의 경험을 주된 소재로 한 시들로서 의식 내적인 시

---

19 확정되지 않은 공간인 '어디선가'는 동시에 확정되지 않은 시간의 의미를 내포한다. 김춘수의 시에서 시간의 흐름은 종종 공간적인 것으로 바뀌어 표현되기도 한다. 예를 들어 "봄을 지나 여름을 지나 / 개울을 지나 / 늙은 가재가 사는 개울을 지나, / 살구꽃 지는 마을을 지나 / 소쩍새와 은어(銀魚)가 사는 마을을 지나, / 봄을 지나 여름을 지나 / 개울을 지나"(「처용단장」 제2부 6)에서, '늙은 가재가 사는 개울'이나 '살구꽃 지는 마을', '소쩍새와 은어가 있는 마을 등은 어린 날의 기억 속에 있는 공간으로서, 이 공간들을 이동하는 것은 봄을 지나고 여름을 지나는 시간의 흐름과 나란히 설명되고 있다. 이는 시간을 공간적인 것으로 가시화하여 표현하는 것이다.

20 "생동하는(살아있는-인용자) 현재는 이른바 근원적 종합을 통해 성립하는 것으로 볼 수 있다. 계속 유출되는 원인상이 '아직 붙드는' 내적 시간의식의 힘에 의해 파지의 상으로서 계속 이어지면서 아직 유지되고, 또 계속 유출되는 원인상은 '미리 붙드는' 내적 시간의식의 힘에 의해 예지의 상으로서 계속 이어지면서 미리 주어진다. 이를 통해 내적 시간의식은 여러 형태의 시간성들을 형성해내는 근원적 종합 작용을 저절로 수행한다." 조광제, 앞의 책, 133면.

간이 잘 드러나 있다.

현상학적 시간의 측면에서 볼 때, 「처용단장」은 파지와 예지 그리고 그것들이 '지금'과 결합된 '살아있는 현재'를 보여준다. 파지는 시의 화자가 현실적인 계기에 의해 과거 경험을 불러오고 그것이 '지금'까지도 열려있는 채로 지속되고 있는 경우이다. 트라우마를 드러내는 시들이 대표적인 예로서, 트라우마는 과거의 경험이 여전히 현재로 열려있음을 보여주는 전형적인 예이다. 트라우마는 원인이 되는 경험이 은폐된 채 남아 있다가 유사한 사건의 발생함에 따라 새로운 사건과 중첩되어 작용한다. 과거는 완료되거나 현재와 단절된 것이 아니라 단지 은폐되어 잠재적인 상태로 지속되고 있는 것이다.

파지가 과거 경험에 대한 이차적 기억인 회상과 구별되는 것은, 그것이 현실적인 계기를 가지고 '지금'과 연결되어 있기 때문이다. 회상에서 기억은 '지금' 시점에서 환기되기는 하지만 현재와 무관한 것으로서, 과거 경험에 대한 인상을 바탕으로 하여 재구성된 것이다. 재구성된 기억 또한 과거의 일부로서 환기될 뿐 현재와 연결되어 있지 않다. 이와 달리 파지는 현실적인 사물이나 대상이 계기가 되어 기억을 촉발시키고 그것이 과거로부터 지속되고 있음을 드러낸다.

이러한 파지적 지평을 바탕으로 하여 예지가 가능해진다. 즉 과거의 어떤 경험이 지속되고 있으므로 그에 의거하여 미래적인 것을 예측하는 것이다. 과거 경험에서 있었던 대상이 계속 있을 것이라고 추정하거나, 과거의 만남을 바탕으로 하여 어디선가 만남이 이어지고 있다고 기대하는 시들이 이에 해당한다. 과거가 현재에 지속되고 있는 파지적 지평과 이에 바탕한 예지적 지평은 '지금'을 중심으로 하여 삼중으로 겹쳐지면서 각각 전후로 뻗쳐져 있는 셈이다. 이처럼 파지와 지금, 예지가 하나로 통합된 '살아있는 현재'는 현상학적 시간의 특징을 잘 보여준다.

이러한 현상학적 시간 분석이 가능한 것은 기본적으로 「처용단장」이 의식의 지향성을 드러내고 있기 때문이다. 「처용단장」은 현상학적 환원 후에 대상을 다시 재구성하는 것으로서, 대상을 제거한 이전 단계의 무의미시와는 달리 대상이 지니고 있는 지평적 지향성을 드러낸다. 지평적 지향성은 대상의 외부적 환경인 '외적 지평'과 가능성의 의미 맥락인 '내적 지평'까지를 포함한다. 시간의식의 측면에서 볼 때 그것은 지각된 대상의 시간성과 그것을 지각하는 주체의 시간성을 아울러 포함하는 것이라고 설명될 수 있다. 즉 의식의 내적 흐름을 보여주는 동시에 그것이 외부 대상의 시간과 무관하지 않음을 보여주는 것이다.

파지와 지금, 예지로 연결되는 시간은, 의식이 본래적으로 지니고 있는 지향적인 특징을 시간적인 측면에서 구체화하여 보여주는 것이다. 즉 의식 내적인 시간의 흐름을 구체적으로 설명하는 동시에 그것이 외부적인 대상의 시간과 분리될 수 없음을 보여줌으로써 내적인 의식과 외적 대상이 분리되어 있지 않음을 보여주는 것이다.

이는 김춘수의 후기 시의 변화를 설명하는 중요한 근거를 제공한다. 후기 시는 실험성보다는 서정성이 강조되는 가운데 일상적이고 현실적인 소재가 주를 이루고, 삶과 관련된 감각적 측면들이 전면화되는 등 언어 실험과 내면의식의 표출에 집중했던 무의미시와는 상반되는 특징을 가지고 있다. 이는 '무의미시'라는 폐쇄된 의식의 실험이 결국 의식 외적인 생활세계 혹은 지평을 향해 열릴 수밖에 없다는 것을 증명한다. 김춘수가 무의미시가 실패로 끝났다고 한 것은, 외부와 완전하게 단절된 언어 실험 자체가 불가능하다는 것을 인정하고 후기 시가 의식 외적인 대상(세계)을 지향하게 될 것임을 예고하는 것이다. 시간의식에 대한 현상학적 분석은 이러한 김춘수 시 세계의 변화를 논리적으로 설명할 수 있는 중요한 틀이다.

'살'과 신체성, 지각의 현상학[1]

1. 신체에 대한 관심과 현상학적 사유

김춘수의 시에는 초기부터 대상에 신체적인 특징을 부여하거나("이빨을 드러낸 파도"-「북풍」, "꽃이여, 네가 입김으로 대낮에 불을 밝히면"-「꽃의 소묘」) 그것에 감정을 이입한 표현들('가을의 슬픈 눈'-「가을 저녁의 시」, '갈대가 흐느낀다'-「늪」)이 빈번하게 나타난다. 대상은 신체성을 부여받음으로 해서 주체와 소통할 수 있는 위치에 있게 된다. 그 예로 꽃은 입김과 미소를 가짐(「꽃의 소묘」, 「꽃·I」)으로 해서 그것을 바라보는 주체인 '나'와 소통할 수 있게 된다. '나'는 꽃의 미소를 보고("사랑도 없이 스스로를 불태우고도 죽지 않는 알몸으로 미소하는 꽃이여"), 꽃이 머금은 이슬이 떨어지는 것에서 추억을 떠올린다("나의 추억 위에는 꽃이여, / 네가 머금은 이

<hr>

1   이 글은 졸고, 「김춘수 후기 시에 나타나는 신체성에 대한 연구」, 『한국현대문학연구』 46, 2015를 수정 보완한 것이다.

슬의 한 방울이 / 떨어진다"-「꽃의 소묘」). '나'의 울음("눈시울에 젖어드는 이 무명의 어둠에 / 추억의 한 접시 불을 밝히고 / 나는 한밤내 운다"-「꽃을 위한 서시」)은 꽃의 신체성에 화답하는 '나'의 신체적인 표지이다.

중기 시에서 역시 신체적인 비유들이 사용되지만, 초기와 비교할 때 달라진 것은 신체가 실제 몸의 일부분으로서 나타난다는 것이다. 티눈, 겨드랑이, 모발, 늑골, 남근, 눈썹, 터럭 등 신체어들은 다른 것을 비유하기 위한 것이 아니라 실제 신체의 부분으로서 독립적인 신체성을 가지고 있다("아이들의 구기자빛 남근이 오들오들 떨고 있다"-「동국(冬菊)」, "누군가의 사타구니를 떨어져 나간 한때는 인간의 것이었던 그는 그 나름으로 지금은 죽어가는 한 가닥의 터럭인데"-「타령조·13」). 이때 신체는 주체의 관념이나 해석을 대변하지 않고 객관적인 실재성을 유지함으로써 신체성에 대한 사유의 바탕이 된다.

흥미로운 것은 존재론적 탐구를 보여주는 「꽃」에서 이미 신체성에 대한 사유가 암시되고 있다는 점이다. 주체가 명명하기 전에 꽃이 하나의 몸짓에 불과했다는 것("내가 그의 이름을 불러주기 전에는 / 그는 다만 / 하나의 몸짓에 지나지 않았다")은 일차적으로는 명명의 중요성을 강조하는 것으로 읽힌다.[2] 그러나 그것은 동시에 주체가 의미를 부여하기 이전에도 대상(꽃)이 '몸짓'으로 존재하고 있었음을 인정하는 것이 된다.

'-짓'은 의식의 구성 작용이 일어나기 전의 사물의 신체적 존재성을 표현하는 것으로서, '그것은 무엇이다'라고 개념을 규정하기 전에 선의

---

2   현상학적 관점에서 본다면, 「꽃」의 명명 행위는 현상학적 환원을 거친 후 '(존재의) 빛깔과 향기에 알맞은' 고유한 본질을 드러내는 것이라고 해석될 수 있다. 그러나 설령 완전한 환원을 거쳐 꽃의 본질에 도달한다 하더라도, 그것은 주체의 사유를 통한 것으로서 의식의 우월성을 증명하는 근거가 된다. 따라서 이 시는 여전히 관념론적 입장에 있다고 할 수 있다.

식적으로 지각되는 것이다. 이때 대상을 지각한다는 것은 의식이 행하는 판단과 분류에 근거한 앎 혹은 지식과는 구별되는 불투명한 상태의 앎이다.[3] 그러므로 대상의 신체성은 특정한 의미를 가진 '무엇'이기 이전의 '몸짓'으로 표현될 수밖에 없다.[4] 이는 신체성이 주체의 의식 이전에 이미 있는 것임을 인정하는 것이다.

신체에 대한 관심과 현상학적인 사유는 중기 시에서도 중요하게 드러나는 특징이다. 현상학적 관점에서 신체 / 신체성은 주체와 대상의 지향적 관계를 가능하게 하는 매개이다. 중기 시에서 신체는 의식의 지향성을 가능하게 하는 근거이다.[5] 지향적인 의식에 의해 파악된 노에마는 그것을 바라보는 의식인 노에시스와 짝을 이룬다. 이때 대상은 주체의 의식 활동에 의해 지각된 것이면서 주체의 의식 밖에 실재하는 것이므로, 주체와 대상의 이분법은 극복된다. 그런데 '의식의 지향성'은 지향적인 관계를 가능하게 하는 '의식'에 초점을 맞출 때는 주체의 의식을 더욱 강화하는 방향으로 귀결된다. 김춘수의 무의미시는 의식의 지향성에서 출발하여 의식을 극대화했을 때 탄생한 결과물이라고 할 수 있다.

---

3   반성에 앞서 수행되는 지각은 술어화와 판단에 의해 수반되는 '경험적 지각'과 구분된다. 경험적 술어적 지각이란 그에 앞선 사념적인 지향을 명증적인 일치로서 충족시키는 지각 작용이다. 이처럼 지향을 충족시키는 지각이란 표현적이며 이차적인 지각으로서, 근원적인 지각을 전제로 한다. 한자경, 「메를로 퐁티의 '신체성'과 후설의 '선험적 주관성'의 비교」, 『철학』 32권, 1989, 265면.

4   전집의 편주에 따르면, "잊혀지지 않는 하나의 눈짓이 되고 싶다"에서 '눈짓'은 원래 '의미'였던 것을 수정한 것이다.(김춘수, 『김춘수 시전집』, 현대문학, 2004, 178면) 이는 김춘수의 사유의 변화를 상징적으로 보여준다. '의미'가 주체의 의식 작용에 의해 부여되는 판단을 담은 것인 데 반해, '눈짓'은 대상이 가지고 있는 신체성의 표지로서 대상에 속하는 것이다. 그것을 주체가 어떻게 해석할 것인지는 대상의 신체성 이후의 일로서 대상과는 일단 분리된다. '의미'를 '눈짓'으로 수정했다는 것은, 주체의 의지가 개입되기 이전의 대상의 신체성을 인정한다는 것이다.

5   '의식의 지향성'에 대해서는 4장에서 자세히 설명한 바 있다.

이에 비해 김춘수의 후기 시는 비자각적이었던 신체성에 대한 사유가 본격적으로 전개된다. 이는 김춘수 자신이 무의미시가 실패했음을 인정한 후 나타난 변화라서 더욱 흥미롭다. 신체성에 대한 관심은 중기 시에서 부분적으로 드러나는 대상의 지평적 지향성에 대한 사유의 연장선상에 있다.[6] 주체가 대상을 지각할 수 있는 것은 그 또한 지각의 장의 일부로서 세계에 존재하기 때문이다. 주체는 신체성을 가지고 세계 내의 다른 존재들과 연결되어 있으며, 대상의 지평의 종합으로서의 세계에 대해 열려있는 '세계에로의-존재(l'être au monde)'이다.[7]

퐁티는 주체의 궁극적인 속성을 '신체성'이라고 보고 신체가 존재하는 세계를 '현상적 장'이라고 했다.[8] '살'은 주체와 대상이 소통하는 신체성의 영역으로서, 주체와 대상이 공통으로 포함되면서 어느 것에도 완전히 속하지 않는 제3의 영역이다.[9] 주체와 대상은 '살'을 매개로 하

---

6 4장 참고.
7 "그에게 있어서 신체성은 바로 사유의 원점이며 존재의 시작과 다름 아니다. 신체적 체험을 바탕으로 주체는 타자와 공실존(共實存, coexistence)의 존재이며 주체성은 실존적 익명성을 찾아가는 것에서 확장된다. 그가 이런 상호 주체성의 기틀을 마련한 점은 데카르트의 코기토의 보편성과 사뭇 다른 것이다. 근본적으로 그에게 있어서 신체는 데카르트가 주장한 바대로의 기계적 메커니즘의 일부가 아니다. 그리고 열려진 삶에의 지각은 존재를 '세계에의 존재(l'être au monde)'로 위치시키는 기제가 된다. 신체주체는 세계와 불가분의 관계에 서게 된다." 윤대선, 「데카르트 이후 탈코기토의 주체성과 소통 중심의 윤리」, 『철학논총』 75, 2014, 166~167면.
8 "지각의 현상학의 일차적인 주제는 '현상적 장'이다. 이 경우 현상적 장은 우리가 역사적이며 사회적인 맥락 안에서 타인과 얽혀 일상적인 삶을 영위해가는 세계, 즉 '생활세계'를 뜻한다. 메를로 퐁티는 현상적 장을 지각을 통해 경험된 세계 즉 '지각된 세계'라고 부른다." 이남인, 「후설의 초월론적 현상학과 메를로 퐁티의 현상학」, 『철학연구』 83집, 2008, 119~120면.
9 "살은 물질이 아니고, 정신이 아니며, 신체가 아니다. 살을 지칭하기 위해서는 '원소'라는 옛 용어를 써야 하지 않을까 싶다. 물·공기·흙·불을 말하며 사용했던 의미에서, 요컨대 시간과 공간상의 개체와 관념의 중간에 있는 것, 존재 양식이 조금이나마 존재하는 곳에서는 어디서나 그것을 입수하는 일종의 육화된 원리라는, 유(類)에 속하는 사물이라

여 소통하고, '세계'는 주체와 대상이 동등한 신체성으로 존재하는 '장(場)'으로서 나타난다.

김춘수의 후기 시는 대상의 신체성을 인정하고 그것을 매개로 하여 주체와 대상이 소통하며 공동의 지각의 장에 열려있다는 면에서, 퐁티의 '신체의 현상학'으로 설명될 수 있는 지점들을 포함하고 있다. 여기서는 이러한 전제 하에 김춘수의 후기 시에 드러나는 신체성의 특징을 현상학적인 측면에서 살펴볼 것이다. 이는 무의미시의 극한에서 일상적인 현실 세계로 옮겨가는 김춘수의 시적 변화 과정을 설명하는 또 하나의 키워드가 될 것이다.

2. 대상의 신체성의 발견과 신체성을 통한 소통

김춘수의 후기 시에서 신체성은 초·중기 시와 마찬가지로 비유적인 차원에서 사용되기도 하고 대상에 감정을 이입하는 형태로 나타나기도 한다. 그러나 주체가 대상에게 신체성을 일방적으로 부여하는 것이 아니라 신체성이 대상의 속성으로 파악되고 있다는 점에서 이전의 시들과는 차이가 있다. 다음 시들은 주체가 대상의 신체성을 발견하고 그것을 시로 표현하고 있는 예들이다.

는 의미에서의 원소. 살은 이러한 의미에서 존재의 한 '원소'이다." 메를로 퐁티, 남수인·최의영 역, 『보이는 것과 보이지 않는 것』, 동문선, 2004, 200면.

엠마는 꿈이 많다. 시집이 가고 싶은데 말은 못 하고, 해가 지면 볼때기에 작은 반점이 핀다. 사람들은 그것을 마른버짐이라고 하지만, 엠마는 알고 있다. 샤를 보봐리가 밤마다 큰 가방을 들고 온다. 샤를 보봐리는 청진기를 귀에 대고 제 심장의 뛰는 소리를 들어준다. 그에게 모든 것 다 주고 싶다. 꿈은 그러나 밤이 새도록 한 번도 문지방을 넘지 못한다.

―「음이월」 전문

'엠마'는 시집 갈 나이가 된 과년한 처녀로서, 밤마다 제 심장이 뛰는 소리를 느끼고 그것에 자신을 내맡기고 싶은 충동을 느낀다. '엠마'는 『보바리 부인』의 여주인공의 이름이고 '샤를 보봐리'는 엠마의 남편인 의사이다. 이 시는 『보바리 부인』의 인물들을 차용함으로써 엠마의 증상이 성적인 성숙과 아울러 생겨난 욕망, 자유에 대한 갈망과 관련되어 있음을 표현한다. 그 욕망은 '마른버짐'이나 '심장소리' 같은 신체적 표지들로 발현된다. 해가 지는 즈음이면 엠마의 뺨에는 작은 반점이 생기고, 밤이 되면 심장이 뛴다. 사람들은 그것을 알아보지 못하지만 엠마는 자신의 몸에 일어나는 변화들을 알고 있다. 그러나 이때 '안다'는 것은 증상의 원인을 명확하게 파악하고 있다는 것이 아니라 몸에 일어나는 충동을 감지하고 있다는 것으로서 '근원적 지각'에 해당한다. 이것은 봄이 되어 '손톱이 엷어지고 뒤로 휘는 것'(「빈혈」)처럼 의식보다 먼저 몸이 세계에 반응하고 있음을 보여준다.

아무것도 가진 게 없어
아무 것도 드리지 못해요.

보시다시피 전 앉은뱅이라

몸을 쓰지도 못해요.

마음뿐인걸요.

오늘 아침은 뺨에 새삼

계안창만한 어룽 하나가 피어나네요.

수줍은 듯 누군가의

막 난 지치(智齒)를 보는 듯해요.

―「호(壺)」 부분

대상이 사물일 때도 마찬가지다. 이 시에서 사물인 병은 사람이 놓아 둔 자리에 그대로 놓여 있다. '어룽'은 '어룽어룽한 점'으로서 병에 새겨진 무늬이거나 빛에 의해 일시적으로 만들어진 그림자나 무늬를 말한다. 그것은 '계안창(티눈)'만하게 생겨나고 '지치(사랑니)'에 비유되면서 사랑의 수줍음을 상징한다. 김춘수는 그것을 몸을 움직일 수 없는 사물인 병의 마음이 몸으로 나타난 것이라고 표현하고 있다.

위의 두 시에 나타나는 신체성은 대상의 성질이기는 하지만, 대상 자체는 수동적인 것이고 주체가 전지적인 능력을 가지고 대상의 신체성을 이끌어낸다는 면에서 주체 우위의 관계를 견지하고 있다. 또한 주체가 대상의 신체성을 끌어낼 수 있는 근거는 결국 대상에 대한 판단이나 해석이라는 면에서 여전히 주체의 의식이 강조되고 있다.

위의 시들이 주체가 우월한 위치에서 대상의 신체성을 발견하고 있다면, 다음의 시들은 대상과 주체 간의 신체성의 소통을 보여준다. 후기 시에 자주 등장하는 의자를 소재로 한 시들이 대표적인 예이다.

그는 다리를 모두 꽃덤불에 묻고 허리 위만 내놓고 있었다. 바람이 몹시 부는 날이었다. 제비초리가 날리고 있었다. 허리 위만 내놓은 그는 공중에 조금 떠 있었다. 어물어물하는 사이 그는 그만 새처럼 날아가 버렸다. 나는 끝내 그의 다리를 보지 못했다. 그 뒤로 나는 자꾸 어깨가 무거워졌다. 마치 넓적한 궁둥이 하나가 걸터앉은 듯한 그런 느낌이다.

―「의자」 전문

이 시가 「음이월」이나 「호」와 다른 점은, 주체가 대상을 일방적으로 바라보는 것이 아니라 대상을 자신의 신체로서 느끼고 있다는 것이다. 꽃 덤불에 묻혀있는 의자에서 보이는 것은 의자의 윗부분뿐이다. 그것이 '나'의 눈에는 마치 의자가 공중에 떠있는 것처럼 보인다. 새처럼 의자가 날아갔다는 것은 '공중에 떠있다'는 것에서 연결된 상상이다. 그 뒤로 '나'는 무거운 궁둥이 하나를 올리고 있는 것처럼 자꾸 어깨가 무겁다고 느낀다. 이는 의자를 '나'와 동일하게 다리와 궁둥이를 가진 존재로 느끼기 때문이다. 다리가 없는 의자를 어깨에 올려놓은 것은 마치 무등을 태운 것과 같은 모양을 연상시킨다. 의자는 주체에 보여지는 수동적인 대상이 아니라 '나'의 신체로 전달되는 신체성을 가진 존재이다. 나는 그것을 보는 것이 아니라 '느낀다'.

그런데 대상인 의자의 신체성은 그것 자체가 다른 대상들과 하나가 된 것이다. 의자가 '궁둥이'라고 표현되는 것은 형태상의 비유가 아니라 그것이 앉았던 사람의 신체와 하나가 되어 있기 때문이다.

저것이 의자인가 하고 가봤더니 그것은 ― ㅣ ㅈ ㅏ, 앉았다 간 누군가의 궁

둥이 자국이었다. 이를테면 백 년 전 안개 자오록한 한밤, 프라하 근교 보헤
미아 분지의 시인 릴케네 집에 천사가 와서 차 한 잔 나누고 간,

　또 한 번 제비초리가 바람에 날린다.

―「또 의자」 부분

하늘은 갈맷빛이다.

누가 반듯이 눕는다.

그런 모양으로 그는 숨이 멎는다.

그것은 엊그저께의 일인데

오늘 아침은 햇서리가 내리고

풋감 하나 툭 하고 떨어진다. 어디서

때까치가 와서 물고 간다.

그런 흔적이 역력하다.

그 위에 갈맷빛 하늘이 엷게 놓인다.

아무 일도 없었다는 듯이

혹은 무슨 일이 있었다는 듯이,

―「장의자가 있는 풍경」 전문

　「또 의자」에서 의자는 누군가가 앉는 도구적 사물이 아니라 누군가
의 궁둥이 자국이다. 'ㅡ ㅣ ㅈ ㅏ'는 도구성을 뺀 의자의 존재 자체를 드
러내기 위한 표현이다. 의자는 궁둥이 자국으로 남아서 '누군가'와 일
체가 된다. 그러나 '누군가'는 특정한 한 사람이 아니라 앉았던 불특정
다수이므로, 의자는 특정인물로 대체되는 것이 아니라 다만 '궁둥이'라

는 신체성으로 남아있을 뿐이다. '제비초리'는 의자가 '궁둥이'라는 신체성으로 드러나면서 자연스럽게 연결되는 신체적 특징이다. 그것은 의자에 앉았던 '누군가'의 신체적 특징이거나 그것이 새겨져 하나가 된 의자의 신체성이다.

이러한 생각은 「장의자가 있는 풍경」에서 더욱 분명해진다. 장의자에 반듯이 누워 숨이 멎는 '누군가'는 사람일 수도 있고 하늘이나 풋감 같은 사물일 수도 있다. 사람과 사물은 의자에 잠깐 머물렀다가 가는 대상들로서 동등한 자격을 갖는다. 의자는 그 위에 놓여지는 사람 / 사물이 되지만 그것 중 어느 하나로도 고정되지 않는다. 그러므로 그것은 아무 일도 없었던 것 같고, 그 모든 것들과 각각 일체가 되므로 늘 무슨 일이 있는 것이다("아무 일도 없었다는 듯이 / 혹은 무슨 일이 있었다는 듯이"). 대상인 의자와 그것을 바라보는 주체는 그렇게 각각의 경우마다 하나가 된다. 시의 마지막 부분이 마침표가 아닌 쉼표로 되어 있는 것은 '주체와 대상의 하나 됨'이 무한히 반복되는 것임을 암시한다.

> 자전거를 타본 이라면 알리라. 자전거를 타면 궁둥이가 (절로) 춤을 춘다. 올라갔다 내려갔다, 그것은 어떤 리듬일게다. 집도 나무도 길도 사방이 다 덩달아 춤을 춘다.
>
> —「사이버스토리」 부분

자전거 타는 모양을 표현하고 있는 이 시는, 주체와 대상의 신체성의 소통을 상징적으로 표현하고 있다. '궁둥이가 춤을 춘다'는 것은 속력을 낼 때 자전거와 사람이 일체가 되는 모양을 묘사한 것이다. 이것이 대상을 보는 입장에서 묘사한 것이라면, "올라갔다 내려갔다, 그것은 어떤 리듬일 게다. 집도 나무도 길도 사방이 다 덩달아 춤을 춘다."는 자전거를 타고 있는 몸의 입장에서 감각되는 상황을 표현하고 있는 것이다. 자전거가 움직임에 따라 그 리듬은 '나'의 몸으로 직접 전달된다. 마치 말을 탄 사람이 전속력을 낼 때 말과 하나가 되어 동일한 리듬을 느끼듯이, 자전거와 사람이 혼연일체가 된 상태인 것이다. 이때 사물의 신체성은 곧 나의 신체성이 된다. 주체는 신체-주체[10]로서 나의 몸의 리듬과 대상 / 타자의 신체의 리듬을 탄다.[11]

　의자를 소재로 한 시에 나타나는 신체성의 특징은, 주체와 대상이 모두 신체성을 가지고 있으며 그것이 어느 한쪽에 포함되는 것이 아니라 공통적인 제3의 영역에서 소통하고 있다는 점이다. '궁둥이'로 표현되는 의자는 특정인물의 신체의 부분도 아니고 의자 자체이지도 않으면서 양자를 모두 포함한다. 이 공통의 영역은 메를로 퐁티의 '살'에 해당한다.

10　'신체-주체'는 경험하는 신체로서 만지는 능동적인 주체로서의 신체이고, '신체-대상'은 경험되는 신체로서 만져지는 수동적인 대상으로서의 신체를 말한다. 이에 대한 보다 자세한 설명은 강미라, 「사르트르의 현상적 신체에 대한 메를로 퐁티의 비판」, 『대동철학』 61, 2012, 284~285면을 참고할 수 있다.

11　"몸이 지각 주체일 경우에는 지각되는 구체적인 상황에 내 몸이 일정하게 위치해 있는 다른 몸들과 상호 교환하는 방식으로 내 몸이 존재한다." 조광제, 『몸의 세계, 세계의 몸』, 이학사, 2004, 51면.

3. 주객의 공통영역인 '살'의 가역성과 '봄'의 나르시시즘

주체와 대상이 소통하는 '살'의 가역성을 감각적으로 잘 보여주는 것은 촉각적인 느낌에서이다. 만짐은 '살' 개념을 주조하게 되는 근원적 현상이다.[12] 일반적인 의미에서 '본다'는 것은 의식의 구성 활동을 통해 대상을 눈으로 감각한다는 것이다. 이에 비해 촉각은 종종 주체의 의지와 무관하게 주어지는 감각이다. 그것은 주체가 의식을 통해 대상을 구성하기 이전에 몸이 감지하는 것으로서, 이때 대상을 포착하는 방식은 관찰과 사유가 아니라 신체의 감각이다.

　　책상 밑은 밤이다. 안쪽 다리의 모서리를 손이 하나 더듬적거린다. 뭘 빠뜨렸나? 서울의 하늘처럼 밤이 와도 책상 밑에는 별이 뜨지 않는다. 손등에서 정맥이 볼록볼록 숨을 쉰다. 그 소리가 들린다. 그러나 손은 이내 안쪽 다리의 모서리를 돌아나간 듯하다. 어둠이 그의 궤적을 지우려 한다.

　　손은 분명히 손목에서 잘려 있었다. 손목에서 잘려나간 손은 지금쯤 어디를 더듬적거리며 헤매고 있을까?

―「손」 전문

화자는 어두운 책상 밑을 손으로 더듬으며 무언가를 찾는다. 어두워서 시각이 기능을 다하지 못할 때 사물의 유무를 판단하는 근거는 '더

12　조광제, 「메를로 퐁티의 후기 철학에서의 살과 색」, 『철학과 현상학 연구』 16권, 2000, 118면 참고.

듬거림'이라는 촉각적인 것이다. 나는 보지 못하지만 손으로 책상 밑을 감각할 수 있다. 그러다가 어느 순간 양 손이 낯설게 마주친다. "손등에서 정맥이 볼록볼록 숨을 쉰다. 그 소리가 들린다."는 것은 한 손이 다른 손을 잡았을 때 거기서 오는 촉각적인 느낌을 표현한 것이다. 양 손은 모두 나의 신체임에도 불구하고 마치 남의 손을 만지는 것처럼 낯선 느낌을 준다. 한 손이 다른 한 손을 만질 때, 주체는 만지는 신체-주체이면서 동시에 만져지는 신체-대상이다. 이처럼 주체와 대상, 만짐과 만져짐이 얽혀있는 이중적이고 가역적인 것이 '살'의 특징이다.

> 어제는 슬픔이 하나
> 한려수도 저 멀리 물살을 따라
> 남태평양 쪽으로 가버렸다.
> 오늘은 또 슬픔이 하나
> 내 살 속을 파고든다.
> 내 살 속은 너무 어두워
> 내 눈은 슬픔을 보지 못한다.
> 내일은 부용꽃 피는
> 우리 어느 둑길에서 만나리
> 슬픔이여,
>
> −「슬픔이 하나」 전문

　이 시에서 슬픔은 마음으로 느끼는 것이 아니라 '살 속을 파고든다'. 그것은 '우리'의 관계가 오랫동안 '살'로 익숙해진 것이기 때문이다("불도 끄고 쉰다섯 해를 우리가 이승에서 살과 살로 익히고 또 익힌 그것"-「대치동의 여름」). 그래서 이별의 아픔은 마음이 아니라 살을 파고드는 것이다. '살 속이 어두워 슬픔을 보지 못한다'는 것은 '살'의 가늠할 수 없는 깊이와 슬픔의 깊음을 동시에 표현하고 있는 것이다.

'살'에 대한 깨달음은 '보다'라는 주체 우위의 감각에 대한 반성과 더불어 일어난다.[13] 전통적으로 시각은 대상에 대한 주체의 우위를 보장하는 것으로서 종종 대상에 대한 일방적인 폭력으로 설명되어 왔다. 주체의 시선은 타자를 사물과 같은 존재로 전락시키고, 타자를 감시하

---

13 주체 우위의 일방적인 '봄'에 대한 반성은 김춘수의 초기 시인 「딸기」에서도 드러난다. 여기서 주체는 딸기로부터 오는 시선을 느끼고 기성의 판단을 담은 '봄'에 대한 반성을 거쳐 새로운 '봄'에 이르고 있다. 「딸기」는 '본다'는 것의 의미 변화에 따라 세 부분으로 나누어진다. 다방에서 우연히 딸기를 봄(2연), 딸기밭에서 딸기를 봄(3연), 다방에서 딸기를 열심히 봄(4연)이 그것이다. 경험한 시간의 순서로 보면, 딸기밭에서 딸기를 본 3연이 가장 먼저이고 나머지 2·4연은 딸기를 보는 현재의 일이다. 3연에서 딸기밭에서 딸기를 '봄'은, 일상적으로 우리가 '본다'라고 표현하는 경험적인 행위이다. 딸기밭에서 보았을 때 딸기는 줄기와 이파리, 열매가 균형을 이루지 못한 식물이고 몹시 더러워보였다. '더럽다'거나 '불균형하다'는 것은 주체가 선취하고 있는 판단의 준거를 예컨대 '어떠어떠한 것은 더럽다'거나 '어떠어떠한 것은 균형이 맞지 않는다'는 선행하는 기준에 근거한 것이다. 즉 '봄'은 감성의 형식에 의해 대상을 인지하고 그것에 대한 판단을 내리는 것까지를 포함한다. 2연에서 똑같은 대상인 딸기는 오늘 다방에서 보자 더없이 생생하고 풋풋해 보인다. 그것은 '본다'라는 행위가 얼마나 주관적인 것인지를 보여준다. 지금 딸기가 싱싱하고 풋풋해 보이는 것은, 딸기의 본질이 변해서가 아니라 그것을 바라보는 주체의 '봄'이 달라졌기 때문이다. 같은 대상이 다르게 보이는 것은 대상의 본질이 변해서가 아니라 그것을 바라보는 주체의 해석이 주관적이고 자의적이기 때문이다. '나'는 딸기밭에서 딸기를 보았던 경험과는 다르게, 딸기를 새롭게 '본다'. '본다'는 행위의 성격이 달라진 이유는 딸기를 보고자 하는 '나'의 의지가 없는 상태에서 딸기가 '나'에게 존재를 알려왔기 때문이다. 이때 '본다'는 행위는 대상에 대한 적극적인 인식이 아니라 '대상으로부터 전해진 신호에 수동적으로 열려있음'이라는 의미에 가깝다. 그러한 반성의 과정을 거친 후, 4연에서 '나'는 비로소 '열심히' 딸기를 본다. 이때 '봄'은 주체가 대상보다 우위에서 그것을 관찰하는 것이 아니라 동등한 신체성으로서 대상과 나란히 세계 내에 존재함을 의미한다. '봄'은 사유의 시작이 아니라 대상을 향해 나의 신체성을 여는 것이다. 이는 신체성에 대한 사유가 김춘수 초기 시부터 깔려있음을 증명하는 예이다.

는 눈으로 작용해서 그를 주체의 권력 하에 복속시킨다. 이런 구도에서 '보여짐'은 종종 타자로 하여금 수치심을 불러일으키고 자기 감시 기제를 작동시키도록 하는 원인이 된다.

그러나 대상을 '본다'는 것은 사실상 촉각이나 청각과 같은 다른 감각들을 동시에 사용하여 대상을 감각한다는 것이다.[14] 칠판을 보면서 매끄럽다고 느끼거나 마감되지 않은 아스팔트 표면을 볼 때 거칠다는 느낌을 받는 경우가 그렇다. 그 순간 '나'가 대상을 감각한다고 생각하는 신체 기관은 눈이지만 대상의 느낌은 촉각과 더불어 주어진다.

> 누루무치는 모발이 아마빛이다.
> 너무 뻣뻣해서 살금 데친,
>
> ―「붕어」 부분

> 바다의 살갗은 짙은 바닷빛, 바다는
> 손에 잡힌다. 손 안에서 말랑말랑
> 한없이 긴 고무줄 같다.
> 잡아당기고 놓아주다가 제물에 바다는
> 어디로 홀연히 가버린다.
>
> ―「제32번 비가」 부분

---

14 퐁티는 이런 면에서 감각이 본질적으로 복합적이라고 보았다. 김춘수의 시의 감각의 복합성을 이와 관련하여 설명할 수 있을 것이다. 이에 대한 자세한 내용은 7장에서 설명될 것이다.

위의 시들에서 '본다'는 것은 시지각의 내용에 한정되는 것이 아니다. 「붕어」에서 누루무치는 아마빛(황갈색)이라는 색깔뿐만 아니라 '뻣뻣하다'라는 촉감으로 표현된다. '너무 뻣뻣해서 살금 데친'은 '야채 종류가 너무 뻣뻣해서 살짝 데쳐낸 것처럼'이라는 의미로서 뻣뻣함의 정도가 어떤 것인지를 좀더 구체화하여 표현한 것이다. 이는 대상을 직접 만져보지 않고도 그것을 볼 때 감지되는 촉각적인 느낌이다.

「제32번 비가」에서 바다는 짙은 바다색깔을 띠고 있는데, 화자에게 그것이 경험되는 것은 촉감이다. 짙푸른 바다는 말랑말랑한 피부 같고, 밀려갔다 밀려오는 파도의 움직임은 말랑하고 꿈틀대는 고무줄과 같다. 보이는 것은 바다의 짙은 색깔과 파도이지만 이것은 동시에 말랑말랑함이라는 촉각적인 것으로 감지된다. 이 시들은 '봄'이 시각에만 한정되는 것이 아니라 동시에 촉각으로도 감지된다는 것을 증명한다. 이는 '봄'이 일방적인 화살표와 같은 시선이 아니라 대상을 만지거나 쓰다듬음에 가깝다고 하는 퐁티의 생각과 유사하다.[15]

퐁티에게서 봄과 만짐은 기본적으로 통일되어 있고, 따라서 만짐에서 나타나는 신체의 주객 이중성과 가역성은 '봄'에서도 동일하게 나타난다. 거울을 볼 때 '나'는 '보는' 주체이자 '보여지는' 대상이다. 나는 '나'를 보는 나를 본다. 그런 의미에서 '봄'은 그 자체가 나르시시즘적인 성격을 갖는다.[16]

---

15 조광제, 「메를로 퐁티의 후기 철학에서의 살과 색」, 121~122면 참고.
16 퐁티는 마주보게 놓인 두 개의 거울을 예로 들어 봄의 나르시시즘을 설명한다. "마치 서로 마주 보게 놓인 두 개의 거울 위에서 두 개의 한없는 서랍형 영상 시리즈가 나타나는 것과 같다. 이 거울 영상들은 거울 표면의 어느 쪽에도 진정으로 속하지 않는데, 왜냐하면 각 영상은 다른 영상의 반사물에 불과하기 때문이고, 그러므로 결국 두 거울 영상은 짝을 이룬다, 각각의 영상보다 더욱 실제적인 짝을 이룬다. 그리하여 보는 자는 그가 보고 있는

1

새벽 다섯 시에 잠을 깬다.

거울 속에 내가 있다.

거울이 나를 보게 한다.

거울 속의 나도 새벽 다섯 시다.

희부옇다.

희부연 나를 보니 생각난다. 언젠가

한밤에 잠 깼을 때

나는 없고

거울 속에 어둠만 있었다.

기억하라,

나는 그때 어둠이었다.

―「또 거울」 부분

거울은 이러한 '봄의 나르시시즘'이 잘 드러나는 소재이다. 거울에 '나'를 비춰볼 때, '나'는 거울(속의 나)을 '보는 자'이면서 동시에 (거울을 통해서) '보여지는 나'이다. '거울 속의 나'는 거울 밖에 있는 실제의 나를 비춘 것이므로, 두 개의 '나'는 같은 시간과 공간을 가지고 있다 ("거울 속에~다섯 시다"). 설령 '나'의 모습을 정면으로 비추지 않을 때도 거울은 무언가를 비추고 있다. 한밤중에 거울은 어두워서 특정한 사물

것 속에 사로잡혀 있기에, 결과적으로 그가 보는 것은 여전히 자기 자신이다. 요컨대 모든 시각에는 근본적인 나르시시즘이 있다." 메를로 퐁티, 『보이는 것과 보이지 않는 것』, 199면.

을 비출 수 없지만 그때도 어둠을 비추고 있다. '나'는 어둠의 일부로서 거울에 비춰지고 거울 속에 있다("한밤에~어둠이었다"). '나'는 보는 주체이면서 동시에 보여지는 대상이다. 김춘수 후기시에 나타나는 '봄'은 이처럼 주체이자 대상으로서 주객의 이중성을 지닌 감각이고, 그것을 가능하게 하는 것이 '살'이다.

4. 지각의 장인 '세계'에로의 열림

봄과 보여짐을 동시에 가지고 있는 주체가 대상을 보기 위해서는 그 자신이 '보이는 자'로서 세계에 편입되어야 한다. 보는 자가 보이는 것들 속에 역시 보이는 것으로서 편입되지 않고서는 보는 자가 가시적인 것들을 소유할 수 없다는 것이다.[17] 대상은 주체의 시선의 맨 끝에 걸려 있는 형태로 주체와 연결되어 있다. 즉 주체와 대상은 서로 연결된 것으로서 동일한 장(場)에 속하는 것이다.

봄이 와 범부채꽃이 핀다.
그 언저리 조금씩 그늘이 깔린다.
알리지 말라,

---

17   조광제, 「메를로 퐁티의 후기 철학에서의 살과 색」, 124면 참고.

어떤 새는 귀가 없다.

바람은 눈치도 멀었다. 되돌아와서

한 번 다시 흔들어준다.

범부채꽃이 만든

(아무도 못 달래는)

돌아앉은 오목한 그늘 한 뼘

점점점 땅을 우빈다.

—「둑」 전문

　화자는 범부채꽃에 바람이 불고 있는 것을 바라보고 있다. '오목한 그늘 한 뼘이 점점 땅을 우빈다'는 것은 "그 언저리 조금씩 그늘이 깔린다"와 동일한 표현이다. 즉 시간이 경과하면서 범부채꽃 주변에 조금씩 그늘이 생겨가고 그것이 옮겨가는 것을 표현한 것이다. 표면상 이 시가 그리고 있는 풍경에 화자는 등장하지 않는다. 그러나 범부채꽃 그늘이 점점 커져가는 것을 보기 위해서는 화자가 그것을 바라볼 수 있는 동일한 장에 있어야 한다. 즉 화자인 주체의 시선의 끝에 대상인 사물이 있어야 하고, 거꾸로 본다면 사물의 시선의 끝에 주체가 있는 형태라야 하는 것이다.

　이처럼 주체와 대상의 신체성은 지각의 장을 바탕으로 성립한다. 신체성을 가진 각각의 존재들은 서로를 비추며 지평의 종합을 이룬다. 이것이 지각 지평의 특징이다. 이는 주체가 특정한 대상을 바라볼 때도 마찬가지로 적용된다. 주체는 대상의 보이는 부분만을 볼 수 있을 뿐 전체를 다 볼 수는 없다. 주체의 몸을 포함하여 보이는 대상은 반드시 보이지 않는 뒷면을 가지고 있기 마련이다. 그럼에도 불구하고 주체가 대상 전체를 보는 것처럼 생각하는 것은, 지각 지평 안에 있는 다른 대상들이 주체가 주목하고 있는 대상을 둘러싸고 서로를 반영하고 있기 때문이다.[18] 이는 마주하고 있는 한 쌍의 거울에 '나'를 비춰볼 때와 마찬가지다. 주체가 스스로의 뒷모습을 보는 것은 불가능하다. 다만 마주 보이는 거울에 비친 모양을 통해 그것을 추정하는 것일 뿐인데, 이때 뒷모습을 보는 시선은 결국 '나'의 뒤에 있는 대상 / 타자의 '봄'이다.

한 대상을 바라보는 시선은 동시에 그 대상 주변의 모든 사물들을 지평적인 대상으로서 동시에 바라본다. 특정한 대상에 초점을 맞추면 동시에 배경인 주위의 대상들은 초점에서 멀어진다. 청각 또한 마찬가지로 하나의 소리가 부각되면서 다른 소리들은 후경화된다. 대상이 주제화되거나 혹은 배경으로 물러나거나, 그것이 감각된다는 것은 마찬가지다. 다만 특정하게 주제화된 대상에 주목하는 것일 뿐이다.[19]

그러므로 특정한 대상을 바라보는 것은 그것을 둘러싸고 있는 지평적인 대상들을 바라보는 것이며, 그것들에 반영된 특정한 대상의 숨겨진 측면들을 함께 보는 것이다. 따라서 지각을 수행하는 시선은 동시다발적으로 무한히 다양한 위치에서 한 대상을 바라보는 것이 된다. 지각

---

18 "개개의 대상은 여타의 모든 대상의 거울이다. 내가 탁자 위에 놓인 램프를 주시할 때, 나는 나의 자리에서 보일 수 있는 성질뿐만 아니라 벽난로, 벽, 탁자가 '볼' 수 있는 성질까지도 그것에 부속시키고, 나의 램프의 후면은 그 램프가 벽난로에 '보여주는' 국면 이외의 다른 것이 아니다. 따라서 대상들이 체계나 세계를 형성하고 개개의 대상이 자기 주위의 타자들을 자기의 숨겨진 측면들의 정관자로, 그 측면들의 영원한 보증으로 배치하는 한 나는 대상을 볼 수 있다." 메를로 퐁티, 류의근 역, 『지각의 현상학』, 문학과지성사, 2014, 125면.
19 위의 책, 124면 참고.

주체가 사물의 전체적인 모습을 볼 수 있는 것은 이처럼 지평적인 대상들의 봄을 통해 가능한 것이다. 주체가 본다는 것은 주체 역시 대상과 동등한 신체의 자격으로 대상을 바라보는 것이며, 다른 대상들의 시선을 빌려서 주어진 대상에 대한 전체 인상을 가지는 것이다.

미루나무 숲이 희부옇게
상체만 하늘에 떠 있다.
어둠이 아직도 아랫도리를 뭉개고 있다.
감춰야 할 것이 있다.
그런가 하면
달빛이 너무 푸르다.
너무 푸른 달빛을 헤집고 늪이 하나
한사코 가라앉는다.
물땅땅이를 등에 업었다.
등이 무겁다.
그런가 하면
아까부터 어디서 누가
이를 간다.
그 소리 미룻나무 숲에서 머뭇거린다.
아무도 아랑곳하지 않는다.
다들 잠이 들었나 보다.

—「(밤의) 쪼가리들」 전문

미루나무 숲은 지상에 가까운 아래 부분은 이미 어두워졌고 하늘과 맞닿은 부분만 어슴푸레하게 형체를 남기고 있다. 5행에서 시는 시간적 비약을 보여준다. 달이 뜨고 달빛이 푸르게 빛나는 것은 시간이 지나 그만큼 밤이 깊어졌음을 의미한다. 달빛이 푸를수록 늪의 어둠은 대조적으로 선명해진다. 김춘수는 이것을 물땅땅이를 등에 업어서 무거워져서 가라앉는 것이라고 표현하고 있다. 늪은 물땅땅이를 업고 무거워지고, 숲속 어딘가에서 들려오는 소리는 달빛과 늪, 숲, 물땅땅이와 자연스럽게 조화를 이루고 있다.

'아무(도)'나 '다들'로 지칭되고 있는 숲에 있는 다른 수많은 생물들은 바깥 풍경에 '아랑곳하지 않'고 잠들어 있다. 각각의 대상들은 각각의 존재 방식으로 숲에 있고 그 상태로서 소통한다. 잠이 들었다는 것은 이러한 존재 방식이 지극히 편안하고 자연스러운 것임을 보여준다. 이때 대상들은 각각 신체성을 가진 존재로서 세계 내에 존재하고 있다. 숲은 몸통을 가진 채 떠 있고, 늪은 물땅땅이를 등에 업는다. 정체를 알 수 없는 소리는 이를 가는 것처럼 느껴진다. 이것들은 그렇게 지각의 장을 형성하고 있다. 각각의 것들은 신체성을 가진 동등한 존재로서 서로를 비추고 바라보고 있다.

위의 시에서 역시 풍경을 지각하는 화자는 표면적으로 드러나지 않는다. 화자는 대상을 의인화하거나 그것에 감정을 이입하지 않고, 동일한 세계의 일원으로서 대상들의 존재 양태를 그려내고 있을 뿐이다. 주체는 대상과 분리되거나 우위에 있지 않고 동등하게 소통하며 세계를 향해 열려있는 '세계에로의' 존재인 것이다. 이것을 가능하게 만드는 원리가 '살'이다. 보는 주체와 보이는 대상, 보이는 것과 보이지 않는 것, 개별감각들을 연결하며 늘 생성시키는 것으로 존재하는 '살'은 결국 서로 작용하는 '관계'로 맺어지는 상호세계를 만든다.[20] 이 단계에서 김춘수의 시는 주관적인 관념과 의식의 폐쇄성을 극복하고 감각을 통해 대상 / 타자와 공존하는 세계를 향해 열리게 된다.

김춘수 시의 변화는 초기 시부터 잠재되어 있는 신체성에 대한 사유와 연결되어 있다. 신체성은 현상에 대한 김춘수의 사유를 완결 짓는 중요한 키워드이다. 초기 시에서 그것은 종종 신체적인 이미지 혹은 비유로 드러난다. 그런데 「꽃」은 선의식적인 지각에 의해 포착된 신체성을 표현함으로써 신체성에 대한 사유가 처음부터 잠재되어 있음을 보여준다. 중기 시에 나타나는 신체어들은 신체가 비유가 아니라 객관적인 신체성을 확보하고 있음을 보여주는 것으로서, 주체와 대상 간에 새로운 관계가 성립되는 바탕이 된다. 후기 시들은 대상의 신체성을 부각시키면서 주체와 대상의 적극적인 소통을 시도하고 있다. '의자'를 소재로 하는 시들이 그 예로서, 여기서 의자는 도구가 아니라 신체성을 가진 사물로서 주체와 소통하며 고유한 존재로 남는다.

주체와 대상이 동등하게 소통할 수 있는 것은 '살'이라는 제3의 공통영역이 있기 때문이다. '살'은 만짐과 만져짐, 봄과 보여짐이 얽혀있는 가역적이고 이중적인 특징을 갖는다. '손'은 '만짐'을 통해 살의 가역성을 설명하고 있다. '거울'을 소재로 한 시들은 '봄'의 나르시시즘을 표현함으로써, 주체 우위의 감각으로 생각되어온 시각 또한 가역성을 가

---

20 김화자, 「모리스 메를로 퐁티—상호세계의 현상학」, 『프랑스 철학의 위대한 시절』, 반비, 2014, 125면.

지고 있음을 보여준다. 주체의 '봄'이 가능해지기 위해서는 주체와 대상이 동일한 지각의 장에 있어야 한다. 주체가 대상을 '본다'는 것은 그 대상을 둘러싸고 있는 배경인 대상들을 본다는 것이며, 배경인 대상들이 보고 있는 특정한 대상의 부분들을 본다는 것이다.

　사물들 간의 상호 소통을 보여주는 시들은 지각지평의 특징을 잘 나타내고 있다. 주체는 대상과 동일한 지각의 장에 있으면서 그것들의 지평에 대해 열려있다. 그럼으로써 자연스럽게 대상과 공존하는 지각의 장인 세계에로 향해 열려있게 된다. '살'은 이러한 공존을 가능하게 하는 원리로 작용한다. 김춘수의 후기 시의 변화는 이 같은 현상학적 사유를 통해 설명될 수 있다.

　중기 시에서 나타나는 현상학적 사유가 현상학적 환원에 입각한 후설적인 특징이 강하다면, 후기 시는 메를로 퐁티의 지각의 현상학으로 설명될 수 있는 지점들이 더 많다. 그것은 초기부터 잠재되어온 '신체성'의 발견과 그에 대한 탐구의 방식으로 형상화되어 있다.

감각의 복합성[1]

1. 감각의 선의식성과 감각 주체로서의 인간 신체

2000년대 이후 한국시 연구에서 감각은 근대적 주체의 형성과 더불어 설명되어 왔다. 그것은 봉건적 이데올로기에 저항하는 근대적 개인의 상징이면서[2] 계몽이라는 근대적 문학 관념에서 벗어나 미학적인 것을 추구하려는 문학적 경향을 의미한다.[3] 또 모더니즘 문학에서 개인은

---

1   이 글은 졸고, 「김춘수 후기 시에 나타나는 감각의 복합성에 대한 연구」, 『한국언어문화』 58, 2015를 수정 보완한 것이다.

2   김우창, 「감각, 이성, 정신」, 이문열·권영민·이남호 편, 『한국문학이란 무엇인가』, 민음사, 1995, 19면 참고. 김우창은 이광수의 『무정』이 '감각적, 감정적 존재, 욕망의 존재로서의 인간'이라는 새로운 인간형을 보여준다고 설명하고 있다. 김신정은 이 같은 김우창의 생각을 바탕으로 해서, 한국근대문학에서 감각은 이성 혹은 합리성과 상대적인 개념이라기보다 전근대 / 근대, 구질서 / 신질서의 짝에서 후자를 지칭하는 것으로 여겨져 왔음을 지적하고 있다. 김신정, 「정지용 시 연구─'감각'의 의미를 중심으로」, 연세대 박사논문, 1998, 13~14면.

3   고봉준, 「근대시에서 '감각'의 용법」, 『한국시학연구』 28, 2010, 15면.

풍경으로서의 근대적 문물을 바라보는 자각적인 주체인 '보는 주체', '시각적 주체'이다.[4] 이때 시각은 대상에 대한 주체의 우위를 가능하게 하는, 개별감각 중에 가장 우월한 감각이다. 이상의 연구들에서 감각은 주체가 외부의 대상을 지각[5]할 수 있게 하는 매개 역할을 하며, '밖'에 대한 '안'의 경험으로서 주체에 속한다.

그러나 탈근대적 사유에서 감각은 주체에 속해 있으면서 외부의 대상을 경험하게 하는 매개이거나 주체 안에 만들어진 외부의 인상이 아니라, 주체와 대상이 신체성의 형식으로 공동의 장에 있음을 증명하는 주체의 실존적 근거이다. 감각 주체로서 인간의 신체는 그것 자체가 감각하는 신체-주체이자 감각되는 신체-대상인 이중성을 가지고 있다. 이는 인간의 신체만이 아니라 사물 일반의 특징이기도 한 '살'의 영역에 해당하는 것이다.[6]

감각은 그것 자체가 이미 지향적인 것으로서 이성적인 판단에 우선하는 선의식적인 것이다.[7] '지향적'이라는 것은 정신이 발동하기 전에 감

4   나희덕, 「1930년대 모더니즘 시의 시각성 - '보는 주체'의 양상을 중심으로」, 연세대 박
    사논문, 2006.
5   사전적 정의에 따르면, '감각(sensation)'은 '빛, 소리와 같은 외계의 사상 및 통증과 같
    은 신체에 수용되는 자극이 중추신경에 전해졌을 때 일어나는 의식현상'이고, '지각
    (perception)'은 '생활체가 환경의 사상(事象)을 감관(感官)을 통하여 아는 일'이다. 자
    극이 신체에 수용되면 신체 내의 복잡한 작용에 의하여 중추신경에 전해졌을 때 여기서
    일어나는 대응을 감각이라고 한다. 그리고 최후로는 뇌의 기능으로 그것이 어떤 자극인
    가를 알게 되는데, 이것을 지각(知覺)이라고 한다. 지각이란 감각이 통합되어 구체적인
    의미를 지닌 고차원의 기능이다.(『두산백과사전』참고) 그러나 실제 지각 과정에서 두
    단계는 구별되지 않고 연결되어 있다. 일반적으로 지각이 주체의 행위에 초점을 맞추고
    있다면 감각은 자극이 중추신경에 전해졌을 때 나타나는 생물학적인 반응 자체를 의미하
    는 것으로 사용된다.
6   강미라, 「사르트르의 현상적 신체에 대한 메를로 퐁티의 비판」, 『대동철학』 61, 2012
    참고. 몸과 감각의 관계는 이재복, 「김춘수 시를 통해 본 감각과 존재에 대한 비판」, 『국제
    한인문학연구』 10호, 2012에 잘 설명되어 있다.

각 차원에서 바깥에 무언가 있다는 것을 불투명하게나마 안다는 것 즉 감각은 감각하는 주체가 감각하기로 결단을 내린 후에야 성립하는 것이 아니라 이미 감각되고 있고 감각하고 있는 것이라는 의미이다.[8] 그런 면에서 감각은 이차적인 것이 아니라 그것 자체가 본원적인 것이다.

주체가 감각을 활용하여 대상을 이해하고 그것을 지배하는 것이 아니라 주체와 대상은 보고 보여지며 만지고 만져지는 상호적인 관계에 있다.[9] 근대적 사유에서 시각이 주체의 우월성을 담보하는 감각으로 설명되었음에 비해 탈근대적 사유에서는 청각과 촉각, 미각, 후각 등 시각에 비해 열등한 것으로 평가되어온 타 감각들이 강조된다. 개별 감각들은 위계가 정해져 있지 않고 교차하고 겹쳐진다. 즉 감각은 복합적이고 동시적으로 작용한다.[10]

김춘수의 시는 이러한 감각의 복합성이 잘 드러나는 예이다.[11] 그의

---

7   "나의 반성적인 영역을 벗어나 있는 듣고 보고 만지는 데서 성립되는 의식들은 나의 개인적인(인칭적인) 삶에 앞서 있으면서 내가 아닌 것들로 머물러 있는 장, 즉 자연의 장들과 통합된다는 것이 중요합니다." 조광제, 『몸의 세계 세계의 몸』, 이학사, 2004, 369면.

8   위의 책, 294면.

9   "본다는 감각적인 지각 행위는 나와 사물, 나와 세계를 교차시키는 행위이고 이로 인해 사물은 깊이를 얻게 되는 것이다. (…중략…) 몸과 살의 두께는 근본적으로 감각적 지각을 통해 바라보는 자와 대상인 사물이 교차하고 넘나듦으로써 가능한 사물의 감각적 지평이다." 김동윤, 「'그리다'와 '보다'의 존재론적 미학적 층위 연구」, 『기호학 연구』 39집, 2014, 249면.

10   "우리의 신체적 부분들의 연결, 우리의 시각적 경험과 촉각적 경험의 연결은 점진적이거나 누적적으로 실현되지 않는다. 나는 '접촉의 소여'를 '봄의 언어'로 번역하지 않으며, 또는 역으로, 나의 신체적 부분들을 하나씩하나씩 소집하지 않는다. 이러한 번역과 소집은 나의 내부에서 단번에 이루어진다. 그것들은 나의 신체 자체이다." 메를로 퐁티, 류의근 역, 『지각의 현상학』, 문학과지성사, 2002, 237면.

11   김춘수 시의 감각에 대한 연구로는 이재복, 앞의 글; 서안나, 「김춘수 전기시에 나타난 감각의 운용」, 『한국언어문화』 49집, 2012; 서안나, 「김춘수 후기시에 나타난 감각 연구」, 『비평문학』 46호, 2012; 서안나, 「김춘수 시에 나타난 감각에 관한 연구」, 한양대 박사논문, 2013 등이 있다.

초기 시는 시적 대상인 존재를 시각적으로 지각하는 데서 출발한다. 존재론적 탐구는 기본적으로 '본다'라는 표현으로 감각 전반을 대표한다. 이때 시각은 대상을 감각하는 개별적인 감각으로서의 시지각을 의미하는 것이 아니라 대상을 인식한다는 상징적인 의미를 가지고 있다. 실제로 대상을 지각하는 데서는 시각과 다른 감각이 섞여 있다. 그의 시에서 감각적인 표현들은 특정 메시지를 대체하는 비유나 특정한 감각으로 지각된 대상을 또 다른 감각적 이미지로 전이시키는 공감각적 이미지와는 구별된다.[12] 그의 시에서 감각은 개별 감각으로 구별되기 이전에 복합적이고 전면적인 것으로 작용한다.

이는 기본적으로 봄과 만짐이 동시적으로 작용하는 '살'의 속성에 근거하고 있다. '살'은 만지면서 만져지고 보면서 보여지는 능동과 수동의 관계가 동시에 성립하고 봄과 만짐이라는 서로 다른 감각이 교차될 수 있는 가역성을 가지고 있다. 이런 면에서 감각의 복합성은 현상학적 신체로서의 '살'을 보여주는 김춘수 시의 신체성의 특징과도 긴밀하게 연결되어 있다.[13]

---

12 감각의 복합성은 대상에 대한 동시적인 반응이라는 점에서 공감각적 이미지와는 구별된다. 시에서 '공감각'은 '첫째 대상에 접하여 촉발된 한 감각이 다른 감각으로 전이되는 것' 즉 '두 개 이상의 감각이 결합된 형태'를 의미한다. 김준오, 『시론』, 삼지원, 1982, 171면. 하나의 감각을 다른 감각으로 옮겨 표현하는 과정에는 분석과 판단이 개입하며 전이 과정에서 시간성을 필요로 한다. 이는 감각을 통합하거나 서로 다른 감각을 구성하는 구성력이 작용한 결과로서 결국 이성의 작용에 의해 만들어지진 것이므로, 선의식적인 감각의 복합성과는 발생부터 다른 것이다.
13 이 글은 내용상 6장의 신체성에 대한 연구의 연장선상에 있다.

2. 감각의 복합성과 '살'의 세계

김춘수의 시에서 초기부터 가장 두드러지는 감각은 시각이다. 그의 시에서 시각은 단독으로 작용하지 않고 대부분 다른 감각과 더불어 나타난다. 대표적인 것이 시각과 촉각 즉 봄과 만짐이 동시에 작용할 때이다.

> 풀과 나무 그리고 산과 언덕
> 온 누리 위에 스며 번진
> 가을의 저 슬픈 눈을 보아라
>
> ―「가을저녁의 시」 부분

이 시에서 가을은 풀과 나무, 산, 언덕의 풍경에서 감지된다. 그것은 일차적으로 시각에 의해 포착되지만 동시에 '스며 번진'이라는 촉각적인 것으로 감지된다. 산 전체의 가을 풍경은 숲과 나무의 색깔의 변화로 감지되는데, 그것은 마치 물감이 스며들어 번진 듯이 산 전체에 퍼져 있다. '스며 번지다'는 비유적인 이미지가 아니라 시각 자체가 감지한 촉각적 느낌이다.[14]

---

14 서안나는 「김춘수 전기시에 나타난 감각의 운용」에서 김춘수의 전기시를 전반부와 후반부로 나누고, 전반부의 시는 시각이 강화되고 주체가 대상을 지배하는 것에 비해 후반부의 시는 시각이 균열되며 주체와 대상의 관계 또한 소통적인 것으로 변화한다고 보고 있다. 일례로 그는 전반부에 속하는 「가을저녁의 시」를 '눈'이라는 단어에 근거해서 시각으로 설명하고 있다. 그러나 여기서 '눈'은 비유로서 실제 감각기관인 '눈'과 동일하다고 볼 수 없고, 설령 실제의 눈이라고 하더라도 그것이 감각적으로 표현된 것은 '스며 번진'

이외에도 "아침햇살이 라일락 꽃잎을 / 흥건히 적시고 있다"(「라일락 꽃잎」), "디딤돌이 달빛에 젖어 있다"(「디딤돌 1」)에서, 라일락 꽃잎이나 디딤돌은 '적신다' 혹은 '젖어있다'라는 촉각적인 느낌과 더불어 설명된다. "꼬부러진 길바닥의 한 모퉁이에는 무엇을 지키는지 헐벗은 전봇대 종일을 떨고 섰고"(「풍경」)에서도 마찬가지다. '떨다'는 눈으로 감지되는 것인 동시에 살갗으로 전달되는 느낌이기도 하다.

이때 '본다'는 것은 사실상 '만진다'는 것과 유사한 성격을 갖는다. 사실상 '본다'는 것은 눈의 작용만으로 이루어지지 않는다. 예를 들어 '돌'을 바라볼 때 그것을 지각하는 것은 신체 기관인 눈이 빛이라는 자극에 반응하기 때문이다. 그러나 우리는 돌을 바라볼 때 형태만이 아니라 촉감까지를 동시에 떠올린다. 돌의 표면이 울퉁불퉁하거나 매끈하다는 것은 시각적인 것이면서 동시에 촉각적인 감각이다. 실제로 돌을 만져보지 않아도 울퉁불퉁하다고 느끼는 것은 '본다'는 것이 촉각적인 질을 포함하고 있다는 것을 증명한다.[15] 이때 시각은 대상을 지배하고 규정하는 일방적인 감각이 아니라 그것을 싸고 어루만지는 상호적인 감각이다.[16] 대상을 눈으로 보면서 동시에 그 느낌을 촉감으로 포착하

이라는 구절로서 촉각적인 질을 포함하고 있다고 해석되어야 한다. 김춘수의 시에서 시각은 처음부터 근대적인 '보는 주체'의 일방적인 시선과는 구별되며 다른 감각과 섞이어 있다.

15 메를로 퐁티는 이 같은 감각의 복합적인 속성을 보이는 것과 만지는 것의 교차로 설명한다. "우리는 보이는 것은 무엇이나 촉지적인 것 가운데서 재단되었다고, 만질 수 있는 모든 존재는 어떤 식으로든 가시성을 약속받고 있다고 생각하는 데 익숙해져야 한다. 그리고 잠식, 건너뛰기는 만져진 것과 만지는 것 사이에서만 있는 것이 아니라 또한 촉각되는 것 속에 들어있는 보이는 것과 촉각되는 것 사이에도 있으며, 또한 역으로 촉각되는 것도 가시성의 전문가 아니라고, 시각적 실존이 없는 것은 아니라고 생각하는 데에 익숙해져야 한다." 메를로 퐁티, 남수인·최의영 역, 『보이는 것과 보이지 않는 것』, 동문선, 2004, 192면.

는 '촉지적 시각'[17]인 것이다.

그의 시에서 시각은 종종 빛이라는 자극 외에 음이나 물질, 온도 등 다양한 자극들을 감지하는 통합적인 감각의 성격을 갖는다. "느낀다는 것. 그것은 또 하나 다른 눈"(「갈대」)이라는 구절에서 '눈'은 빛에 반응하는 신체의 특정 기관만이 아니라 일반적인 감각을 느끼는 감각기관 전체를 의미한다.

점점점 포실한 가슴속에 안기어 가는 듯한 그러한 느낌인데, 나의 귓전에는 찌, 찌, 찌 …… 무슨 벌레 같은 것이 우는 소리가 선연히 들려왔다.

그것은 정적의 소린지도 몰랐다.

나는 어디 밝은 그늘 밑에서 졸고 있는 듯도 하였다.

내가 눈을 다시 떴을 때, 그때 나는 나의 왼쪽 뺨에 불같이 달은 시선을 느꼈다. 나는 처음에 그것이 꽃인가 하였다.

그것은 딸기였다. 쟁반에 담긴 일군의 딸기는 곱게 피어오른 숯불같이 그

---

16 "감각들은 사물의 구조에 열림으로써 상호간에 의사 소통한다. (…중략…) 사람들은 강철의 탄성, 붉게 물든 강철의 전성(展性), 대팻날의 경도, 대팻밥의 부드러움을 본다. 대상의 형태는 그 기하학적 윤곽이 아니다. 그것은 자기 자신과의 어떤 관계를 가지고 봄에 대해서뿐만 아니라 모든 감각에 대해서 말한다. (…중략…) 결국 가시적 대상의 운동은 시각적 장에서 그 대상에 상응하는 색 반점의 단순한 전치(轉置)가 아니다. 새가 방금 떠나버린 나뭇가지의 운동에서 사람들은 나뭇가지의 유연성이나 탄력성을 읽으며 (…중략…) 나는 차 소리에서 도로의 견성과 편평도를 들으며, 당연하게 그 소리가 부드럽다 흐릿하다 또는 메마르다 라고 말한다." 메를로 퐁티, 『지각의 현상학』, 350~351면.

17 들뢰즈는 미술사를 '촉지적 / 광학적'이라는 개념쌍으로 설명하고 있다. 고대 이집트 예술은 손으로 대상을 더듬어가는 것같은 '촉지적'인 것이었으나 원근법 발명 이후 '광학적' 공간을 만들어내기 시작했고, 그 후의 예술사는 서로 다른 두 가지의 방식이 교차하며 발전한다는 것이다. 들뢰즈가 새로운 '감각'의 예로 든 프란시스 베이컨의 그림들은 '손'과 '눈'이 교차하는 '만지는 눈'인 '제3의 눈'을 보여준다. 질 들뢰즈, 하태환 역, 『감각의 논리』, 민음사, 2002, 141~164면 참고. 본고에서 말하는 '촉지적 시각'이란 '만지는 눈'의 성질과 유사한 것이다.

벌겋게 달은 체온이 그대로 나에게까지 스며올 듯, 진열장의 유리를 뚫고 그것은 연신 풋풋한 향기를 발하고 있는 것만 같았다. 손님이라고는 나 한 사람뿐인 다방의 오전의 해이해진 공기를 그것들이 혼자서만 빨아들이고 토하고 있는 상 보였다. 진열장 근처의 공기는 그만큼 긴장해 보였다.

—「딸기」 부분

여기서 대상인 '딸기'는 벌레 우는 소리, 벌겋게 달아오른 체온, 풋풋한 향기 등으로 감지된다. 눈을 감자 오히려 그때까지 느끼지 못했던 촉각과 청각 같은 감각들이 생생해진다. 이윽고 눈을 떴을 때 '나'는 강렬한 '시선'을 느끼고 그것이 딸기의 체온과 향기에서 온 것이라는 걸 알게 된다. 딸기로부터 온 '시선'은 사실상 '눈'이 아니라 향기와 온도 같은 타 감각을 말하는 것이다. 딸기는 시각과 촉각, 후각을 통해 동시에 지각되고 있다. 각각의 감각들은 선후나 우열 없이 동시에 다방면으로 포착되고 있다.

더 나아가 시각은 촉각만이 아니라 미각, 청각, 후각 등 다양한 감각들과 더불어 나타난다.

①
수세미 잎에 앉은 잠자리 한 마리
그의 허리는 부러지고 있다.
입 안에 든 달디단 과자처럼
그는 조금씩 녹아내리고 있다.

—「잠자리」 부분

②
눈감으면
발가락 사이 모래톱은 하염없이
무너지고 있다. 퍼석퍼석 소리 내며
무너지고 있다

—「만월」 부분

③
누루무치는 모발이 아마빛이다.
너무 뻣뻣해서 살금 데친,

—「붕어」 부분

이상의 예들을 보면 감각의 복합성은 시각과 촉각의 결합으로 이루
어진 비교적 단순한 형태에서 점차 두 가지 이상의 감각들이 복합된 형
태로 발전한다는 것을 알 수 있다. ①에서 수세미 이파리에 앉은 잠자
리는 '허리가 부러지고 있다'는 모양과 '녹아내린다'는 미각으로 동시
에 표현되고 있다. '녹아내리다'는 양초나 아이스크림처럼 유동적인 것
이 흘러내리는 모양을 표현함과 동시에 사탕이나 과자가 혀에서 녹는
미각적인 느낌을 표현한 것이다. ②에서 모래톱이 무너지는 것은 발가
락 사이 모래가 빠져나가는 촉감과 '퍼석퍼석'하는 소리로 감지된다.
또 ③에서 '누루무치'는 아맛빛 색깔을 띠고 있으면서 뻣뻣한 느낌과
더불어 '살금 데친'이라는 부분에서는 미각적인 표현을 더하고 있다.[18]
이상의 예가 시각을 중심으로 하고 다른 감각이 결합된 것에 비해 다

음의 예들은 다른 감각이 주를 이루는 가운데 시각과의 결합을 꾀하고 있다.

①

밥 뒤에 나온 스프는 운남성 오지에 뜬 달을 보듯 하다. 맹물보다 드맑다. 소소(昭昭)하고 소소(簫簫) 하다.

—「뉴욕의 중국 요리」부분

②

도토리 몇 개가 떨어지면서 댓꼬챙이 모양의 바싹 마른 소리를 낸다.

—「만하(晩夏)」부분

①은 뉴욕에서 먹은 스프의 맛을 오지에 뜬 맑은 달의 느낌과 통소 소리('소소(簫簫)')에 비유하고 있다. 스프의 맑음의 정도는 '소소(昭昭)' (빛날: 소)와 '소소(簫簫)'(통소: 소)로 표현되고 있다. '소소(昭昭)'는 '사리가 밝고 또렷하다'는 사전적인 의미가 아니라 '소(昭)' 자의 훈인 '밝다, 빛나다'라는 의미를 두 번 겹쳐놓은 것으로 읽힌다. '소소(簫簫)' 또한 '통소'라는 '소(簫)'의 훈을 두 번 나열하여 맑은 소리를 강조한 것이다. 두 한자의 훈인 '밝음'과 '통소 소리'는 맹물보다도 맑은 스프의 맛과 질감을 표현한 것이다. 또 ②는 '바싹 마른 소리'를 '대꼬챙이'라는 모양으로 더불어 감각하는 것이다. 소리는 그것 자체가 촉각적인 질이

---

18 「붕어」에 나타난 감각의 복합성에 대해서는 6장에서도 설명한 바 있다.

나 시각적인 느낌을 포함하고 있는 경우가 많다. 예를 들어 낙엽이 바람에 쓸려가며 서걱이는 소리는 갈색으로 변한 색깔과 오그라든 모양으로 동시에 지각된다.

이러한 감각의 복합성이 확장되면 대상은 전방위적인 감각을 통해서 지각되면서 주체와 더불어 공존한다. 이 단계에 이르면 감각의 복합성은 지각 행위를 넘어서 주체와 대상이 공존하는 상호신체성의 영역인 '살'의 세계를 드러내는 근거가 된다.

통영의 봄은 바다에서 와서 바다 너머로 가버린다. 한려수도를 건너서 불어오는 바람은 진달래꽃빛을 하고 느릅나무 어린잎들을 흔들어준다. 바람이 모발을 소금기로 부드럽게 해주고 송진냄새를 한길이나 골목에도 흩뿌리게 되면 계절은 어깨가 수양버들처럼 축 늘어진다. 숭어 납새미 짚신게가 하나씩 상머리에서 사라지고 사람들은 어느새 옆구리가 물컹물컹해진다.

—「의자를 위한 바리에떼」 부분

이 시에서 '통영의 봄'은 시각과 촉각 후각 미각 등 감각 전반에 걸쳐서 감지된다. 봄바람의 부드럽고 따뜻한 성질은 진달래꽃빛으로 표현되고, 모발에 소금기가 배이고 송진 냄새가 난다는 데서 촉각과 후각으로 동시에 표현되고 있다. 또 '숭어 납새미 집신게'를 먹는 계절은 자연스럽게 미각으로 연결된다. 봄이라는 계절은 이처럼 복합적인 감각으로 감지되면서 주체에게 '옆구리가 물컹물컹해지는' 몸의 반응을 불러온다. 주체는 대상을 일방적으로 인식하는 것이 아니라 대상과 동일한 지각의 장에 존재하며 신체성을 가진 존재로서 대상과 상호 소통한다.

처서 지나자

겨드랑이 어디가 자리자리하다고

먼저 온 철새 한 마리

눈을 내리깐다.

시집 갓 와서 증조모가 심었다는 뒷채 배롱나무

덩달아 눈 한번 깜짝하려다

그만둔다.

―「배롱나무」 전문

철새와 배롱나무는 처서가 지난 계절의 느낌을 신체적으로 지각하고 있다. 철새는 겨드랑이가 저릿저릿해짐을 느끼며 그것을 통해서 이제 다른 지방을 향해 이동해야 할 때가 되었음을 안다. '눈을 내리깐다'는 표현은 자연의 추이를 인지한 몸이 보이는 반응이다. 철새한테 가지를 내어준 배롱나무가 눈을 깜빡이며 동조하려다가 그만둔다. 이처럼 새와 나무는 신체의 감각으로써 소통하고 자연의 추이에 반응을 보인다. 그것을 화자가 눈치챌 수 있는 것은 주체가 우월해서가 아니라 주체 또한 세계에의-존재로서 신체로써 세계와 연결되어 있기 때문이다.

주체는 '살'의 영역에서 신체의 하나로서 동등한 자격을 가진 대상을 감각하는 것이고, 다른 대상들이 서로를 반영하고 있는 시선을 따라서 대상에 대한 전체 인상을 갖는다.[19]

---

19   메를로 퐁티, 『지각의 현상학』, 125면 참고.

3. 감각의 복합성을 표현하는 방법

앞 장에서는 주체가 대상을 지각하는 과정에서 드러나는 감각의 복합성에 대해 살펴보았다. 이것이 주체가 대상을 수용하는 측면에 초점을 맞춘 것이라면, 이 장에서는 김춘수가 감각의 복합성을 시적으로 어떻게 표현하는지를 살펴보고자 한다. 이는 감각의 복합성이 시를 구성하는 전략으로 활용되는 방식을 말하는 것인데, 그것은 크게 대상 자체의 속성이 감각의 복합성을 가지는 경우와 대상을 서술하는 수식어가 복합성을 내포하는 경우로 나누어진다.

첫째, 시적 대상 중에는 그것 자체가 복합적인 감각을 내포하는 경우가 있다. 종(鍾)이나 목탁처럼 소리를 냄으로써 기능하는 사물들은 그것 자체가 시각적이면서 동시에 청각적이다. 예를 들어 처마에 매달려 있는 풍경(風磬)은 물고기나 종, 집 등 다양한 모양을 가지고 있고 바람에 흔들리면서 소리를 냄으로써 기능한다. 분수나 폭포처럼 그 자체가 모양과 소리를 가지고 있는 대상들도 마찬가지다.

김춘수의 시에서 대상 자체가 복합적인 감각을 내포하고 있는 대표적인 예는 바람이다. 그것은 눈에 보이지 않지만 주위 사물의 흔들림으로 통해 간접적으로 존재를 드러내거나 소리로 지각된다. 즉 그 자체가 시각과 청각이라는 서로 다른 감각적 요소를 가지고 있는 것이다.

①

낮 동안 그렇게도 쏘대던 바람이

어찌하여

저 들판에 와서는

또 저렇게도 슬피 우는가

—「풍경」 부분

②

바람이 가지를 흔들 듯이

넘쳐흐르는 이 정적을

고요히 흔들며

나에게로 온다

—「또 하나 가을 저녁의 시」 부분

③

바람이 흔들면

거문고 일곱 줄 은실이 하늘마저 울린다

—「여자」 부분

④

너도 아니고 그도 아니고, 아무것도 아니고 아무것도 아니라는데 ······ 꽃
인 듯 눈물인 듯 어쩌면 이야기인 듯 누가 그런 얼굴을 하고,

간다 지나간다. 환한 햇빛 속을 손을 흔들며 ······

아무것도 아니고 아무것도 아니고 아무것도 아니라는데, 온통 풀냄새를
널어놓고 복사꽃을 울려놓고 복사꽃을 울려만 놓고,

—「서풍부」 부분

①, ②, ③에서 바람은 시각과 청각으로 동시에 감지된다. ①에서 들판에 부는 바람은 쏘다니는 모양과 우는 소리로 형상화되고 ②에서 바람이 가지를 흔드는 것은 시각적이면서 '정적을 흔들다'는 데서 소리와 연결된다. ③에서 바람은 거문고를 흔들면서 동시에 소리를 내고 있다. 그중에서도 감각의 복합성을 가장 잘 보여주는 것은 ④로서, 여기서 바람은 시각과 후각, 청각으로 형상화되어 있다. 바람은 형체가 보이지 않음에도 불구하고, 그것이 지나가는 자리에는 복사꽃이 흔들리고 풀냄새가 난다. 그리고 '이야기'인 것처럼 소리를 통해 감지된다.

바람 외에도 유리나 불꽃 역시 복합적인 감각의 가능성을 내포하고 있는 대상들이다.

①

너도 차고 능금도 차다. 모든 죽어가는 것들의 눈은 유리같이 차다.

—「죽어 가는 것들」부분

②

활활 타오르는 불꽃. 불꽃은 뛰고 불꽃은 뛰어, 드디어 하늘을 핏빛으로 물들여 놓았으니,

—「혁명」부분

①에서 동격으로 배치되어 있는 '너', '능금', '죽어가는 것들의 눈'은 '차다'라는 속성을 공유하고 있다. '유리'는 시각과 촉각으로 동시에 지각되는 사물로서 '차다'라는 의미를 부연 설명하는 역할을 한다. 즉 '몸

에 닿은 물체나 대기의 온도가 낮다'라는 촉각적인 느낌을 의미하는 동시에 '인정이 없고 쌀쌀하다', '성격이 곧으면서도 냉철하다'라는 성질까지를 포함하는 것이다. 이에 근거해서 '죽어가는 것들의 눈'은 슬프고 안타까운 것이 아니라 투명하고 객관적이며 담담하다는 이미지를 얻게 된다. ②에서 불꽃은 활활 타오른다는 면에서는 시각을 자극하지만, '뛰다(튀다)'로 표현될 때는 소리와 함께 그것이 살갗에 닿았을 때의 따가운 느낌까지를 포함하고 있어서 청각과 촉각으로 동시에 감각된다. 불꽃은 활활 타오르면서 동시에 튀어올라 하늘을 물들인다. 그러나 이것은 느낌들은 순차적으로 전이되는 것이 아니라 동시적으로 지각된다. 불꽃은 활활 타오르면서 소리를 내며 튀어오르고 하늘에 터뜨려진다.

둘째, 위의 경우와는 달리 대상의 움직임이나 양태를 표현하는 동사나 형용사가 감각의 복합성을 내포하고 있는 경우도 있다. 동사나 형용사가 두 가지 이상의 감각으로 설명될 수 있는 것인데, 이것이 문맥에 따라 그중 하나로 제한되거나 동시에 드러나는 것이다. 이것은 앞 절에서 논의한 대상 자체의 복합성과는 달리, 대상을 수식하는 서술어가 문맥에 따라 대상의 행위나 양태가 다르게 해석됨으로 해서 의미 영역을 넓히는 것이다. 울다, 흐르다, 팔랑이다, 출렁이다, 고요하다, 적막하다 등이 그 예이다.

예를 들어 '울다'라는 동사는 시각, 청각, 촉각이라는 다양한 감각을 포함하고 있는 서술어로서 어떤 맥락에 놓이는가에 따라 서로 다른 감각으로 표현될 수 있다. 그것은 "전후좌우로 몸을 흔들어 천치처럼 울고 섰는 너"(「갈대」)에서는 몸을 흔들며 우는 몸짓으로 표현되고 있지만 "나의 마음이 서러운 벌레처럼 울고 있다"(「창에 기대어」)에서는 소리에 비유되어 표현되고 있다.

'출렁이다', '팔랑이다'와 같은 수식어 또한 이와 유사하다. "홀린 가슴은 또 한번 출렁이고 …… 출렁이며 흘려 보낸 끝없는 바다!"(「장미의 행방」)에서 '출렁이다'는 바다나 물결이 출렁이는 모양이면서 동시에 가슴이 울렁이는 것과 같은 촉감으로 표현되고 있다. 또한 "나비 날면 나비와 팔랑이며"(「날씨스의 노래」)에서, '팔랑이다'는 나비가 나는 모양을 표현한 것이지만 한편으로는 나비 날개나 종이 깃발처럼 작고 가벼운 재질의 것이 움직일 때의 느낌을 표현한 것으로서 가볍다는 무게의 느낌을 아울러 가지고 있다.

김춘수의 시에서 수식어의 감각적 복합성이 잘 드러나는 대표적인 예는 '흐르다'이다.

①
한오래기 감드는 어둠 속으로 아아라히 흐르는 흘러가는 물소리 (…중략…)
하늘과 구름이 흘러가거늘, 나비와 새들이 흘러가거늘,

— 「날씨스의 노래」 부분

②
햇살이 샘물같이 흐르는
저 풀밭에서는 나의 마음이
서러운 벌레처럼 울고 있다

— 「황혼」 부분

①에서 '흐르다'는 우선 '물소리'와 연결되어서 소리로 감각되지만, 뒷부분의 '하늘과 구름이 흘러간다'는 부분에서는 모양으로 감지된다. ②의 '햇살이 샘물같이 흐르는 풀밭'에서 '흐르다'는 햇살이 풀밭을 비추고 있는 모양을 시각적으로 표현한 것이지만, 뒷부분의 '서러운 벌레처럼 울다'는 표현과 연결되어 소리를 연상시키면서 복합적인 감각을 느끼게 한다.[20]

'고요하다' 혹은 '적막하다'는 이상에서 설명된 수식어들과는 조금 다른 양상을 나타낸다. 그것은 '소리가 들리지 않는다'라는 부정의 의미를 포함하고 있음으로써 청각을 자극한다. 즉 소리가 있음을 전제로 하고 그것이 없다고 말함으로써, 표면상 소리가 없는 것임에도 불구하고 역설적으로 '소리'를 환기시키는 것이다.

①
바다보다 고요하던 저 들판

―「풍경」 부분

②
넘쳐흐르는 이 정적

―「또 하나 가을 저녁의 시」 부분

---

20 이 부분에 나타나는 감각의 복합성은 '샘물'이라는 단어 자체에도 포함되어 있다. 여기서 샘물은 햇살이라는 원관념을 가지고 있음으로 해서 일단 시각적인 것으로 해석되지만, 그것 자체로는 좁은 공간을 흘러가는 모양을 가진 동시에 졸졸 흐르는 소리를 가지고 있다. 즉 대상 자체가 시각과 청각을 복합적으로 품고 있는 것이다.

③

캄캄한 그 침묵

―「가을에」 부분

고요함 혹은 침묵은 부정형이므로 지각의 대상이 될 수 없다. 그러나 그 상태는 눈과 귀를 통해 동시에 감지된다. ①은 들판의 상태를 바다의 고요함에 비유하고 있다. 이때 고요함은 '파도가 높게 치지 않는 바다'라는 시각적 형태로 감지되는 동시에 아무 소리도 들리지 않는다는 부정적인 형태의 소리로 감지된다. ②에서 정적은 마치 실제적인 형태를 가지고 있는 것처럼 표현되고 있다. '넘쳐흐르다'는 액체가 어떤 용기에서 빠져나오는 모양이지만, 실제로 넘치고 있는 것은 소리 없음 즉 고요함의 상태이다. ③은 소리의 부재 상태를 '캄캄하다'고 하여 보이는 것으로 표현하고 있다. 이때 캄캄함은 '침묵'이라는 단어와 결합되어 보이지 않을 뿐만 아니라 들리지도 않는 어떤 상태를 의미한다. 이처럼 고요함은 사물이 흔들리지 않는 상태 혹은 소리가 들리지 않는 상태로 표현된다. '고요가 넘친다', '정적이 넘친다' 같은 역설적인 표현은, '고요'와 '정적'이 사실상 소리를 전제로 하는 것으로서 그 자체가 소리를 품고 있는 것이기 때문에 가능한 것이다.

이때 '정적이 넘친다', '캄캄한 침묵' 등은 대상의 상태를 감각적으로 표현한 것이 아니라 주체가 그 상황에 몰입되어 일치되는 순간의 느낌을 아울러 표현한 것이다. 이때 감각하는 주체와 감각되는 것은 따로 있지 않고 서로 교접한다. 이때 주체가 대상을 지각하는 것은 내 몸 전체 혹은 내 존재 전체가 어떤 분위기 속에 들어가 있는 듯한, 대상의 어떤 상황과 일치를 이루는 몰입에 가깝다.[21] 여기서 감각은 감각하는 주체와 감각되는 대상이 구별되지 않고 일치되는 상황, 즉 만지고 만져지며 보고 보여지는 '살'의 속성을 그대로 드러내고 있다.

주체가 대상을 지각하는 것은 신체의 개별적인 감각기관에 의해 수용된 자극의 내용을 인지하고 통합하여 아는 것이 아니라, 의식의 작용 이전에 불투명한 어떤 것을 감지하는 것이다. 우리는 대상을 지각할 때 그것이 무엇인지 인식하기 이전에도 대상의 느낌을 감지할 수 있다. 그런 점에서 감각은 본원적이며 선의식적인 것이다.

또한 감각은 원래 복합적인 속성을 가지고 있다. 생물학적으로 볼 때 서로 다른 자극은 그것에 반응하는 감각기관에 의해 수용되지만, 실제 지각작용에서 그것들은 개별 감각으로 분리된 후 통합되는 것이 아니라 동시적으로 감지된다. 일정한 정도를 넘어서는 소리의 자극이 귀로 들리는 순간 몸에 소름이 돋는 것이 그 예이다.

김춘수의 시에는 이 같은 감각의 복합성이 잘 드러난다. 그의 시는 초기부터 두 가지 이상의 감각을 사용하는 경우가 많은데, 그것들이 동시적으로 드러난다는 점에서 일반적인 공감각적 이미지와 구별된다. 공감각적 이미지는 대상에 대한 원감각을 다른 감각으로 전이시키는 것으로서, 전이의 과정에서 시간성이 개입되고 원감각이 새로운 감각

---

21 "감각하는 자와 감각적인 것은 두 개의 외항으로서 대면하지 않으며, 감각은 감각적인 것이 감각하는 자로 침투함이 아니다. 색의 기초가 되는 것은 나의 시선이고 대상의 형태의 기초가 되는 것은 나의 손 운동이다. 더 정확히 말하면, 나의 시선은 색과 한 쌍을 이루고 나의 손은 단단함과 부드러움과 한 쌍을 이루며, 감각의 주체와 감각적인 것 사이의 이러한 교환에서 우리는 하나는 능동, 하나는 수동적이라고, 하나가 다른 하나에 의미를 부여한다고 말할 수 없다." 메를로 퐁티, 『지각의 현상학』, 327면.

으로 대체된다는 것이 특징이다. 이에 비해 김춘수의 시에 나타나는 감각적 표현들은 원감각이 다른 감각으로 대체되는 것이 아니라 동시적인 감각의 복합성을 구현하고 있다.

그의 시에서 가장 두드러지는 감각인 시각은 대상의 질을 감지하는 '촉지적 시각'의 성격을 가지고 있다. 이는 '봄'을 '만짐'과 동일하게 가역성과 복합성을 가진 것으로 해석하는 메를로퐁티의 생각과 유사하다. 시각은 대상의 형태와 질감을 동시에 감지하는 것으로서 그것 자체가 복합적이고 상호적인 감각으로 새롭게 해석된다. 시각과 다른 감각이 동시에 나타나는 김춘수의 시들은 이러한 생각을 잘 보여주는 예들이다.

감각의 복합성이 시적으로 표현될 때 사용되는 전략은 두 가지다. 대상 자체가 복합적인 감각을 품고 있음을 보여주거나 대상의 행위나 상태를 설명하는 수식어가 하나 이상의 감각을 가지고 있음을 보여주는 것이다. 바람이나 유리, 돌, 불꽃, 풍경 등의 대상은 그것 자체가 두 가지 이상의 감각으로 포착될 가능성을 가지고 있다. 또한 '울다', '흐르다' 등은 문맥에 따라 시각 혹은 청각으로 감각화되며, '고요하다'는 소리가 없는 상태이지만 소리를 전제함으로 해서 청각을 품고 있고 동시에 사물이 흔들리지 않는 것을 통해 표현됨으로써 시각적으로 감각화되기도 한다. 김춘수의 시에서 이것들은 단지 단어나 구절의 차원에서만 복합적으로 드러나는 것이 아니라 서로 다른 문맥적 의미를 부여하여 대상의 의미 영역을 확대함으로써 시 전체를 구성하는 전략이 된다.

이것은 궁극적으로는 감각하는 주체와 감각되는 대상을 분리시키지 않고 양자가 하나가 되는 몰입의 상태를 보여줌으로써, 감각이 주체와 대상의 매개가 아니라 주체와 대상이 공존하는 '살'의 속성을 담보하고 있는 중요한 주제임을 알게 한다. 이런 면에서 감각의 복합성은 김춘수 후기시에서 드러나는 현상학적 신체성과 연결되며 김춘수의 시적인 사유를 설명할 수 있는 중요한 키워드라고 할 수 있다.

트라우마와 자기 치유[1]

1. 시 창작과 트라우마

김춘수는 자전소설 『꽃과 여우』(1997)에서 유년시절의 기억과 일본에서의 수감 생활, 해방 후 1950년대까지의 생활을 상세하게 밝혀놓고 있다. '꽃의 장'은 이미 발표된 소설 「처용」(1963)과 기 발간된 수필집의 내용들을 포함하고 있고, 유년의 기억부터 대학 재학 시절까지를 중심 내용으로 하고 있다. 이에 비해 '여우의 장'은 일본에서의 수감 체험을 집중적으로 다루고 있고 해방 이후부터 1950년대에 이르는 시기의 일들을 기록하고 있다.[2]

이 소설은 시 창작의 동기가 되는 과거 에피소드들을 주요 내용으로

---

1   이 글은 졸고, 「김춘수 시에 나타나는 트라우마와 자기 치유적 성격 연구」, 『한국문화』 75, 2016을 수정 보완한 것이다.
2   자전소설 『꽃과 여우』의 구성과 내용은 손진은, 「김춘수 자전소설 『꽃과 여우』 연구」, 『어문론총』 37호, 2002에 자세하게 설명되어 있다.

하고 있다.[3] 그런 면에서 기본적으로 자전적 체험을 바탕으로 하고 있지만 체험의 내용에 따라 그것을 가공하는 정도나 방식에 차이가 있다. 해방 후 일상적인 생활 체험들은 객관적 사실 위주로 담담하게 기록되어 있는 데 비해 유년의 기억이나 수감과 관련된 내용들은 실제 사실과 그것에 대한 주관적인 인상들이 뒤섞여 있다. 특히 '꽃의 장' 부분은 실제 사건보다 그것에 대한 주관적인 인상을 설명하는 것에 치중하고 있다. 사건 자체에 대한 객관적 전달이 아니라 자신의 정서와 느낌을 표현하는 것을 목적으로 하고 있는 것이다. '자전소설'이라는 명칭을 붙이고 있는 것은 이러한 가공성을 염두에 둔 것으로 보인다.[4]

여기에는 김춘수에게 정신적인 외상을 남긴 사건들에 대한 이야기가 많이 나오는데, 그중에서도 가장 두드러지는 것은 폭력과 연관된 경험들이다. 어린 시절 자신을 괴롭혔던 아이들 간 폭력이나 놀림을 받던 기억, 반대로 자신이 상대에게 가했던 폭력과 수감 체험 등이 그것이다. 그중 수감 체험은 개인의 힘으로는 저항할 수 없는 극단적인 폭력의 상황에 노출된 사건으로서 가장 강력한 트라우마로 남아있는 경험이다. 그는 고문을 당하고 감방 생활을 하면서 육체적인 폭력 앞에 인

---

3   이러한 내용들은 종종 시로 형상화되어 나타나는데, 이런 면에서 『꽃과 여우』는 창작해설서적인 성격을 아울러 지니고 있다.

4   청마와 관련된 기억을 쓴 다음 부분은 실제 경험과 창작이 어떻게 다른지를 직접 보여주는 부분이다. "최근에 나는 그런 청마가 문득 생각이 나서 「청마의 헬멧」이란 제목으로 산문시를 한 편 썼다. (…중략…) 그때 나를 따라나왔다는 헬멧은 물론 허구지만, 청마가 나를 바래다주며, 한편 자기를 혼자 두고 간다고 서운해하는 그런 모습의 알레고리다." 김춘수, 『꽃과 여우』, 민음사, 1997, 212~213면. 그가 청마 문병을 간 것은 실제 경험이지만, 시에서 헬멧 하나가 따라나오는 것은 실제가 아니라 김춘수가 그날의 문병에서 받은 인상을 표현한 것이다. 이는 자전적인 글쓰기 또한 기본적으로 허구성을 가지고 있으며 이런 면에서 일기나 수필과 구별된다는 것을 보여준다.

간이 얼마나 무력한 존재인지를 알게 되고, 역사나 이데올로기가 개인에게 폭력으로 작용할 수 있음을 깨닫게 된다.[5]

단편소설 「처용」을 쓴 지 삼십여 년이 지난 후에야 비로소 수감 체험이 소설에 포함되었다는 것은, 그것이 다른 자전적 체험에 비해 훨씬 강력하고 충격적인 사건이었음을 말해준다. 이러한 경험을 시나 소설로 형상화하는 것은, 회피하고 싶은 부정적인 기억들을 떠올리고 그것을 글로 형상화함으로써 심리적 압박감에서 벗어나고자 하는 것이다.[6] 창작 행위에 상상력이 개입됨으로써 실제 자신과 거리감을 확보하고 사건을 객관화시키는 것이 가능하기 때문이다. 특히 자전적 글쓰기 혹은 자전적 경험을 소재로 한 창작물은 이 같은 특징이 두드러진다.[7] 이런 의미에서 창작 행위는 그것 자체가 트라우마를 치유하는 과정이라고 설명될 수 있다.[8]

---

5   "역사는 선한 의지도 가지고 있을는지는 모르나 나에게는 악한 의지만을 보여주었다. 나는 역사를 악으로 보게 되고 그 악이 어디서 나오게 되었는가를 생각하게 되자, 이데올로기를 연상하게 되고, 그 연상대는 마침내 폭력으로 이어져 갔다. 나는 폭력·이데올로기·역사의 삼각관계를 도식화하게 되고, 차츰 역사 허무주의로, 드디어는 역사 그것을 부정하는 지경에 이르게 되었다." 김춘수, 「장편 연작시 「처용단장」 시말서」, 『처용단장』, 미학사, 1991, 137면.

6   손병희, 「김춘수 시와 폭력의 문제」, 『국어교육연구』 57, 2015 역시 김춘수 시의 중요한 주제로 폭력을 들고 있다. 그러나 손병희는 김춘수의 시에서 일부분이 삭제된 이유를 "피해자의 심리적 방어 기제는 치욕에 대한 기억을 은폐하거나 억압함으로써 심리적 평형 상태를 유지"하는 것이라고 설명하여 폭력과 관련된 기억을 은폐하는 것으로 보고 있다. 그러나 김춘수의 시는 폭력적인 기억들을 반복하여 말함으로써 상처를 극복하려 한다는 점에서 은폐보다는 문학 치유의 '기억하기'와 '드러내기'에 더 가깝다.

7   "무의식의 상처는 안전한 상황에서 '반복'될 경우, 그것에 대한 자아의 불안이 완화된다. 예술가들은 무기력했던 유년기의 상처들을 작품이라는 안전한 매체를 통해 상징적으로 분출한다." 이창재, 『프로이트와의 대화』, 민음사, 2003, 144면.

8   글쓰기 치료는 독서 치료와 함께 문학치료의 중요한 방법이다. 독서 치료가 독자들이 문학작품을 읽음으로써 생기는 치유라면, 글쓰기 치료는 본인이 직접 글을 씀으로써 치유하는 것이다. 시인이나 소설가의 창작 행위 또한 창작자 자신의 트라우마를 치유하는

김춘수의 트라우마와 그것을 치유하는 과정은 소설 「꽃과 여우」와 연작시 「처용단장」에 집약된다.[9] 「처용단장」과 「꽃과 여우」는 비슷한 내용을 형상화한 것들이 많은데, 그중에서도 부정적인 기억들은 상상력이 더해지면서 실제 경험과는 구별되는 허구의 이야기로 변화된다. 「처용단장」 이후 김춘수의 시는 과거의 기억에서 벗어나 현재의 일상생활을 소재로 하고 무의미시는 일반적인 서정시로 변모한다. 이는 김춘수가 「처용단장」을 분수령으로 하여 자신의 트라우마를 치유하고 비로소 현실의 삶을 받아들이게 되었다는 것을 의미한다.

이 장에서는 이러한 점에 주목하여 폭력 경험을 바탕으로 하고 있는 김춘수의 시를 트라우마와 치유라는 관점에서 살펴보고자 한다. 이를 위해 소설 「꽃과 여우」와 연작시 「처용단장」을 비교 연구하며, 필요에 따라 「처용단장」을 전후한 시와 소설, 수필 등을 함께 검토할 것이다.

방법일 수도 있다. 특히 자전적 성격이 강한 글쓰기는 이러한 특징이 더욱 두드러진다. 창작적 글쓰기와 치유 효과를 연결시켜 작품을 분석한 연구로는 김지혜, 「오정희 소설 속의 정신적 외상과 그 치유 과정의 의미」, 동국대 석사논문, 2009; 권성훈, 「한국 현대시에 나타난 치유성 연구」, 경기대 박사논문, 2009; 지주현, 「오정희 소설의 트라우마와 치유」, 『한국문학이론과 비평』 45, 2009; 박지혜, 「시 쓰기를 통한 백석의 자아 치유 연구」, 한국외대 석사논문, 2011 등이 있다.

9 「처용단장」을 김춘수의 트라우마와 관련하여 해석한 선행 연구로는 최라영, 「『처용연작』 연구─"세다가야서" 체험과 무의미시의 관련성을 중심으로」, 『한국현대문학연구』 35권, 2011; 김성리, 『김춘수 시를 읽는 방법』, 산지니, 2012 등이 있다.

2. 부정적인 기억에의 직면과 정서적 전환을 통한 심리적 억압 해소

『꽃과 여우』에는 종교와 폭력, 역사, 민중, 성(性) 등 김춘수 시의 원형을 이루는 몇 가지 주제와 관련된 에피소드들이 들어있다. 그중에서도 개인적인 트라우마로 남아있는 것은 폭력과 연관된 기억들이다. 성이나 종교, 역사 같은 나머지 주제들은 폭력과 결부되어 기억되는 경우가 많다. 예를 들어 '성(性)'은 또래 남자아이들에게 매를 맞거나 누명을 썼던 기억과 연결되고,[10] 종교적 상징인 예수는 성스러움의 이미지 대신 폭력으로 인한 육체적 고통이 부각되어 있다.[11]

'나'의 기억 속에서 폭력은 역사나 이데올로기 뿐만 아니라 생활 속에 자연스럽게 배어있는 것이다. 폭력은 어렸을 때 그가 겪었던 경험의 일부로서 자신이 피해자인 경험과 가해자인 경험을 모두 포함한다. 그는 부유한 환경에서 자란 탓에 또래 아이들의 표적이 되어 매를 맞기도 하고[12], 정반대로 이유 없이 식모아이를 때리기도 한다.

이러한 과거 경험을 글의 소재로 선택하는 것은 무의식에 남아있는 억압된 기억들을 전의식으로 옮겨오는 것으로서[13] 트라우마를 치유하는 첫 단계에 해당한다. 그것은 트라우마의 원인이 되는 기억에 직면함

---

10   김춘수, 『꽃과 여우』, 50~55면 참고.
11   위의 책, 171~174면 참고. 이 내용은 「못」, 「마약」, 「아만드꽃」, 「요보라의 쑥」, 「겟세마네에서」 등의 시에 형상화되어 있다.
12   위의 책, 48~49면.
13   "정신 분석 치료의 효과는, 무의식에 위치하기 때문에 병인으로 작용하는 과거 사건의 흔적을 전의식으로 옮김으로써 발생한다." 이창재, 앞의 책, 108면.

으로써 문제를 인식하는 것이다.[14] 정신적 외상을 입은 경험을 떠올린다는 것은 자신의 상처를 직시하고 자신에게 일어났던 일을 인정하는 일차적 방법이 된다.

과거 기억에 직면한 후 그것을 치유하기 위해서는 사건에 대한 정서적인 전환이 필요하다. 외상을 가진 주체는 기억에 직면한 후, 일차적으로 부정적인 기억이 동반한 정서적인 우울감에 빠지게 된다. 하지만이 과정은 자신에게 일어난 상실과 상처들을 인정하고 억압된 감정들을 방출함으로써 카타르시스 효과를 가지고 있다. 부정적인 정서들은 은폐되는 것이 아니라 표출됨으로써 부정적인 색채를 거두고 새로운 정서로의 전환이 가능해지는 것이다.[15] 『꽃과 여우』에는 폭력과 연관된 실제 사건들과 그것을 전후한 정서적 정황이 함께 나타나 있다. 이것은 실제 있었던 일에 추후 해석이 첨가된 형태로 구성되어 있다.[16]

---

14   트라우마 치료의 단계는 학자마다 다르고 단계 설정 또한 다르지만, 가장 먼저 원인이 되는 문제 자체에 직면해야 한다고 보는 것은 공통적이다.(학자에 따른 트라우마 치유의 단계는, 주디스 허먼, 최현정 역, 『트라우마』, 열린책들, 2012, 261면 참고) 프로이트는 트라우마를 극복하기 위해서는 먼저 무의식의 세계 안에 공고하게 저장된 원초적인 기억들을 의식 안으로 끌어와 그 내용에 대해서 각성하는 것으로부터 시작된다고 본다. 지그문트 프로이트, 임홍빈 · 홍혜경 역, 『정신분석강의』 하, 열린책들, 1997, 398면.(지주현, 앞의 글, 261면에서 재인용)
15   존 알렌은 잠재된 정서 계발을 통해 공포와 분노에 압도된 감정을 조금씩 완화시켜 트라우마를 치유할 수 있다고 설명하고 있다. 감정이나 정서를 억제하는 것이 아니라 분출함으로써 카타르시스 과정을 통해 자기조절이 가능하도록 하는 것이다. "고통스러운 정서를 억누르거나 극복하기 위해서는 자제하려고 노력하기보다 고통스러운 정서를 포함해서 정서를 계발하는 것이 최선이다." 존 알렌, 권정혜 외 역, 『트라우마의 치유』, 학지사, 2010, 335면.
16   예를 들어 『꽃과 여우』의 서문에는 '열 살 남짓한 무렵에 지나가다 의자를 보았는데 그 의자가 자신을 거부하는 것처럼 보였다'라고 되어 있다. 익숙한 어떤 대상이 어느 순간 낯설게 느껴지는 것은 누구나 이따금 경험하는 것이다. 따라서 열 살 남짓한 아이가 의자를 보고 낯선 느낌을 받을 수는 있겠지만, 그것에서 '의자가 나를 거부한다'라는 생각을 했다는 것은 나이에 걸맞는 느낌은 아니다. 이는 추후 해석이 덧붙여져서 당시의 기억으

A 나는 무엇이든 도와주고 싶었다. 나는 그럴 수 있는 입장이었고 그 아이는 또 늘 뭔가를 호소하는 듯한 눈매를 하고 있었다. 그러나 내가 손을 뻗어 그 아이의 뭔가 호소하려는 것을 붙잡아주려고 내 눈이 표정을 지으려 하면, 그 아이는 으레 눈을 떨구거나 얼굴을 돌렸다. 그 아이는 차츰 나에게는 '미운 오리 새끼'가 돼갔다. (…중략…)

B 나는 그때 뒤청에 걸터앉아 하염없이 대밭을 바라보며 바람을 쐬고 있었다. 그 아이가 그때 또 무심코 이리로 꺾어 들어서다가 나를 보자 왠지 질겁을 하며 얼른 몸을 돌리려고 했다. 나는 그 아이를 불러 세웠다. 물 한 사발을 떠오도록 일렀다. 내 속은 편하지가 않았다. 그날따라 속이 매스껍기만 했다. 물사발을 들고 이 쪽으로 막 꺾어든 그 아이를 향해 나는 달려갔다. 나는 다짜고짜로 그 아이의 눈두덩이에 힘껏 주먹을 날렸다. 그 아이는 거기 고랑창에 한쪽발을 처박고 거꾸러져서는 한동안 일어나지를 못했다.

—『꽃과 여우』, 39면

인용된 부분에서 과거 기억은 두 부분으로 나누어지는데, A에는 식모아이에 대한 미안함과 자책감이 드러나 있고, B에는 식모아이에게 이유 없이 폭력을 가한 일이 그려지고 있다. A에서 그 아이의 '호소하는 듯한 눈매'는 부잣집 아들인 '나'가 또래인 식모아이에게 느끼는 알 수 없는 부채감과 미안함이 반영된 것이다. 즉 자신에게 무엇인가 호소한다는 느낌은 '그 아이'로부터 온 요구가 아니라 '나'의 심리적인 압박감을 대상에게 투사하여 만들어낸 것이다.

로 여겨지는 것일 가능성이 높다.

소설에서는 A의 '그 아이'에 대한 '나'의 복합적인 감정이 먼저 설명되고 B의 '그 아이'를 때린 일이 후술됨으로 해서 사건이 순차적으로 일어난 것처럼 묘사되고 있다. 즉 '그 아이'에 대한 '나'의 폭력은 부채감에서 벗어나고자 하는 심리가 공격적인 것으로 표출된 것으로서, '나'가 식모아이에게 잘해주려는 마음과는 정반대로 '그 아이'에게 폭력을 가한 것이라고 설명하는 것이다.

그러나 실제 사건이 일어났을 때 '나'의 나이가 여덟 살임을 감안하면, '그 아이'에게 느꼈던 복합적인 감정들은 막연히 느껴지긴 하지만 명확하게 어떤 것인지 설명될 수는 없는 것들이다. 그 아이에게서 호소하는 듯한 느낌을 받고 해결해주지 못한 자책감 때문에 오히려 그 아이에게 폭력을 가하게 되었다는 A의 설명은, 사건 후 어느 정도 철이 들고 난 후 부가된 해석일 가능성이 높은 것이다. 이는 어린 시절의 놀이와 관련된 기억에서도 동일한 방식으로 드러난다.

C 언젠가 그때도 봄날이다. 개나리가 한창때다. 서넛이 유치원 가는 길에서 어우러지게 됐다. 그 수렁에 이르자 누가 먼저랄 것도 없이 이심전심으로 발을 멈췄다. 수렁 가장자리에는 개나리가 지천으로 피어 있었다. 수렁을 들여다보니 게 한 마리가 어디서 나왔는지 눈을 두리번거리며 입에 거품을 물고 있었다. 한 아이가 뛰어내려 사정없이 게의 팔다리 몇 개를 뽑았다. 게는 우스꽝스런 꼴이 됐다. 왜 그랬을까? 그 아이는 게의 그런 모양새를 보자 어떤 장면이나 형상이 연상됐는지도 모른다. 우리는 병신이 된 그 게를 노리개 삼아 한참이나 짓궂은 장난을 하며 놀다가 그날은 유치원을 까먹었다. D 몹시 안됐고 겁나기도 했으나 다른 애들을 따라 끝내 그 자리

를 뜨지 못했다.

—『꽃과 여우』, 28면

인용된 부분은 아이들과 어울려서 게의 팔다리를 뽑고 괴롭혔던 어린 시절의 기억을 보여준다. C의 수렁을 기어가는 게의 팔다리를 뽑고 그것을 가지고 놀다가 유치원을 빼먹은 것은 사실이지만, 그것에 대해 "몹시 안됐고~못했다"는 D의 설명은 사건이 있을 당시의 판단이 아니라 추후에 가해진 정서적 분석일 가능성이 높다. 당시 아이들의 장난에 소극적으로 동조하며 무언가 찜찜한 마음이 있을 수 있지만, '게가 불쌍하고 팔다리를 뽑힌 형상이 끔찍하고 무서웠지만 결국 아이들의 잔인한 장난에 합세할 수밖에 없었다'고 말하는 것은 시간이 흐른 뒤 '그때는 사실 그랬다'는 식의 추후 진술에 가깝다. 무의식 속에 남아있던 어린 시절의 장난에 대한 기억이 전의식의 상태로 불려온 후, 어린아이들의 잔인성과 그것을 방관하거나 소극적으로 가담했던 자신의 행위에 대한 추가적인 상황 설명으로 재현된 것이다.

이처럼 부정적인 경험은 추가적인 해석이 덧붙여짐으로 해서 새롭게 구성된 기억으로 자리한다. 추가적인 해석은 과거 사건에 자신이 이해할 수 있는 전후 맥락을 부여함으로써 부정적인 기억을 정서적으로 완화시키는 역할을 한다.[17]

---

17 주디스 허먼은 외상을 치유하는 단계인 기억과 애도 중에 이야기를 재구성하는 단계를 설정하고 있는데, 이는 외상이 일어나기 전부터 일어나기까지 이어진 상황을 검토하는 것에서 시작한다. 치유를 위해서는 반드시 사건이 일어나기 전에 있었던 이야기를 되찾아야 하는데, 이는 '삶의 흐름을 재생'하기 위한 것이다. 이 탐색을 바탕으로 외상에 담긴 특정한 의미를 이해할 수 있는 맥락이 생긴다. 이때 이야기를 재구성하는 것은 일종의 정서적 전환에 해당한다. 즉 사건을 중심으로 한 전후의 이야기를 파악하고 새롭게 맥락

이러한 정서적 분석의 과정을 통해 과거의 사건은 새로운 맥락에 놓이게 된다. 실제 사건은 동일하지만 그것에 대한 자신의 느낌이나 정서, 생각 등을 정리하는 과정을 통해 문제에 대한 해결책을 찾고, 원인이 되는 사건을 보다 넓은 전망 속에서 통찰할 수 있는 가능성을 얻게 되는 것이다.[18] '게'와 관련된 기억은 정서적 전환을 통해서 다음과 같은 시로 형상화된다.

팔다리를 뽑힌 게가 한 마리
길게 파인 수렁을 가고 있었다.
길게 파인 수렁의 개나리꽃 그늘을
우스꽝스런 몸짓으로 가고 있었다.
등에 업힌 듯한 그
두 개의 눈이 한없이 무겁게만 보였다.

—「처용단장」제1부 9 전문

이 시는 앞에서 인용한 소설의 내용에서 게의 팔다리를 뽑는 행위와 그때 느꼈던 죄책감 등을 삭제하고 게 한 마리가 기어가는 풍경만을 묘사하고 있다. 소설에서 "몹시 안됐고 겁나기도 했으나 다른 애들을 따라

을 구성함으로써 사건에 대한 정서적인 전환을 이루게 되는 것이다. 주디스 허먼, 앞의 책, 294~296면 참고.
18 매리노프는 정신적 혹은 정서적 측면의 고통을 해결하기 위해서는 문제 자체에의 인식(1단계), 이전에 깨닫지 못했던 정서적 측면의 분석(2단계), 문제에 대한 외부로부터 혹은 내부로부터의 해결(3단계), 전체적 상황의 숙고 및 정관(4단계), 평정 상태로의 도달(5단계)의 과정을 거친다고 보고 있다. 루 매리노프, 이종인 역, 『철학으로 마음의 병을 치료한다』, 해냄, 1999, 65~66면 참고.

끝내 그 자리를 뜨지 못했다"라고 서술되었던 부분은 "등에 업힌 듯한 그 / 두 개의 눈이 한없이 무겁게만 보였다"라는 구절로 바뀌어 있다. 게의 두 눈이 '한없이 무겁게만' 보이는 것은 그것을 바라보고 있는 화자의 무거운 마음이 투사된 것이다. 소설적인 맥락에서 보면 이 무거운 마음은 자신이 저지른 행위에 대한 죄책감이다. 그러나 시에서 '무거움'은 화자의 행위와 연결되는 것이 아니라 대상에 대한 주관적인 인상일 뿐이다. 소설에서는 자신의 행위에 대한 죄책감이 직접적으로 서술되어 있는데 비해, 시는 기억과 연관된 감정을 제거하고 대상에 대한 일반적인 묘사로 바뀌어 있다. 이러한 과정을 통해 게와 관련된 죄책감은 극복되고 과거의 사건은 다른 것들과 동일하게 일반적인 소재가 된다.[19]

자전적 기록과 허구가 섞여있는 『꽃과 여우』가 문제를 인식하고 정서적 전환을 통해 그것을 해결할 수 있는 가능성을 열어놓았다면, 「처용단장」은 그것을 바탕으로 원인이 되는 사건을 새로운 맥락에 위치시킴으로써 트라우마를 극복하고 평정 상태에 도달하려는 시도를 보여주는 것이다.[20]

---

19   ① 인용된 『꽃과 여우』의 내용은 소설 「처용」(1963)에 나오는 것으로서, 소설에서는 계집애가 게를 밟고 다리를 뽑는 것으로 되어 있다.(김춘수, 『김춘수 전집』 3, 문장, 1983, 413면) 따라서 이 에피소드는 실제 사건→소설적 형상화→시적 형상화의 순서로 설명할 수 있지만, 모든 에피소드가 이 같은 장르상의 순서대로 형상화되는 것은 아니다. 치유 단계로 볼 때 소설보다 시가 더 발전적인 단계로 설명되는 것은 창작 시기가 나중이기 때문이 아니라 시의 장르적 특징 때문이다. 소설이 특정한 사건 자체에 초점을 맞춘다면, 시는 그 사건의 특수성을 보편적인 것으로 일반화한다. 소설이 소설 내용과 거리가 유지된 상태에서 감상이 시작된다면, 시는 독자와 시(인)의 공감에서부터 감상이 시작된다. 이러한 시 감상을 가능하게 하는 것은 시가 가진 보편성이라는 특징이다.
② 정한아는 이 에피소드에서 게의 다리를 뽑는 주체가 계집아이에서 사내아이로 바뀌는 것을 김현의 정신분석적 해석에 대한 김춘수의 방어적인 행위라고 해석하고 있다. 정한아, 「빵과 차─무의미 이후 김춘수의 문학과 정치」, 연세대 박사논문, 2016, 13~14면 각주 26 참고.

그런데 '나'가 폭력의 가해자가 아니라 피해자인 경우 트라우마를 치유하는 방식은 이와는 다른 형태로 나타난다. 소설에서 '나'는 200평이 넘는 집을 가진 만석꾼의 아들로서 유복한 유년을 보낸다. 이러한 환경은 실제 생활에서 머슴이나 침모, 식모 등 '민중'에 해당하는 사람들을 자주 만나는 계기가 된다. '나'는 그들과 자신을 다르다고 생각하지 않지만 경험을 통해 그들과 가까워질 수 없다는 것을 알게 된다.[21] 머슴이지만 자신을 살뜰하게 챙겨줘서 친하다고 생각했던 사람이 자신을 외면하거나, 운동회 때 가족의 호사스러움이 미안해서 점심을 굶었지만 운동회가 끝난 후에 또래 아이들로부터 따돌림을 받은 일 등이 그 예이다.[22]

「인마, 돈 십 전 낼래?」

「……」

「인마, 니 집 부자지, 인마」

「……」

「지금 없음 낼이라도 좋아, 인마」

「……」

---

20   문학 치료적 관점에서 시는 "자신이나 다른 사람을 훼손하지 않고 가능한 정서를 나타내며 자신이 미처 체험하지 못한 페르소나를 드러내고 그것을 통달함으로써 행동의 변화를 꾀할 수 있는 장르"(변학수, 『문학치료』, 학지사, 2005, 23면)로서, 사람들은 시 쓰기를 통해 여읨과 상실, 수치심, 자기혐오 같은 감정들로부터 해방될 수 있다. 즉 시를 씀으로써 과거의 상처에 대한 정서를 억압하기보다 오히려 잠재된 다양한 정서를 계발하여 공포와 분노에 압도된 감정을 조금씩 완화시키는 것이다.(박지해, 앞의 글, 7면)

21   여기서 오는 부채감은 "열다섯살 때 나는 / 프롤레타리아란 말을 처음 들었다. / 명문중학에 다니는 것이 / 왠지 미안했다. / 모자를 벗고 길을 걸었다"(「처용단장」 제3부 32)로 나타난다.

22   김춘수, 『꽃과 여우』, 62~63면.

「이 자식이 이러기야?」

다가온 기세로 발을 걸어찬다. 한쪽 발이 씨잉했다. 비틀거렸으나 넘어지지 않았다.

「인마,」

콧잔등에 주먹이 날아오고 또 한 번 발목이 씨잉해지면서 모로 쓰러졌다. 더 버틸 줄 알았는데 분했다.

「인마, 낼래 안낼래?」

허리통을 질끈 밟는다. 따라온 조무래기들이 둘러쌌다. 코피가 입을 타내렸다.

(…중략…)

녀석은 그 전에도 몇 번인가 그런 짓을 곧잘 했다고 한다. 저만치 차가 오는 것을 보면 길을 가로지른다. 차가 달려오다가 녀석의 코앞에서 급정거를 하면, 운전대 쪽으로 헛바닥을 한번 쑥 내밀어보이고는 운전수가 어떤 동작을 채 취하기도 전에 쏜살같이 달아나버린다. 그날의 그 트럭은 그러나 녀석의 코앞에서 급정거를 않은 채 녀석을 쓰러뜨리고 녀석의 아랫도리를 갈고도 한참을 더 가더라고 했다. 브레이크가 말을 들어주지 않은 듯하다. 그런 일도 있으리라고는 녀석으로서는 생각을 못 한 듯하다.

다섯째 시간이 시작돼 얼마 지나지 않았을 때다. 삼사학년쯤 돼뵈는 애가 교실로 쑥 들어서더니,

「선생님, 걔가 죽었어요. 병원에서 보고 오는 길이에요. 우리집이 병원 바로 옆이에요. 그 애 어머니가 막 울며 야단났어요.」

이렇게 독본을 외듯이 외었다. 한동안 교실 안은 먹먹했다. 죽기 며칠 전에 녀석과 변솟간에서 마주쳤다.

「인마, 니 웃학콘 경성 간다지, 앙이 인마?」

녀석은 기운 좋게 뿜기는 제 오줌발을 바라보고 침을 퉤퉤 뱉었다.

며칠 뒤에 녀석의 책걸상은 어디론지 치워졌다.

—『꽃과 여우』, 49~57면

또래 아이들에게서 괴롭힘을 받았던 일은 소설에 자주 등장하는 에피소드이다. 썩은 밤을 강제로 입에 물거나, 조숙한 또래 아이의 분풀이 대상이 되고, 싸움에서 제대로 대항하지도 못하고 코피를 흘리며 쓰러진 일 등은 잊지 못할 모욕적인 사건으로 남아있다. 인용 부분에서 '녀석'은 '나'를 부잣집 아이라는 이유로 집요하게 괴롭히지만, '나'는 그 아이에게 대항하지 못한다. 육체적인 힘으로 그를 이길 수 없었기 때문이다. 거기서 오는 억압과 공포는 '녀석'이 교통사고로 죽음으로써 사라진다.

'나'에 대한 괴롭힘은 실제 있었던 일이고, 괴롭히던 아이가 교통사고로 죽은 일 또한 이와는 별개인 실제 사건이다. 두 사건 사이에는 직접적인 연결 관계가 없지만, 소설에서는 이 두 가지 사건을 나란히 배치하여 아이러니한 느낌과 아울러 사필귀정이라는 인상을 준다. 이런 인상은 '녀석'이 죽기 며칠 전 변솟간에서 위협을 가하던 일과 죽은 녀석의 책걸상이 치워진 일이 아무 설명 없이 건조하게 서술됨으로써 더욱 강화된다. '녀석'의 교통사고는 객관적인 사실로서만 전달되고 있지만, 그 이면에는 죽음의 허무함과 그가 다시는 '나'를 괴롭힐 수 없다는 데서 오는 안도감이 묘하게 뒤섞여 있다. 이것은 자신의 힘으로는 해결하지 못한 사건을 다른 외부적인 힘이 대신 해결해줌으로써 심리적 억압에서 벗어나는 것이다.

이처럼 '나'가 가해자였던 경험들은 당시 상황에 대한 추가적인 해석과 정서적인 전환을 거쳐 문제를 해결하고 평정 단계에 도달하고 있는 반면, '나'가 피해자였던 기억은 스스로의 힘으로 해결되지 못하고 남아있거나 교통사고와 같은 외부의 작용에 의해 간접적으로 해결된다. 그중에서도 수감 체험은 정서적인 전환이 불가능할 만큼 강력한 트라우마로 남아있다. 이에 대한 치유는 연작시 「처용단장」에서 집중적으로 시도된다.

3. 허구적 상상력의 활용과 역사성의 삭제를 통한 치유

1) 허구적 상상력을 활용한 상황의 역전

정신적 외상 중에는 전쟁이나 자연 재해, 죽음처럼 생명과 신체적 안녕을 위협하거나 폭력이나 죽음과 직접 맞닥뜨리는 것처럼 개인의 힘으로는 어쩔 수 없는 사건이 원인인 경우도 있다. 그것은 위협에 처한 사람이 보이는 각성, 주의, 지각, 정서 변화 등의 대응 방식 자체가 불가능한 상황[23]으로서, 일반적인 인간 삶의 적응 능력을 압도한다. 개인

---

23 주디스 허먼, 앞의 책, 67~70면 참고.

은 억압적인 상황에 압도되어 일방적으로 그것을 겪을 수밖에 없다. 김춘수의 수감 체험이 이에 해당한다.[24]

수감 체험은 충격과 공포의 경험으로서 이와 관련된 기억들은 수필이나 소설, 시라는 장르에 상관없이 비슷한 내용을 가지고 있는 것이 특징이다.[25] 즉 원인이 되는 사건을 정서적으로 분석하거나 재구성하는 과정이 생략된 채 당시 충격이 반복되며 재현되는 것이다. 유년의 다른 사건들이 수필에서 소설로 옮겨오면서 정서적인 카타르시스를 이루는 반면, 수감 체험은 소설로 옮겨지면서 오히려 정서적으로 더 위축된 듯한 인상을 준다.

D 오늘도 나는 꿈에 생생하게 그때의 일을 보았다. 그러나 쫓기고 있는 것은 내가 아니고 그다. 야스다이던 安某다. 키가 훤칠하고 白晳의 호남이다. 西北 사투리를 쓰던 그, 그는 지금 어디 있을까? 어디서 내 눈총을 받고 있는가?

내 눈총은 지금쯤 그에게는 아무 것도 아닌 것이 되고 말았을까? 그렇다면, 만약에 그렇다고 한다면, **내 한 사람의 복수심리를 위해서가 아니라 호락호락 내던질 수 없는 어떤 감정(이것만은 꼭 놓치지 말았으면 하는)을 위하여** 다시 없는 슬픔이라 아니할 수 없다.

달아나는 그의 눈. 그의 눈은 뒤통수에 달려 있다. **나는 그를 쫓는다. 놓칠**

---

24 특히 「처용단장」 제3부는 수감 중에 꾼 꿈이나 경험 등을 소재로 한 시들이 많은데, 수감 생활을 직접적인 소재로 한 시는 3, 5, 6, 7, 8, 9, 10, 14, 29 모두 9편이다. 그중에서 「처용단장」 제3부 3, 6은 『꽃과 여우』 188쪽, 7, 9, 14는 198쪽, 10은 196쪽에 나와 있다.
25 김춘수가 체포되어 요코하마 헌병대에서 고문을 당한 이야기는 수필 「달아나는 눈」에 나와 있고 소설 『꽃과 여우』에서 유사하게 반복된다. 『꽃과 여우』에는 이외에 수감생활을 하던 감방에 대한 묘사와 거기서 있었던 에피소드들 그리고 출감 후 조선으로 압송되던 기억 등이 더욱 상세하게 그려져 있다. 그 과정에서 느꼈던 내용들 중 일부는 시로 형상화되기도 하고, 소설 안에 시 전편이 그대로 삽입되어 있는 경우도 있다.

세라 나는 쫓는다. 이것은 내 감정이고 동시에 내 윤리다. 어쩔 수 없지 않는가? 내가 그를 붙들었을 때 그를 죽이든가 살리든가 하는 것은 지금은 알 수가 없다. 그 때가 되어봐야 알 일이다. 지금은 오직 그의 뒤를 쫓는 일이다. 그가 살려달라고 할 때까지, 잘못했다고 용서를 빌 때까지.

그가 나를 반격할지도 모른다는 일말의 불안이 나에게 없는 것도 아니다. 그건 그렇다 하고라도 나는 그날의 그를 잊지 못한다. 겨울 방학의 귀성, 기쁜 마음으로 짐을 꾸리던 나를 불러낸 그, 아무렇지도 않은 표정으로 명함을 내놓고 나를 붙들어가서는 한 마리 牛馬인 듯 憲兵軍曹에게 넘겨준 그, 그가 그런 짓을 한 그날의 그 흐린 12월의 도쿄의 하늘과 요코하마의 하늘을 나는 잊지 못한다.

나쁜 놈!

-『김춘수 전집』 3-수필, 172~173면[26](강조-인용자)

E 언젠가 나는 꿈에 생생하게 그때의 일을 보았다. 그러나 쫓기고 있는 것은 내가 아니고 그다. 야스다이던 안모(安某)다. 키가 훤칠하고 백석(白晳)의 호남이다. 서북 사투리를 쓰던 그, 그는 지금 어디 있을까? 어디서 내 눈총을 받고 있는가? 내 눈총 따위는 지금쯤 그에게는 아무 것도 아닌 것이 되고 말았을까? 그렇다면, 만약에 그렇다고 한다면, 그것은 다시 없는 비극이 되리라.

달아나는 그의 눈. 그의 눈은 뒤통수에 달려 있다. 그가 나를 반격할지도 모른다. 나는 그날의 그를 잊지 못한다. 겨울 방학의 귀성, 기쁜 마음으로

---

[26] 김춘수, 『김춘수 전집』 3-수필, 문장, 1983.

짐을 꾸리던 나를 불러낸 그, 아무렇지도 않은 표정으로 명함을 내놓고 나를
붙들어가서는 헌병 군조에게 넘겨준 그, 그가 그런 짓을 한 그날의 그 흐린
12월의 도쿄의 하늘과 요코하마의 하늘을 나는 잊지 못한다. 나쁜 놈!

—『꽃과 여우』, 189면

같은 동족에게 체포되어 헌병대에 넘겨졌다는 충격은 그의 수필과
소설, 시에서 모두 동일하게 나타난다. D의 표시된 부분은 수필에 원래
있었던 내용으로서 E의 소설로 변화하면서 삭제된 부분을 표시한 것이
다. 삭제된 부분에 주목해서 두 개의 글을 비교해보면, D는 자신을 일
본 헌병에 넘긴 야스다를 쫓아가 붙들고 용서를 받아야겠다는 의지를
강하게 표명하고 있는 데 비해, E에서는 이러한 내용이 삭제되고 당시
사건에 대한 심경을 말하는 것에 주목하고 있다. 이것은 2장에서 설명
한 다른 유년의 사건들이 당시 상황을 정서적으로 분석하여 심리적인
충격을 완화하는 과정을 거치는 것과는 정반대이다. 소설에서는 수필
에 있었던 '나'의 생각 부분을 삭제함으로써 당시 사건의 충격과 공포
를 오히려 더 생생하게 재현하고 있다. 동일한 내용은 시에서 다음과
같이 형상화된다.

요코하마(ョコハマ)헌병대가지빛검붉은벽돌담을끼고달아나던 요코하
마헌병대헌병군조모(軍曹某)에게나를넘겨주고달아나던박승줄로박살내
게하고목도(木刀)로박살내게하고욕조(浴槽)에서기(氣)를절(絶)하게하고
달아나던 창씨(創氏)한일본성(姓)을등에젊어지고숨이차서쉼표도못찍고
띄어쓰기도까먹고달아나던식민지반도출신고학생헌병보(補)야스다(ヤス

夕)모의뒤통수에박힌 눈 개라고부르는인간의두개의 눈 가엾어라어느쪽도
동공이없는

—「처용단장」 제3부 5 전문

인용된 시는 의도적으로 띄어쓰기를 하지 않음으로써 급박한 호흡과 심리적인 압박감을 표현하고 있다. 앞뒤 구절로 보면 "숨이차서쉼표도못찍고띄어쓰기도까먹고" 달아나는 것은 "식민지반도출신고학생헌병補야스다某"이지만, 이는 동시에 결박당한 채 매를 맞고 욕조 고문을 당하던 '나'의 숨이 막힐 만큼 공포스러웠던 심경을 표현하는 것이다. 이것 역시 당시 '나'의 심리적 충격을 완화하는 것이 아니라 오히려 극대화하고 있다.

그러나 이 시가 단순히 자신의 감정을 토로하는 것에 그치지 않는 이유는, 당시의 공포와 충격을 '야스다'에 전이시켜 놓고 있기 때문이다. 시에 드러나는 숨막히는 긴장감은 동앗줄과 목도와 욕조 고문에 대한 '나'의 공포심을 표현하는 것이지만, 표면적으로 보면 이 시는 자신을 일본 헌병대에게 넘기고 달아나던 야스다의 뒷모습을 소재로 하고 있다. 여기서 야스다는 '나'를 헌병대에 넘겨주고 숨이 차도록 도망가는 비겁하고 초라한 '식민지 반도 출신 고학생'일 뿐이다. 그는 뒤꼭지가 따가운 듯 뒤를 힐끔거리며 달아나고 있다. 그의 뒤통수에 달린 두 눈은 '나'를 감시하고 위협하는 눈이 아니라 죄책감과 두려움에 도망가는 '동공이 없는' 눈이다.

이러한 설정은 실제 사건과는 정반대의 상황을 가정한 허구이다. 수필과 소설의 내용에 따르면, 실제로 '나'는 그 후 야스다가 무엇을 하고

어디에 있는지 알지 못하고, 야스다는 자신을 비난하고 원망하던 눈초리조차도 기억하지 못하고 있을 가능성이 더 크다. '나'에게 씻지 못할 트라우마로 남아있는 사건을 가해자인 상대방은 기억조차 하지 못한다는 사실은 '비극'일 수밖에 없다. 이 시는 '나'와 '야스다'의 상황을 역전시켜 야스다가 죄책감과 두려움에 사로잡혀 달아나고 있다고 표현함으로써 실제로는 해결될 수 없는 트라우마를 극복하려는 시도인 것이다.

2) 역사성의 삭제를 통한 억압의 해소

김춘수는 이처럼 수감과 관련된 기억들에 창조적 상상력을 개입시켜 사건의 실제성을 지우거나 변화시킴으로써 트라우마 치유를 시도하고 있다. 이러한 방식은 자신의 수감 생활을 역사라는 보다 큰 맥락으로 연결하고 이해할 때도 마찬가지다. 그는 수감 경험을 자신의 의지와 무관하게 삶에 끼어들어온 역사의 폭력으로 인식한다. 수감 상황이 개인의 일이면서 동시에 식민과 피식민, 이데올로기 등 역사적 상황과 무관하지 않다고 할 때, 트라우마를 치유하는 근본적인 해결책은 역사의 폭력성에 어떻게 대응할 것인가의 문제가 될 것이다.

그는 역사적 소재에서 역사성을 삭제하고[27] 그것을 가치중립적인 것

---

27 역사에서 역사성을 제거하는 가장 기본적인 방식은 시간성을 삭제하는 것이다. 역사는 본래 시간적인 속성을 가지고 있는 것인데 그것을 무시간성의 소재로 만듦으로써 역사의 기본적인 속성을 삭제하는 것이다. 「처용단장」에 나타나는 무시간성은 역사성을 제거한 대표적인 예이다. 이에 대해서는 5장에서 자세히 설명한 바 있다. 이성희 역시 김춘수가 역사주의에 저항하기 위해 시간성을 전복시키고 있다고 보고, 그 방법으로서 신성한 순간의 현현과 몽타주 수법, 전도된 상상력 등을 들고 있다. 이성희, 「김춘수 시의 멜랑콜리

으로 치환시킴으로써 역사의 억압에서 벗어나고자 한다. 『꽃과 여우』에는 대학 2학년 때 아나키즘에 흥미를 가지게 되어 크로포트킨과 바쿠닌, 브르통, 베라 피그넬 등에 관한 책을 읽었다고 되어 있다. 이러한 경험은 「처용단장」 3부 23·29~31에 반영되어 나타난다.

그러나 이 시들에서 바쿠닌이나 크로포트킨 등 무정부주의자들은 그들의 신념이나 사상과는 상관없는 단순한 기호로만 사용되고 있을 뿐이다.[28] 설령 신채호나 베라 피그넬처럼 의미가 부여된 소재들인 경우에도, 김춘수가 관심을 가졌던 것은 그들의 사상과 이념이 아니라 수감되었다는 상황 자체이다.

> 꿈이던가,
>
> 여순감옥에서
>
> 단재선생을 뵈었다.
>
> 땅 밑인데도
>
> 들창 곁에 벚나무가 한 그루
>
> 서 있었다.
>
> 벚나무는 가을이라 잎이 지고 있었다.
>
> 조선사람은 무정부주의자가 되어야 하네
>
> 되어야 하네 하시며
>
> 울고 계셨다.

와 탈역사성 연구」, 서울대 박사논문, 2011 참고.

[28] 그 예로서 "太初에 / 무정부주의가 있었다. 무정부주의는 / 발이 없다. / 보이지 않을 때가 있다. / 바쿠닌은 입이 크고 / 크로포트킨은 수염이 아름답다. 가을에는 / 모과빛이 난다"(「처용단장」 3부 31)와 같은 시를 들 수 있다.

단재선생의 눈물은

발을 따뜻하게 해주고 발을

시리게도 했다.

인왕산이 보이고

하늘이 등꽃빛이라고도 하셨다.

나는 그 때 세다가야서(セタがヤ署)

감방에 있었다.

땅 밑인데도

들창 곁에 벗나무가 한 그루

서 있었다.

벗나무는 가을이라 잎이 지고 있었다.

나도 단재선생처럼 한 번

울어보고 싶었지만, 내 눈에는 아직

인왕산도 등꽃빛 하늘도

보이지가 않았다.

―「처용단장」 제3부 3 전문

위의 시는 단재 신채호를 만난 꿈을 소재로 하고 있다. 시에 등장하는 감방은 김춘수가 실제로 수감되었던 감방을 모델로 한 것이고, 거기에 신채호가 수감되었던 여순감옥의 이미지를 겹쳐놓고 있다.[29] 꿈에서 단

---

29 김춘수가 실제로 수감되었던 감방은 다음과 같이 묘사되어 있다. "지하 감방의 하나뿐인 사방 20센티미터 정도의 창문으로 내다뵈는 언덕빼기에 어린 벗나무가 한 그루 서 있었다. 그것이 얼어 있다가 꽃을 피우고 꽃을 떨어뜨리고 녹음이 짙어가는 것을 바라보게 될 때 풀려났다." 김춘수, 『꽃과 여우』, 188면.

재는 무정부주의자가 되어야 한다고 말한다. 감옥에 갇힌 단재는 '인왕산'과 '등꽃빛 하늘'로 상징되는 조국을 그리워하며 조국 독립을 위한 신념을 버리지 않고 있다. 이에 비해, '나'는 아직 인왕산과 등꽃빛 하늘이 보이지 않는다고 말함으로써 단재와 자신의 입장이 동일하지 않다는 것을 보여주고 있다. 그럼에도 불구하고 단재를 시적인 소재로 사용하고 있는 것은 단재의 신념 때문이 아니라 수감되었다는 상황 때문이다. '나'에게 단재는 무정부주의자이며 독립운동가인 민족의 위인이 아니라 '나'와 동일한 경험을 가진 인물로서 의미가 있을 뿐이다.

> 무엇이 그렇게도 미안한지
> 21년 하고도 일곱 달
> 볕이 드는 쪽으로는 한 발짝도
> 발을 떼지 않는다.
> 그네
> 베라 피그넬의 뒷덜미에
> 오늘은
> 진한 은회색의
> 진눈깨비가 내린다. 배 고픈 듯
> 한 번 더 미안한 듯,
>
> ─「처용단장」 3부 23 전문

　위 시의 소재인 베라 피그넬 또한 여의사이자 무정부주의자로서 활동했던 역사적 인물이다. 시는 마치 베라 피그넬을 눈앞에서 보고 있는 것처럼 묘사하고 있지만, 그녀와 관련된 객관적 사실은 21년 7개월 동안 수감생활을 했다는 것뿐이다. 볕이 드는 쪽으로 한 발짝도 옮기지 않았다는 것은 그 이야기를 듣고 상상한 허구이다. '미안한 듯'이라는 표현도 부유한 귀족이었던 베라가 아나키스트가 되고 수감생활을 버틴 것이 아마도 속죄의식 때문이었을 것이라는 추정에서 나온 말이다.[30] 이처럼 베라 피그넬 역시 아나키스트로서의 활동이 부각되는 것이 아니라 수감된 모습에만 초점이 맞춰져 있다.

이외에도 박열과 이회영, 금자문자(金子文子) 또한 '역사'라는 부분이 삭제되고 수감된 상태의 '수인'이라는 점만 부각되어 있다.[31] 이는 수필이나 소설에서 육체적 폭력에 굴복하지 않고 신념을 지켰던 이들의 행위에 대해 이야기하고 있는 것과는 대조적이다. 역사적 인물에서 역사와 관련된 신념과 행위를 삭제하고 수감되었다는 공통점만을 강조함으로써 육체적 폭력에 굴복했던 나약한 자신[32]에 대한 부정적인 기억을 지우고 심리적 억압을 해소하는 것이다.

이 경우 시 창작은 정서적 전환을 통해 부정적인 기억을 새로운 맥락

---

30 "베라 피그넬에 대한 내 관심은 그녀가 신봉한 이념 때문이 아니다. 아나키스트로서의 그녀에게 내 관심이 쏠린 것이 아니다. 그러나 이념 때문에 목숨을 바치고도 끄떡하지 않는 사람은 얼마나 될까? 이 세상에 귀중하지 않은 목숨이 어디 있을까? 그녀는 생애에 몇 번쯤 흔들렸을까? 그럴 때마다 어떻게 감당해냈을까? 그 과정과 과정이 끝난 뒤의 그녀의 표정은 어떠했을까?" 위의 책, 122면. 여기서 김춘수는 베라 피그넬의 저항이 속죄의식에서 온 것이라고 분석하면서도, 그러한 행위가 어떻게 가능한지 이해하지는 못하고 있다.

31 이들을 소재로 한 시는 「처용단장」 3부 23(박열, 금자문자), 29(이회영), 31(박열)이다.

32 "나는 아주 초보의 고문에도 견뎌내지 못했다. 아픔이란 것은 우선은 육체적인 것이지만 어떤 심리 상태가 부채질을 한다. 그렇게 되면 사람의 육체적 조건은 한계를 드러낸다. 손을 번쩍 들고 만다.(…중략…) 감방이란 희한한 곳이다. 사람을 비참하게 만들고 자신감을 죽이는 이상으로 재기 불능의 상처를 남긴다." 김춘수, 『꽃과 여우』, 189~190면.

에 위치시키는 것보다 더 적극적인 치유 방법이라고 볼 수 있다. 실제 사건을 인정하고 재구성하는 것이 아니라 사건 자체를 아예 허구로 바꾸어버리거나 가감함으로써, 그것에서 기인한 트라우마를 치유하는 것이다. 이때 창작 행위는 개인의 트라우마를 치유하는 창조적이고 발전적인 방법으로 기능한다.

김춘수의 시에는 유년 시절의 인상이나 기억을 바탕으로 한 작품들이 많다. 특히 크고 작은 폭력과 연관된 기억들은 그의 시에 반복되어 나타나는 소재들로서 그중에서도 수감 체험은 김춘수의 가장 큰 트라우마로 남아있는 것이다. 김춘수의 트라우마와 그것을 치유하는 과정은 소설 「꽃과 여우」와 연작시 「처용단장」에 집약된다.

과거 경험을 글의 소재로 선택하는 것은 트라우마의 원인이 되는 기억에 직면함으로써 문제를 인식하는 것으로서 치유의 첫 단계에 해당한다. 어린 시절 또래들로부터 따돌림을 당하거나 맞았던 일들, 반대로 자신이 상대에게 폭력을 가했던 일, 일본에서 겪은 수감 체험 등이 그 예이다.

과거 기억에 직면한 후 그것을 치유하기 위해서는 억압된 감정들을 방출하고 사건에 대해 정서적인 전환을 하는 과정이 필요하다. 소설에서 '나'가 가해자로서 식모아이를 때리거나 게의 다리를 뽑은 일이 실제 사건에 해당한다면, 식모아이에 대한 미안함, 다리를 뽑힌 게에 대한 죄책감 같은 감정들은 사건이 있은 후에 추가된 해석일 가능성이 높다. 이것은 부정적인 기억에 정서적인 분석을 가하여 당시 사건을 새로운 맥락에 위치시킴으로써 심리적 평정 상태를 회복하고 트라우마를 극복하고자 하는 것이다.

반면 '나'가 피해자였던 기억은 교통사고와 같은 외부 작용에 의해 간접적으로 해결된다. 그중에서도 수감 체험은 충격과 공포의 경험으로서 정서적 분석이 불가능한 트라우마로 남아있다. 이러한 트라우마를 극복하기 위한 방법은 두 가지이다. 첫째, 허구적 상상력을 개입시켜서 트라우마의 원인이 되는 사건 자체를 변화시키는 것이다. 시에서 자신을 일본 헌병대에 넘긴 '야스다'가 죄책감과 두려움에 도망쳐가는 것으로 표현함으로써 당시의 충격을 해소하려고 시도하는 경우가 그렇다. 둘째, 역사적인 소재에서 역사성을 삭제함으로써 그것의 억압에서 벗어나는 것이다. 시의 소재인 신채호, 베라 피그넬 등은 역사적인 인물이라는 점은 삭제되고 자신과 동일하게 감방에 갇힌 '수인'이라는 점만이 강조된다. 역사적 인물의 사상이나 신념 등을 삭제하고 수감되었다는 공통점만을 강조함으로써 역사의 억압을 해소하려는 것이다.

이상에서 본 바와 같이, 김춘수의 시 창작은 자신의 트라우마를 치유하는 방식으로 선택된 것이기도 하다. 창작 행위는 상상력이 개입됨으로써 실제 자신과 거리감을 확보하고 사건을 객관화시키는 것이 가능하기 때문이다. 김춘수의 시는 「처용단장」을 분수령으로 해서 무의미시에서 전형적인 서정시로 변화하고, 시의 소재 역시 과거 기억이나 경험이 아닌 현재의 일상생활로 변화된다. 이는 「처용단장」이 김춘수의 트라우마를 치유하는 기능을 하고 있음을 증명한다.

김춘수 : '꽃'의 존재론과 '바람'의 현상학[1]

　김춘수의 『거울 속의 천사』(2001)는 삼십여 년에 걸친 무의미시 실험이 끝난 자리에서 쓰여진 서정시집이다. 그의 시가 존재에 대한 탐구에서 시작해서 언어에 대한 현상학적인 접근으로, 그리고 언어가 가지고 있는 모든 의미를 차단하고 울림만 남게 하는 '무의미시'로 발전해왔다는 것을 생각하면, 이 시집은 이러한 흐름에 정면으로 배치되는 것처럼 보인다. 무의미가 아닌 의미가, '판단중지'된 언어가 아닌 인간의 감정으로 짙게 채색된 언어가 시를 만들고 있기 때문이다.

　그러나 정작 이 시집이 중요한 것은 언어 실험 대신 김춘수의 시에서 잘 찾아볼 수 없는 서정성이 부각되기 때문이 아니라, 서정성에 존재론적인 인식과 현상학적 사유 등이 용해되어 새로운 깊이와 결을 만들어내고 있기 때문이다. 이 시집에는 그가 반세기 이상을 천착해왔던 존재와 죽음, 언어에 대한 생각과 현상학적 사유들이 응축되어 있다. 상당

1　이 글은 졸고, 「김춘수의 「바람」에 대한 주석」, 『포에지』, 2001.겨울을 수정 보완한 것으로서, 원래의 글은 졸저, 『우리 시의 넓이와 깊이』, 새미, 2003에도 실려 있다.

수의 시들은 김춘수 자신의 이전 시들과 표현과 사유를 공유하며 상호
텍스트적인 관계에 놓여있다. 그것은 단순한 반복과 편집이 아니라 시
적인 사유를 서정시로 쓴 '다시 쓰기'에 해당한다.

특히 「바람」은 짧고 평이한 내용 안에 김춘수의 시와 시론 전체를 관
통하는 사유를 담고 있다. 각각의 행들은 그의 다른 시들을 포함하거나
지시하며, 그것들과 상호 작용하는 가운데 선명해지면서 깊어진다.

> A. 자목련이 흔들린다.
>
> 바람이 왔나 보다.
>
> B. 바람이 왔기에
>
> 자목련이 흔들리는가 보다.
>
> 작년 이맘때만 해도 그렇지가 않았다.
>
> 자목련까지는 길이 너무 멀어
>
> 이제 막 왔나 보다.
>
> C. 저렇게 자목련을 흔드는 저것이
>
> 바람이구나.
>
> 왠지 자목련은
>
> 조금 울상이 된다.
>
> 비죽비죽 입술을 비죽인다.
>
> ―「바람」 전문(알파벳 표기―인용자)

자목련이 흔들린다. / 바람이 왔나 보다. / 바람이 왔기에 / 자목련이 흔들리는가 보다.

A("자목련이 흔들린다 / 바람이 왔나 보다"), B("바람이 왔기에 / 자목련이 흔들리는가 보다"), C("저렇게 자목련을 흔드는 저것이 / 바람이구나") 는 '바람이 불어서 자목련이 흔들린다'라는 평이한 진술을 변주해서 반복하고 있다. 그러나 각 구절에서 느껴지는 감정의 진폭은 미세한 차이가 있다.

우선 A는 우리가 일상적으로 경험하는 내용을 그대로 진술하고 있다. 바람은 눈에 보이지 않는다. 다만 흔들리는 머리카락, 파르르 떨리는 꽃잎 등에서 바람이 스쳐 지나감으로 미루어 짐작할 뿐이다. 시인은 자목련이 흔들리는 것을 보고 '바람이 왔구나'라고 생각한다("자목련이 흔들린다 / 바람이 왔나 보다"). 이 생각은 B에서 "바람이 왔기에 / 자목련이 흔들리는가 보다"라고 한 번 더 반복된다. A가 무심코 풍경을 바라보다가 바람이 분다는 걸 깨달은 것이라면 B는 A의 내용을 '바람이 부니까 자목련이 흔들리는 것'이라는 인과관계로 다시 한 번 말하고 있다. 이 반복은 바람이 불고 자목련이 흔들리는 것이 시인에게는 단순한 자연 현상 이상의 의미로 받아들여짐을 암시한다. 이 암시는 "작년 이맘때만 해도 그렇지가 않았다"라는 바로 다음 구절에서 구체화된다. 작년 이맘때에도 바람이 불고 자목련이 피었지만 지금과 같지 않은 이유는 그것이 시인과 무관한 일이었기 때문이다. 똑같은 상황이지만 그 상황은 작년에는 시인의 눈에 '발견'되지 않았던 것이다.

이 부분은 "내가 그의 이름을 불러주기 전에는 그는 다만 하나의 몸짓에 지나지 않았다"는 「꽃」의 한 구절을 고스란히 닮아있다. 내가 보려는 의지를 가지고 있지 않을 때, 눈에 들어온 사물들은 그저 무관심하게 흘러 지나간다. 무언가를 인지한다는 것은 그것을 보려는 주체의 적극적인 의지가 개입될 때 이루어지는 행위이다. "내가 그의 이름을 불러 주었을 때", 그때 비로소 "그는 나에게로 와서 꽃이 되"는 것이다(「꽃」).

마찬가지로 시인이 바람을 '바람'이라고 알아볼 때, 비로소 바람은 자신의 존재를 드러낸다. 바람은 눈에 보이지 않고 다만 자목련이 흔들렸을 뿐인데, 시인은 '바람이 왔나 보다'라고 말하고 있다. 이것은 바람에 대한 정의나 설명을 배제하고 현상을 그대로 포착한 것이다. '바람'은 다른 어떤 것으로 설명되거나 이해되지 않고 그 자체로 드러난다. 이처럼 어떠한 대상을 설명하지 않고 그대로 드러내는 방식은 다음 시에서도 잘 나타난다.

> 그의 기차의 연기(煙氣)라는 그림에는
>
> 기차도 연기도 없다.
>
> 산비탈 아스름히 길이 나 있다.
>
> 그의 소리라는 그림에는
>
> 소리가 없다. 그
>
> 넓고 넓은 벌판을
>
> 한 무더기 억새가 흔들어댄다.
>
> 바람 때문이라고 한다.
>
> 바람은 아무데도 보이지 않는데
>
> 바람 때문이라고 한다.
>
> ―「뭉크의 두 폭의 그림」 전문

뭉크의 그림 〈기차의 연기〉는 '기차의 연기'라는 제목이 붙었음에도 불구하고 기차나 연기는 없고 기차가 지나가는 길만 그려져 있고, 〈소리〉는 '소리'가 표현되는 대신 억새의 흔들림으로 바람을 표현하고 있다는 것이다.[2] 이것은 사물을 기존의 언어로 지칭하지 않고 현상 그대로 드러내고자 하는 것으로서, 김춘수가 '현상학적 판단중지' 상태라고 부른 서술적 이미지의 첫 번째 유형과 유사하다.[3]

시에서 기차나 연기, 바람을 발견하는 것은 때 묻은 언어가 아닌 '존재의 집'으로서의 언어로 대상을 호명하는 것이다. 그것은 도구적 언어가 은폐한 사물의 본질을 환기하는 것이며, 모든 인간적인 언어들이 침묵하는 가운데 존재가 스스로를 개시하도록 하는 것이다. 하이데거 식으로 말하면 그것은 존재의 어둠을 밝히는 행위이고 사물의 존재성을 드러내는 일이다.

그리스에서 그것이 재떨이인 줄만 알고 강철에 쪽빛 칠을 한 작은 그릇 하나를 구해 왔다. 치장이 화려하다. 오지랖에 석류알이 여남은 개나 박혀 있다.

내가 왜 여기 와 있나 하는 투로 그는 자주 이상한 눈을 하곤 한다. 나는 그가 객지라서 저러나 했다. 언젠가는 그의 무릎에다 누가 피우다 남은 담배 몇 개비와 라이터를 두고 갔다. 그는 몹시 거북해했다.

그에게는 모서리가 없다. 말하자면 어디가 모서리인지 분간이 잘 안 된다. 그런 그의 몸매 때문에 나는 근 십년이나 속아 왔다.

---

2   뭉크의 그림 〈소리〉는 강 혹은 호숫가를 배경으로 한 숲과 거기에 서있는 소녀를 그린 그림이다. 김춘수가 '억새밭'이라고 표현한 것은 그림 중에서 숲으로 보이는 부분을 지칭하는 것으로 추정되는데, 실제 이 부분은 벌판이나 억새라고 보이지는 않는다. 그러나 이 시가 실제 뭉크의 그림과 얼마나 닮았는지를 밝히는 것은 이 글의 논지와는 상관이 없다. 이 글에서 주목하는 것은 뭉크의 실제 그림이 아니라 그것을 소재로 한 김춘수의 시이고 그 시에 드러나는 존재와 현상에 관한 사유이다.
3   이에 대해서는 이 책의 1장, 2장, 3장에서 이미 설명한 바 있다.

뜻밖이다. 간밤의 내 꿈에 그는 물새가 되어 에게해로 간다고 가고 있었다. 한국에서는 너무 오래 재떨이가 돼 주지 못해 미안하다고 몇 번이고 머리를 조아렸다. 깨고 보니 그는 물론 새도 아니었다. 그는 무엇일까,

―「?」 전문

위 시의 소재는 재떨이로 사용해온 작은 그릇이다. 근 십년이나 재떨이로 사용해온 그릇은 전형적인 도구적 존재자이다. 그런데 어느 날부터 '나'는 그릇에서 '재떨이'라는 쓰임새에 어울리지 않는 무언가 다른 느낌을 받는다. 그릇이 물새로 화해서 나타난 꿈을 깨고 나서 '나'는 그것이 물새도 아니고 재떨이도 아니라는 것을 깨닫게 된다. 그것은 무엇일까? 이 질문은 도구적 쓰임새를 제거하고 난 그릇 자체의 본질에 대한 질문이다. 그릇은 물새일 수도 있고, 재떨이일 수도 있고, 그것이 아닌 다른 것이 될 수도 있다. 그렇다면 나에게 무엇이라고 생각되는가에 상관없이 오직 그것 자체로 존재하는 그릇은 무엇일까? 시의 제목인 '?'는 사실상 김춘수의 존재론적 질문을 상징한다.

작년 이맘때만 해도 그렇지가 않았다. / 자목련까지는 길이 너무 멀어 / 이제 막 왔나 보다. / 저렇게 자목련을 흔드는 저것이 / 바람이구나.

앞에서 A, B, C는 각각 다른 정서의 진폭을 가진다고 설명한 바 있다. 시인이 '바람이 불어 자목련이 흔들린다'는 단순한 현상을 곱씹어 말하는 이유는 "작년 이맘때만 해도 그렇지가 않았다"에 숨어있다. 정확하게 무슨 일인지는 알 수 없지만, 중요한 것은 작년과 올해의 상황

이 같지 않다는 것이다. 그가 오늘 '바람'을 발견하게 한 결정적인 계기는 그것이고, 표면상 숨겨져 있다.

시는 작년과 올해 사이에 있었던 일을 말하는 대신 "자목련까지는 길이 너무 멀어 이제 막 왔나 보다"라는 구절로 연결된다. 이는 시인이 바람을 얼마나 간절하게 기다렸는지 알 수 있는 부분이다. '바람이 분다'가 아닌 '바람이 왔다'라는 표현은 '바람'이 자연 현상을 넘어서 인간적인 감정을 포함하고 있는 소재라는 것을 보여준다. 기다림이 길어지면 원망은 걱정으로 바뀌고, 기다리던 대상이 온 순간 모든 원망과 걱정은 순간에 사라진다. '길이 너무 멀어서 이제 왔구나'는 기다림이 아주 길었다는 것과 그 동안 시인이 겪었던 그리움과 원망, 이해에 이르는 복합적인 감정 변화를 잘 표현해내고 있다.

이미 알려져 있는 것처럼, 이 같은 간절한 기다림은 '아내와의 사별'이라는 시인의 개인적인 경험을 바탕으로 하고 있다. '길이 너무 멀다'는 것은 죽은 아내와 이승에 있는 자신 사이의 닿을 수 없는 거리를 표상한다. 여기에는 자목련과 바람의 관계를 바라보는 시인의 사적인 얼굴이 슬쩍 내비친다. 존재론적인 성찰과 한 인간으로서의 슬픔이 마주치는 대목이다.

시인에게 각성의 순간을 제공한 실제적인 계기는 아내의 죽음이다. 옆에 있을 때는 미처 깨닫지 못했던 '아내'라는 존재는 부재함으로써 스스로를 드러내 보인다. 텅 비어 고독한 눈으로 돌아보자, 예전에는 보이지 않았던 것들이 비로소 눈에 들어온다.

조금 전까지 거기 있었는데
어디로 갔나,

밥상은 차려놓고 어디로 갔나,
넙치지지미 맵싸한 냄새가
코를 맵싸하게 하는데
어디로 갔나,
이 사람이 갑자기 왜 말이 없나,
내 목소리는 메아리가 되어
되돌아온다
내 목소리만 내 귀에 들린다.

—「강우(降雨)」 부분

위의 시는 아내의 부재를 현실의 생활 속에서 경험적으로 표현하고 있다. 시인은 아내가 죽었다는 사실을 알고 있음에도 불구하고 넙치구이 냄새에 자신도 모르게 '아내가 어디 갔나'라는 생각을 한다. 이성적인 판단에 앞서 익숙한 냄새가 자신도 모르는 반응을 불러오는 것이다. 늘 함께 있었던 타자가 죽었고 그래서 부재한다는 사실은 역설적으로 '나'의 실존을 환기시킨다. 아내의 죽음은 '나'를 돌아보는 계기를 만들고 시인을 다시금 존재에 대한 질문 앞에 세워놓는다.

이는 전쟁을 통해 주변인의 죽음을 경험하고, 그것에서 인간의 유한성과 존재의 본질에 대한 탐구를 시작했던 그의 초기 시들을 연상시킨다("나뿐이다 어디를 봐도 / 광대무변(廣大無邊)한 천지간(天地間)에 숨쉬는 것은 / 나 혼자뿐이다"—「밤의 시」). 초기 시들이 전쟁이라는 보다 일반적인 체험에서 비롯된 존재에 대한 질문이었다면, 「바람」에서의 존재론적 사유는 가장 친밀한 배우자를 잃어버린 직접적이고 개인적인 체험에서 촉발된 것이다.

거울 속에서도 바람이 분다.

강풍이다.

나무가 뽑히고 지붕이 날아가고

방축이 무너진다.

거울 속 깊이

바람은 드세게 몰아붙인다.

거울은 왜 뿌리가 뽑히지 않는가,

거울은 왜 말짱한가,

거울은 모든 것을 그대로 다 비춘다 하면서도

거울은 이쪽을 빤히 보고 있다.

셰스토프가 말한

그것이 천사의 눈일까,

-「거울」 전문

위 시에서 나무와 지붕과 방축을 무너뜨리는 거울 속의 강풍은 시인의 어지럽고 황폐한 마음자리를 보여준다. 거울 속의 '나'는 내면에서 휘몰아치는 감정의 흔들림에 휩싸여 있다. 거울은 그런 '나'를 빤히 바라만 보고 있다. 그것은 '나'라는 존재를 비춰보도록 요구하고 벌거벗은 '나'의 본질을 들여다보도록 한다("후비고 또 후벼봐도 / 갈수록 거울 속은 훤하기만 하다. / 아무 데도 숨을 곳이 없다"-「사족(蛇足)」). 이런 맥락에서 김춘수는 거울을 셰스토프가 말한 '천사의 눈'에 비유하고 있다.

「바람」, 「강우」, 「슬픔이 하나」 등에서 나타나는 '아내'라는 존재는 위 시에서 '나'의 내면을 그대로 들여다보는 거울의 눈, 천사와 유사하다. '아내'는 '나'를 흔들어 깨우고 존재에로 돌려세운다("아내는 내 곁을 떠나자 천사가 됐다. 아내는 지금 나에게는 낯설고 신선하다. 아내는 지금 나를 흔들어 깨우고 있다. 아내는 그런 천사다"-『거울 속의 천사』 후기).

"저렇게 자목련을 흔드는 저것이 / 바람이구나."는 이 같은 존재론적 성찰을 거친 후의 진술로서 상황에 대한 단순한 깨달음을 넘어서 있다. 그것은 인간적인 슬픔이 존재론적인 고독으로 전환되는 지점에 있는 진술이며, 현상에 대한 깨달음이 존재론적인 성찰과 연결되는 대목이다. 여기서 그의 존재론적 사유는 인간적인 고통과 융합되면서 자연스럽게 시 속에 용해된다. 초기시의 '꽃'이 관념이라면 '바람'은 그 관념의 육화인 것이다.

왠지 자목련은 / 조금 울상이 된다. / 비죽비죽 입술을 비죽인다.

자목련이 비죽비죽 입술을 비죽이며 울고 있다는 것은 바람에 자목련 꽃잎이 흔들리는 모양을 표현한 것이다. 울상을 짓는 자목련은 사실 시인 자신이고, 그것을 흔드는 바람은 아내의 전신(轉身)이다. 울고 싶은 시인의 마음을 자목련이 대신 울고 있다. 그러나 그 울음은 통곡이 아니라 조금씩 흔들리는 미세한 슬픔이다("바람은 눈치도 멀었다. 되돌아와서 / 한 번 다시 흔들어준다. / 범부채꽃이 만든 / (아무도 못 달래는) / 돌아앉은 오목한 그늘 한 뼘 / 점점점 땅을 우빈다"-「둑」).

여기에는 죽음에 대한 실존적인 인식이 깔려 있다. 아내의 죽음은 어느 누구도 다른 이의 죽음을 대신할 수는 없다는 실존의 고유성을 깨닫게 한다. 모든 사람은 죽음 앞에서 단독화되는 것이다("죽음 곁에는 아무도 없다. / 죽음은 제 혼자 울다가 바람이 되어 / 제 혼자 어디론가 가버린다"−「죄를 짓고」). 다른 사람 대신 죽는다는 것은 잠시 죽음을 모면하게 했을 뿐, 그 사람에게 주어진 고유의 죽음을 대신하는 것은 아니다. 여기서 느껴지는 고독감은 타자와 단절된 외로움이 아니라 본래의 자기 자신을 돌아보게 하는 계기가 된다. 즉 슬픔은 자신을 단독화하는 데서 오는 고독과 동일한 것으로 일반화된다. 이때 슬픔은 세계내부적인 원인에서 촉발된 것이 아닌, 인간의 정상성(Befindlichkeit)으로서의 '불안'과 같은 것이다.

어제는 슬픔이 하나
한려수도 저 멀리 물살을 따라
남태평양 쪽으로 가버렸다.
오늘은 슬픔이 또 하나
내 살 속을 파고든다.
내 살 속은 너무 어두워
내 눈은 슬픔을 보지 못한다.
내일은 부용꽃 피는
우리 어느 둑길에서 만나리
슬픔이여,

−「슬픔이 하나」 전문

아내의 죽음에서 비롯된 또 하나의 시이다. 슬픔은 어제 남태평양을 건너갔고, 오늘은 내 살 속으로 들어왔고, 내일은 또다시 어느 둑길에서 마주칠 것이다. 특별히 지정되지 않은 어제와 오늘과 내일, 즉 모든 날들 동안 슬픔은 계속된다.

슬픔이 '내 살 속을 파고 든다'는 표현에 주목하자. 슬픔은 특정한 상황에서 생겨나는 일시적인 감정이 아니라 나의 살의 한 부분이다. 존재의 고독감은 감정이나 관념이 아니라 '살'로 느껴지는 구체적인 존재의 사라짐으로 촉각화된다. 아내의 죽음은 텅 빈 살의 감촉으로 깨달아지는 것이다("불도 끄고 쉰다섯 해를 / 우리가 이승에서 / 살과 살로 익히고 또 익힌 / 그것"―「대치동의 여름」). 밤에 불을 끄고 누웠을 때 감촉되는 옆자리의 싸늘한 느낌. 아내가 있었던 자리의 비어있음, 거기서 느껴지는 외로움이 살 속을 파고든다.

이 구절은 김춘수의 존재론이 현상학적인 관점과 만나면서 '살'이라는 신체의 현상학으로 전환되는 지점을 상징적으로 보여주고 있다. 여기서 존재는 관념이 아니라 육체적인 것으로 전환된다. "내 살 속은 너무 어두워 내 눈은 슬픔을 보지 못한다"라는 구절은 김춘수 후기시에 드러나는 신체의 현상학을 집약해놓고 있다. '눈'은 이성적 주체의 우월성을 보장하는 일방적이고 인간중심적인 감각기관이다. 그러나 그것으로는 '살'에 새겨진 슬픔을 볼 수가 없다. 시각은 타자를 주체의 가시적인 영역에 가두고 주체의 일방적인 판단과 해석을 강요하는 근거가 된다. 그러나 주체가 타자와 더불어 살 수 있는 것, 공존할 수 있는 근거는 상호적인 감각인 촉각에 의해 가능한 것이다. 내 살에 닿는 감촉은 '만지면서 동시에 만져지는 것'이다. 타자와의 관계는 그만큼 구체적이고 상호적인 것으로서, '살'은 이러한 상호 소통을 가능하게 하는 공동의 영역이다.[4]

「바람」은 이처럼 초기 시의 존재론적 성찰이 현상학적 사유로 전환되는 과정, 그리고 후기 시에서 강조되는 신체의 현상학 등 김춘수 시 세계 전반을 설명할 수 있는 키워드들을 모두 품고 있다.

또한 이 시는 이처럼 숨겨진 복합적인 사유를 제외하더라도 그 자체가 아름다운 한 편의 서정시로 손색이 없다. 이 시가 절제된 슬픔을 성공적으로 표현해내는 데는 작시법 또한 중요한 역할을 하고 있다. 각각의 구절들은 그것을 읽어낼 수 있는 코드를 뒤에 감추고 있다. 예를 들어 '자목련이 흔들린다. 바람이 왔나 보다'는 '바람이 왔기에 자목련이 흔들리는가 보다'와 반복되는 진술이다. 당연한 것을 또 반복하는 데는 이유가 있고, 그 이유는 앞에서 설명한 것처럼 뒤이어 나오는 '작년 이맘때만 해도 그렇지가 않았다'는 구절에 있다. 그렇다면 작년 이맘때와 지금의 달라진 상황은 무엇일까. 독자는 당연히 그것에 주목하게 된다. 그리고 울상을 짓는 자목련에서 시인의 개인적인 감정이 개입됨을 짐작하게 된다. 마치 수수께끼를 풀어가듯이, 앞의 진술을 읽어내기 위해서는 뒤의 단서를 찾아야 하는 것이다. 이 시는 이와 같은 방식으로 감정의 폭발을 계속 연기시키면서 긴장을 유지해나간다. 슬픔은 자목련의 흔들림처럼 미세하게, 어느 한 곳에서 폭발하지 않고 시 전체를 흔들고 있다. 거기서 전해져오는 슬픔의 진폭은 깊고도 멀다. 그렇게 해서 「바람」은 김춘수의 시적 사유와 서정을 절묘하게 조화시킨 아름다운 시가 된다.

---

4   후기시의 신체의 현상학에 대해서는 6장과 7장에서 설명한 바 있다.

참고문헌

기본자료

김춘수, 『김춘수 시전집』, 현대문학, 2004.

김춘수, 『김춘수 시론전집』 1, 현대문학, 2004.

김춘수, 『김춘수 시론전집』 2, 현대문학, 2004.

참고자료

제1장

김용태, 「김춘수 시의 존재론과 Heidegger와의 거리(一)」, 『어문학교육』 12집, 1990.

_____, 「김춘수 시의 존재론과 Heidegger와의 거리(二)」, 『수련어문논집』 17집, 1990.

마르틴 하이데거, 소광희 역, 『시와 철학』 박영사, 1975.

_____, 전양범 역, 『존재와 시간』, 시간과공간사, 1992.

염재철, 「하이데거에 있어서 예술작품의 존재론적 해명에 관한 연구」, 서울대 석사논문, 1984.

이기상, 『하이데거의 실존과 언어』, 문예출판사, 1991.

이기상 편저, 『하이데거 철학에의 안내』, 서광사, 1993.

이승훈, 「시의 존재론적 해석 시고(試攷)」, 『김춘수 연구』, 학문사, 1982.

이진흥, 「김춘수의 꽃에 대한 존재론적 조명」, 『김춘수 연구』, 학문사, 1982.

이형기, 「존재의 조명」, 『김춘수 연구』, 학문사, 1982.

조셉 블리이허, 권순홍 역, 『현대 해석학』, 한마당, 1983.

피에르 테브나즈, 심민화 역, 『현상학이란 무엇인가』, 문학과지성사, 1982.

T. 짜라 · A. 브르통, 송재영 역, 『다다 / 쉬르레알리즘 선언』, 문학과지성사, 1987.

제2장

김용직, 『현대시원론』, 학연사, 1988.

김준오 외, 『김춘수 연구』, 학문사, 1982.

김현, 「존재의 탐구로서의 언어」, 『세대』, 1964.7.

_____, 「김춘수와 시적 변용」, 『상상력과 인간』, 일지사, 1979.

문덕수, 「김춘수론」, 『현대문학』, 1982.9.

연효숙, 「칸트의 의식과 인식의 한계에 관한 연구」, 연세대 석사논문, 1984.

오광수, 『추상미술의 이해』, 일지사, 1988.

이남호, 「김춘수의 『시의 위상』에 대하여」, 『세계의 문학』, 1991.8.

이승훈, 「존재에의 해명」, 『현대시학』, 1974.5.
한전숙, 『현상학의 이해』, 민음사, 1984.
황동규, 「감상의 제어와 방임」, 『창작과 비평』, 1977.9.
I. 칸트, 이석윤 역, 『판단력 비판』, 박영사, 1974.
_____, 전원배 역, 『순수이성비판』, 삼성출판사, 1990.
T. 짜라 · A. 브르통, 송재영 역, 『다다 / 쉬르레알리즘 선언』, 문학과지성사, 1987.

제3장
김용태, 「김춘수 시의 존재론과 Heidegger과의 거리(一)」, 『어문학교육』 12집, 1990.
_____, 「김춘수 시의 존재론과 Heidegger과의 거리(二)」, 『수련어문논집』 17집, 1990.
문혜원, 「한국 전후시의 실존의식 연구」, 서울대 박사논문, 1996.
박인수, 「김춘수 시의 변모양상 연구」, 관동대 석사논문, 2004.
배상식, 「김춘수의 초기 시와 하이데거 사유의 연관성 문제」, 『동서철학연구』 38권, 2005.
이남인, 『현상학과 해석학』, 서울대 출판문화원, 2004.
이승훈, 「시의 존재론적 시고」, 『김춘수 연구』, 학문사, 1982.
이진흥, 「김춘수의 꽃에 대한 존재론적 조명」, 『한민족어문학』 8권, 1981.
전종대, 「김춘수 시 연구」, 대구가톨릭대 박사논문, 2012.
조광제, 『의식의 85가지 얼굴』, 글항아리, 2008.
표문순, 「김춘수 시 연구」, 경기대 석사논문, 2009.
피에르 테브나즈, 심민화 역, 『현상학이란 무엇인가』, 문학과지성사, 1982.

제4장
김성리, 「김춘수 무의미시의 지향적 체험 연구」, 인제대 박사논문, 2009.
김희봉, 「후설의 의식 개념 비판과 지향성」, 『철학과 현상학연구』 35, 2007.
문혜원, 「김춘수의 시와 시론에 나타나는 현상학적 특징에 관한 연구」, 『한국언어문학』 86집,
        2013.
박덕규 · 이은정 대담, 「무의미시의 전개 과정」, 『김춘수의 무의미시』, 푸른사상, 2012.
서안나, 「김춘수 시에 타나난 감각에 관한 연구」, 한양대 박사논문, 2013.
에드문트 후설, 이종훈 역, 『경험과 판단』, 민음사, 1997.
_____, 이종훈 역, 『순수현상학과 현상학적 철학의 이념들』 1, 한길사, 2009.
이남인, 『현상학과 해석학』, 서울대 출판문화원, 2004.
최라영, 『김춘수 무의미시 연구』, 새미, 2004.
_____, 「처용연작 연구」, 『한국현대문학연구』 35, 2011.

제5장
김춘수, 『처용단장』, 미학사, 1991.

김상록, 「시간과 지향성」, 서울대 석사논문, 2001.

김성희, 「김춘수 시의 시간의식 연구」, 목포대 교육대학원 논문, 2007.

김영민, 『현상학과 시간』, 까치, 1994.

김용태, 「무의미시와 시간성」, 『어문학교육』 9집, 1986.

남기혁, 「김춘수의 무의미시론연구」, 『한국문화』 24, 1999.

문혜원, 「김춘수의 시와 시론에 나타나는 현상학적 특징에 관한 연구―후설 현상학과의 관계를 중심으로」, 『한국언어문학』 86집, 2013.

_____, 「김춘수의 무의미시의 현상학적 특징 연구」, 『Comparative Korean Studies』 22권 1호, 2014.

미셸 콜로, 정선아 역, 『현대시와 지평구조』, 문학과지성사, 2003.

박은희, 「김종삼 김춘수 시의 모더니티 연구―시간의식을 중심으로」, 성신여대 박사논문, 2003.

서동욱, 『들뢰즈의 철학』, 민음사, 2002.

서영희, 「김춘수의 「처용단장」에 나타난 시간의식」, 『한민족어문학』 61집, 2012.

에드문트 후설, 이종훈 역, 『시간의식』, 한길사, 1996.

이기상, 「시간, 시간의식, 시간존재」, 『과학사상』, 2000.봄.

조광제, 『의식의 85가지 얼굴』, 글항아리, 2008.

조혜진, 「김춘수 시 연구―시간의식을 중심으로」, 성신여대 석사논문, 2001.

최라영, 「「처용연작」 연구―"세다가와서" 체험과 무의미시의 관련성을 중심으로」, 『한국현대문학연구』 35권, 2011.

제6장

강미라, 「사르트르의 현상적 신체에 대한 메를로 퐁티의 비판」, 『대동철학』 61, 2012.

김화자, 「모리스 메를로 퐁티―상호세계의 현상학」, 『프랑스 철학의 위대한 시절』, 반비, 2014.

메를로 퐁티, 남수인·최의영 역, 『보이는 것과 보이지 않는 것』, 동문선, 2004.

_____, 류의근 역, 『지각의 현상학』, 문학과지성사, 2014.

문혜원, 「김춘수의 무의미시의 현상학적 특징 연구」, 『Comparative Korean Studies』 제22권 1호, 2014.

서안나, 「김춘수 후기 시에 나타난 감각 연구」, 『비평문학』 46호, 2012.

윤대선, 「데카르트 이후 탈코기토의 주체성과 소통 중심의 윤리」, 『철학논총』 75, 2014.

이남인, 「후설의 초월론적 현상학과 메를로 퐁티의 현상학」, 『철학연구』 83집, 2008.

조광제, 「메를로 퐁티의 후기 철학에서의 살과 색」, 『철학과 현상학 연구』 16권, 2000.

_____, 『몸의 세계, 세계의 몸』, 이학사, 2004.

한자경, 「메를로 뽕띠의 '신체성'과 후설의 '선험적 주관성'의 비교」, 『철학』 32권, 1989.

제7장

강미라, 「사르트르의 현상적 신체에 대한 메를로 퐁티의 비판」, 『대동철학』 61, 2012.

고봉준, 「근대시에서 '감각'의 용법」, 『한국시학연구』 28, 2010.

김동윤, 「'그리다'와 '보다'의 존재론적 미학적 층위 연구」, 『기호학 연구』 39집, 2014.

김신정, 「정지용 시 연구―'감각'의 의미를 중심으로」, 연세대 석사논문, 1998.

김우창, 「감각, 이성, 정신」, 이문열·권영민·이남호 편, 『한국문학이란 무엇인가』, 민음사, 1995.

김준오, 『시론』, 삼지원, 1982.

나희덕, 「1930년대 모더니즘 시의 시각성 '보는 주체'의 양상을 중심으로」, 연세대 박사논문, 2006.

메를로 퐁티, 류의근 역, 『지각의 현상학』, 문학과지성사, 2002.

_____, 남수인·최의영 역, 『보이는 것과 보이지 않는 것』, 동문선, 2004.

문혜원, 「김춘수 후기 시에 나타나는 신체성에 대한 연구」, 『현대문학연구』 46집, 2015.

서안나, 「김춘수 전기시에 나타난 감각의 운용」, 『한국언어문화』 49집, 2012.

_____, 「김춘수 후기시에 나타난 감각 연구」, 『비평문학』 46호, 2012.

_____, 「김춘수 시에 나타난 감각에 관한 연구」, 한양대 박사논문, 2013.

이재복, 「김춘수 시를 통해 본 감각과 존재에 대한 비판」, 『국제한인문학연구』 10호, 2012.

조광제, 『몸의 세계 세계의 몸』, 이학사, 2004.

질 들뢰즈, 하태환 역, 『감각의 논리』, 민음사, 2008.

제8장

김춘수, 『김춘수 전집』 3, 문장, 1983.

_____, 『처용단장』, 미학사, 1991.

_____, 『꽃과 여우』, 민음사, 1997.

권성훈, 「한국 현대시에 나타난 치유성 연구」, 경기대 박사논문, 2009.

김성리, 『김춘수 시를 읽는 방법』, 산지니, 2012.

김지혜, 「오정희 소설 속의 정신적 외상과 그 치유 과정의 의미」, 동국대 석사논문, 2009.

문혜원, 「김춘수의 「처용단장」에 나타나는 시간의식에 대한 연구」, 『Comparative Korean Studies』 23권 1호, 2015.

박지해, 「시 쓰기를 통한 백석의 자아 치유 연구」, 한국외대 석사논문, 2011.

변학수, 『문학치료』, 학지사, 2005.

손병희, 「김춘수 시와 폭력의 문제」, 『국어교육연구』 57, 2015.

손진은, 「김춘수 자전소설 『꽃과 여우』 연구」, 『어문론총』 37호, 2002.

이성희, 「김춘수 시의 멜랑콜리와 탈역사성 연구」, 서울대 박사논문, 2011.

이창재, 『프로이트와의 대화』, 민음사, 2003.

정한아, 「빵과 차―무의미 이후 김춘수의 문학과 정치」, 연세대 박사논문, 2016.

지주현, 「오정희 소설의 트라우마와 치유」, 『한국문학이론과 비평』 45, 2009.

최라영, 「『처용연작』 연구—"세다가아서" 체험과 무의미시의 관련성을 중심으로」, 『한국현대문학
　　연구』 35권, 2011.
루 매리노프, 이종인 역, 『철학으로 마음의 병을 치료한다』, 해냄, 1999.
존 알렌, 권정혜 외 역, 『트라우마의 치유』, 학지사, 2010.
주디스 허먼, 최현정 역, 『트라우마』, 열린책들, 2012.